暗闇・キッス・それだけで

Only the Darkness or Her Kiss

森　博嗣

集英社文庫

目　次

本書は、二〇一五年一月、書き下ろし単行本として集英社より刊行されました。

暗闇・キッス・それだけで

Only the Darkness or Her Kiss

ものうさと甘さが胸から離れないこの見知らぬ感情に、悲しみという重々しくも美しい名前をつけるのを、わたしはためらう。その感情はあまりに完全、あまりにエゴイスティックで、恥じたくなるほどだが、悲しみというのは、わたしには敬うべきものに思われるからだ。悲しみ――それを、わたしは身にしみて感じたことがなかった。ものうさ、後悔、ごくたまに良心の呵責《かしゃく》。感じていたのはそんなものだけ。でも今は、なにかが絹のようになめらかに、まとわりつくように、わたしを覆《おお》う。そうしてわたしを、人々から引き離す。

（BONJOUR TRISTESSE/Françoise Sagan）

★『悲しみよ　こんにちは』フランソワーズ・サガン著、河野万里子訳、新潮文庫。
各章冒頭の引用も同書による。

登場人物

頸城《くびき》　悦夫《えつお》……………………………………………探偵
ウィリアム・ベック……………………………富豪
サリィ・ベック…………………ウィリアムの妻
アンディ・ベック………………ウィリアムの息子
シャーロット・デイン……………アンディの恋人
ロジャ・ハイソン………………………………医師
松田《まつだ》…………………………………………………………執事
柴村《しばむら》　光一《こういち》……………………………………………庭師
柴村　寛美《ひろみ》…………………………………………光一の妻
佐伯《さえき》……………………………………………………運転手
北澤《きたざわ》　宗佑《そうすけ》……………………………不動産会社社長
北澤　真里亞《まりあ》………………………………………宗佑の娘
赤座《あかざ》　都鹿《としか》……………………………………頸城の友人
水谷《みずたに》　優衣《ゆうい》………………………………………舞台女優
高橋《たかはし》……………………………………………………………刑事

プロローグ

当時のわたしの喜びのほとんどは、お金の力によるものだったと思う。車でスピードを出す喜び、新しいドレスができあがる喜び、レコードや本や花を買う喜び。こうした安易な喜びを、わたしは今でも恥じてはいない。もっとも、そういったものは安易なのだと聞いていたから、そう言っているにすぎないが。むしろ、自分の悩みや狂信的な熱狂なら、もっと簡単に悔やんだり否認したりできると思う。

真っ直ぐの道路。その両側には、さほど高くない樹が立ち並ぶ林。道路と林の間に黄緑色の芝生みたいな緩衝地があって、それも道路と同じように真っ直ぐ。黒と黄緑のストライプがずっと先まで続いているわけだ。なんというのか、「ああ、人工」という壮大な自然。残念ながら、前にも後ろにも車が連なって走っている。この季節だから、観光客も多い。僕の中にだって、観光客が半分弱は入っている。夏じゃなくても、普段から、どこにいても、僕の半分はいつも観光客なのだ。

たぶん、自分の人生という風光明媚な観光地を物見遊山で訪ねているのだろう。自分に対する「無責任さ」が、すべてを作り物にしてしまい、しかも、どうしても自分から離れない。まるで、海賊たちが奪い合う宝の地図みたいにいい加減な無責任さだ。そうなってしまったのには、もちろん理由がある。でも、それはできるだけ思い出さないようにしている。地図は箱に入れて鍵をかけておくにかぎる。ただ言えることは、この無責任さが、結局はこうして生きていられる僕の余裕というか、活路というか、つまりは「遊び」というものなのだ。それが薄々わかってきたから、この頃は開き直っている。つまらない男だ。いい加減な男だ。そう、そのとおり。べつにいいじゃないか。こんなろくでなしでも、ときどきちょっとした拾いものをすることだってあるさ。それに、もしかしたら、誰かの拾いものになれるかもしれない。

水平対向六気筒のエンジンがシートの後ろで、具合の悪い冷蔵庫みたいに低く唸っている。僕の右側には、冷蔵庫から出したばかりみたいな赤座都鹿《あかざとしか》が座っている。きっと宇宙人になりたい人のために作られたのだろう、とてつもなく大きなサングラスをかけていて、彼女がこちらを向くだけで僕は目眩《めまい》がしそうだった。目測で僕のサングラスの四倍といったところか。このスポーツカーは、都鹿の車だけれど、もう十年くらいまえの型だ。今日からしばらく僕に貸してくれることになっている。僕がこの地へ来たことで、彼女はまあまあご機嫌だ。冷えきっているような態度は、だから見せかけで、これから私は溶けますよ、という姿勢がむしろ顕著。と僕は鶴亀算で割り出していた。彼女の脚が四本だったら、という想像をしたわけではない世の中というのは、すべてそういったぎりぎりの交換法則に基づいた計算で成り立っていることを、僕くらいの年齢になったら、誰でも知っているということ。この僕でさえもだ。

「どう？　気に入ってくれた？」都鹿がきいた。つんとした口の形のままだ。オープンカーだけれど、スピードを出していないから、普通に話ができる。どちらかというと、普通に話ができない方が僕の好みだけれど、道路や車に文句を言うつもりはない。

「うん、こんな直線じゃあ、良いも悪いもわからないけどね」

「え、どうして？」

「さっき、山を上ったときのカーブの連続、あれは良かったね」

「酔いそうになったわよ」

「ああいうのが、続いてほしいな、どこまでも……。天国への階段みたいに」

「天国？　それで？」

「だから、ああいう上りのカーブだと、ちょっとトルクが足りないとか、重いかなとか、わかってくるんだ」

「重いって、二人しか乗ってないじゃない」

「いや、車の話。オープンカーってのは、重いんだ」

「車の話じゃなくて……。私が、どうってきいたのは、ここの景色」

「ああ……」

景色が気に入ったか、という意味だったらしい。それは無理な質問だ。僕は、景色なんてものを気に入ったことは、生まれてこのかた一度もない。それに、風景が気に入っているなんて本気で言えるのは、殿様くらいだと認識している。

「なかなか、素晴らしいね。うん、気に入ったよ」殿様になったつもりで、大人の返事をしておいた。

「そうでしょう。気持ちが良いなぁ」

どうして気持ちが良いのだろう。酔ったあとのリバウンドだろうか。酔ったままの方が気持ちが良いともいえるんじゃないかな、と言おうと思ったけれど、都鹿にそこまでの論理的理解を求めるのは酷な気もしたので自重した。

「ねえ、頸城《くびき》君」そう言いながら、彼女は僕の右手に触れた。僕の右手は、不注意にもシフトレバーの上に置いたままだった。ギアなんて変える必要はないし、だいたい今どきの車なら、それはステアリングにもある。単なる右手の怠慢というべきか。

「私、今、幸せだなって、思った」

「へえ……」としか答えられない。よほどカーブが嫌いなのかもしれない。

「しばらく、ストレートみたいだね」

「は？」

「なんでもない。道の話」

「道？」

「幸せって、何が？」

「だから、今が」

「ふうん、そう……。あまり、そういうこと、言わない方だよね」

「そうだよぅ。だから、重みがあるでしょう？」

「重みね……。もしかして、方針を変更するような、その……、なにか切っ掛けがあったとか？」

そういえば、都鹿はヨガを始めたと話していた。ヨガが思想に影響したのだろうか。そんな想像をしただけで、笑えてきた。僕は都合良く上機嫌な顔になっただろう。

「そうね……」彼女は、ふうっと息を吐き、唇に指を当てたようだ。こちらを向いて顔を近づけてきたが、サングラスの圧迫感がもの凄い。僕が少しだけそれを避けようとしたら、彼女も冷静になったようで、前を向き、座り直した。「ママがね、そういうことを言うわけ。貴女は、ちょっと物言いがいけませんって」

「あそう……」

「いけないかしら？」

「いや、そんなふうに感じたことはないよ」

「でしょう？　あ、でも、心当たりはあるのよね」

「軍師でもついたとか？」

「グンシ？」

「いや、なんでもない。ああ……、そうか、君の母上が軍師なんだね」

「グンシって？」

「それよりもさ、ウィリアム・ベックって知っている？」

「え？　ううん、知らない」都鹿は首をふったようだ。大きなサングラスが一瞬光を反射した。「私、音楽とか聴かなくなった。どうかしたの？」

「大富豪でさ、この辺りに別荘を建てたって噂を聞いたんだけれど」

「あ、知っている、それなら」

「何を知ってるの？」

「うーんとぅ……。歌手じゃないよ」

「うん、歌手じゃない」

「えっと、コンピュータの天才なんじゃない？」

「そうそう」

「超お金持ちでさぁ。なんか、体育館みたいなでっかいのを建てたって」

「どこに？　もしかして、見た？」

「どこかは知らない」

「写真とかは？」

「見たことない」

「君の母上なら、きっと知っているだろうね」都鹿の母親は、名うての情報通なのである。

「どうかなぁ……。あ、何？　頸城君、なにか仕事で、関係があるの？」

「いやぁ、違う。そうじゃないよ。さっき、タクシーの運転手がそんな話をしていたからさ」

「嘘だぁ」都鹿は指を僕の鼻先へ近づけた。「嘘をつくと、鼻が伸びるんだよ」

都鹿は、馬鹿じゃない。かなり頭が回るので、油断ができないのだ。馬鹿そうに装っている、というほどではないものの、天然のシールドがうまく知性を隠している、といえば、まあ、五十パーセントくらいは彼女というシステムを表現しているかもしれない。

「ねぇねぇ、何をしにきたの？　車を貸してくれなんて言わずに、私んとこに泊まったら、どう？」

「いや、そういうわけには……」

「そうしてほしいなぁ」

「とにかく、仕事だからね。その……、泊まるところは指定されているんだ。もちろん、ときどき抜け出して、遊びにいけるとは思うけれど」

「嬉しい、ママが会いたがっているんだから」

「あそう。素敵なママだね」

「すっごい化粧が濃いから、びっくりするよ」

「そう」

「ねぇねぇ、どこに泊まるの？　ホテルでしょう？　教えてくれてもいいんじゃない？」

「悪いけど、やっぱり僕みたいな仕事はね、秘密厳守だから」

「私、絶対に秘密は守るから」

「ママにも言っちゃ駄目だよ」

「え？　嘘……。ママは、いいんじゃない？」

「ほら、そういうのは、絶対って言わない」

「うーん、そっかぁ……、ママにも言えないのかぁ。じゃあ、聞いてもしかたがないかしら」

「それは、うん、なかなか素敵な判断だね」

「そう？」

僕は微笑《ほほえ》んで頷《うなず》いた。素敵だと言ったのは、正直なところだ。これが、彼女の良さでもある。若いのに、一番大事なところが自分の中で確立している。僕が彼女の歳だったときに比べたら雲泥の差だ。たぶん、女性というのは、生まれたときから、この柱のような確かさが備わっているのではないか、と常々感じている。それに比べたら、男というのは、キャンプのテントみたいなもので、その場しのぎで雨風を防いでいるだけなのだ。

その先のドライブインで、コーヒーを飲んだ。気持ち良いくらい時化《しけ》た場所だった。

だいぶまえの景気が良かった時代の文化遺産のような施設で、高校生が文化祭ででっち上げたみたいなインテリアだった。コーヒーも平凡。でも、飲めないほどでもない。都鹿の機嫌が悪くなるんじゃないかとひやひやしたけれど。

そこを出て、来た道を戻り、また林の中のストレートを走った。ただ、山を下る道では旧道を選び、低速と急カーブと路面の悪さの連続だった。都鹿は酔ったかもしれない。でも、彼女はしゃべり続けていて、子供の頃ここでキャンプをしたとか、そのときの男友達が、今はプロゴルファになっているとか、そんな思い出話に明け暮れた。濃い薄いの差はあれ、誰にでも生きてきた時間なりの人生がある、と僕は思った。ようは、それを思い出すときの「抵抗」と「演出」の大小の問題なのだ。

ひんやりと湿った空気に包まれ、日差しが届かない林の中を下っていく。有名な滝があって、そこの駐車場は満車だった。道路にも駐車されている車が並んでいて、細い道がますます通りにくくなっていた。

「今日は、これからどうするの?」自分の話のネタが尽きたのか、都鹿がきいた。

「えっと……」僕は時計を見て確認した。もちろん、見なくても時間を忘れたりはしない。夕方の四時半だった。「そろそろ、君を送っていく」

「どこへ?」

「君の家へ」それは彼女の母親の別荘のことだ。「それとも、別のところが良い?」

「頸城君が泊まるところが良いけど」

「だからね……」

「わかっています。そう、もうお仕事ですか」

「残念ながら、そうなんだ」

「残念だなんて、思ってないよ。そうでしょう？」

「思っているよ」

「これから、きっと、どこかで女と会うんでしょう？」

「女って、誰のこと？」

「とぼけてる」

「まあ、人間のうち半分は女性だからね。もしかしたら、会うかもしれない」

「でも、良いの。私は幸せよ。ふうんだ……。方針変更したんだから」

「まだ、完全に自分のものになっていないね」

「何が？」

「君の新しい方針」

「どういうこと？」

「いや、方針なんてものはね、だいたい、そんなものさ」

都鹿の別荘は、その滝からしばらく下って、人里に近い辺りにある。この町は大半が別荘地なのだが、その中でも最も古い地域で、もちろん地価も高い。日本中の金持ちの別荘と、日本中の好調企業の研修所が、林の中で適度に距離を保って建っている。夏は葉が生い茂っているから、隣の建物は一切見えない。僕は、冬に一度だけ来たことがあって、そのときに建物が無数に見える風景に驚いた。

　都鹿の母親に挨拶をするつもりだったが、幸いにも留守だった。買い物に出かけたらしい。だから、都鹿を降ろしただけで、僕は車を出した。彼女は笑顔で手を振った。本当に、僕にはもったいないくらい良い子だ、とバックミラーで確認しながら遠ざかった。

　土産物屋が建ち並ぶ有名な通りがあって、その近くで道路が渋滞していた。そこを抜けて、駅まで車を走らせた。空は明るくて、低い太陽はまだ眩しい。それなのに、ときどき雷が鳴っていた。これは、この土地の特徴で、夏の夕方は毎日のように雷が鳴っている。そして、半分くらいは短い夕立になる。

　新幹線の到着時刻に五分ほど遅れてしまった。水谷《みずたに》優衣《ゆうい》は、タクシー乗り場の横で待っていた。ちょうど、人を乗せた一台が出ていったので、僕はそこに入り込むことができた。手を振ると、オープンカーだから、すぐに彼女が気づいてくれた。

　都鹿とは対照的で、スカート丈が長めのベージュのスーツで、サングラスもかけていない。もちろん、これから仕事にいくわけだから、落ち着いたファッションになるのも当然の選択というべきだが、しかし、彼女の場合は、プライベートであっても派手なファッションを選ばない。むしろ、プライベートの方がさらに大人しい。化粧をしていないのでは、と思えることだって多い。

僕は車から降りて、彼女の荷物をフロントのバゲージルームに納めた。

「どうしたの？　この車」

「友達から借りた」

助手席のドアを開けて、優衣をシートに座らせてから、僕は運転席に戻った。

「人が見てるじゃない。相変わらずね」

「何が？」

「ドアくらい、自分で開けられます」

「ああ……、ごめん。無意識にやってしまった」

「でしょうね」

僕は、後方を確認してから車を出した。

「涼しいね、嘘みたい」彼女はいつもの笑顔に戻っていた。髪が軽そうに揺れる。

「君と二人でドライブができるなんて、嘘みたいだよ」

「勘違いしないでね、仕事ですから」

水谷優衣は、本職は舞台女優だ。それは、彼女が自分でそう言っている。でも、あまり売れていない。アマチュアに限りなく近い。今は、出版社に臨時で雇われている。つまり、バイトだ。どうしてそうなったのかというと、ちょっとまえに僕が本を書いたときに、彼女が少し関ったからだ。その本が予想外に売れたこともあって、出版社は、また僕に本を書かせようとしている。僕には、しかし、そもそものを書きたいという衝動がない。もう少し簡単に言うと、書くことが嫌いだ。そこで出版社は、優衣ならば僕を説得できるだろう、と踏んでいるみたいで、彼女を編集員として雇い上げた。

優衣は若い頃に、別の出版社で働いていた経歴があったから、これは特に無理な人選ではない。彼女は、僕よりも二つ歳上。三十代ももうすぐ終わり。そろそろ身を固めても良いだろう。身を固めるというのが、具体的にどんな意味なのか僕は限定できないし、そんな言い回しを使ったことさえないのだけれど、世間的にはそういう空気が確実にあって、きっと、彼女も親族からそんなプレッシャをかけられているにちがいない。女優の夢を追うシーズンは、もう終わっているということでもある。でも、僕は、そうは思わない。彼女には才能があるし、なによりも、彼女はとても魅力的だ。僕の目にはそう映る。

僕たちは、かつて同棲していた。もう少し正確に表現すると、僕は彼女に食べさせてもらっていた。その関係が破綻《はたん》して、もう何年にもなる。実は、今の僕は、そのことを後悔している。何がって、別れることに奇跡的な活路がある、と信じた自分の甘さにだ。

それはまるで、炎の中を全速力で走り抜ける厄払《やくばら》いみたいに、そのときの僕を興奮させたことを覚えている。だけど、結局は火傷《やけど》の跡が残っただけで、肩凝り一つさえ消えることはなかった。

このまえの本の仕事で、彼女と、なんとなくだけれど少し話ができて、僕は微《かす》かなミクロン単位の光を見た感じがした。深海からようやく海面に届いた泡みたいな懐かしさだったかもしれない。そんなこともあって、今回の仕事を彼女が持ってきたときには、無条件に嬉しかった。仕事に関する条件なんてどうだって良いと思った。いちおう話を聞いたけれど、断る理由なんてなかった。

その仕事というのは、これから会いにいく人物について、僕が本を書くというものだ。詳しい条件はまだ決まっていない。インタビューを纏《まと》めるのか、それともゴーストに近い書き方になるのか、両極端はそんな感じだろう。どちらだって、僕はかまわない。世界的に有名な人物であってもなくても、その本がベストセラになろうがなるまいが、僕に関心はない。ただ、普通に取材して、それを書くだけだ。

僕は、その超有名人の別荘にゲストとして宿泊することになっている。期間は一週間。もっとも、不足があれば延長ができる。相手は多忙なので、ずっと僕のために時間を提供してくれるわけではない。近くにいれば、ちょっとした空き時間を見つけて、少しずつ応じられる、ということだった。それは、僕にとってもありがたい。相手が忙しければ、それだけ僕は暇になる。暇な時間を、この高級リゾート地で自由に使える。こんな素晴らしい夏期休暇はないだろう。

都鹿の別荘が近くにあることはすぐに気づいた。何度か、彼女から誘われていたからだ。話をしたら、車が借りられる、ということもわかった。話が上手《うま》すぎて、断ろうとしたのだが、都鹿が強くプッシュした結果だ。

僕にとっては、水谷優衣と一緒に過ごせる時間が持てること、その期待は大きかった。今のところ、最初の一日は、彼女も同じところに宿泊する予定だった。たぶん、明日には東京へ帰ってしまうだろう。ときどき、なにか理由を作って彼女を呼び出そう、と僕は考えていた。執筆の方向性で相談事があるとか、なにか資料を持ってきてほしいとか、そんなことを伝えれば良いのではないか。東京から簡単に日帰りができる距離だけれど、そこは、食事に誘うとか、大富豪のパーティがあるとか、作戦を練ろう。仕事が決まってからというもの、僕は、そんなことばかり考えていたのだ。この浅ましさは、なんだか自分が若いときの感覚を思い出させてくれて、自然に躰が軽くなった。なるほど、歳を取ったら、こういう具合に夢を見て、元気を出せば良いのだな、と理解したくらいだ。

「僕のことは、向こうに何て話したの？」真面目な質問をした方が優衣は嬉しいだろう、と考えて仕事の話をすることにした。運転をしながらだが、道は車が数珠《じゅず》つなぎでのろのろだったから、彼女の顔色を窺《うかが》うことだって容易《たやす》い。

「ベストセラ作家だって紹介したわよ」

「うわぁ……」

「それから、本業は探偵だってことも、伝えてあります」

「うわぁ……」

「いけなかった？」

「恥ずかしいなぁ。今どきさ、探偵だなんて」

「何て言えば良かった？」

「まあ、ボランティアとか……」

「何のボランティア？」

「いや、ボランティアっていったら、何でも屋のことだよ。そのまえに、義勇兵だと思われるかもね」

「あ、そうか。それ、案外、当たっているわね。そう自己紹介してね」

「恥ずかしいなぁ」

「とにかく、日本人向けに、自伝を出したいわけ」

「どうして、そんなことをしたいと思ったのかな？」

「私は、わからない」

「ビジネスの一環？」

「お金に困っているような人じゃないから……。私がわからないって言ったのは、日本人の誰が、この企画を彼のところへ持っていって、どんなふうに説得をしたのかってこと」

「ああ、そうか。出版社の方から仕掛けたわけだね。そのあたりの話は、君は聞いていないわけ？」

「うん。全然。私、部外者だし、下っ端だし」

「言い出しっぺがいるなら、そいつが偉そうな顔して、僕になにか言いにきても良さそうなものだけれどね」

「ええ、そう。普通はそうね。でも……」

彼女は、そこで黙ってしまった。

「でも、何？」

「君、普通じゃないから」

それは本当の答ではない、ということがわかった。ちょっとしたタイムラグがあったからだ。つまり、その偉そうな顔をしたい奴は、僕に会えないなんらかの理由があって、彼女はそれを知っているというわけだ。思い当たることは、北斗七星の星の数ほどある。だいたい、僕は仕事関係でつい喧嘩をしてしまうらしい。こちらにその気がなくても、あとであれが悪いと指摘されることが多い。冗談のわからない人間が日本には沢山いるし、僕は、冗談のわからない奴がわからない奴なのだ。

「普通の人じゃないと会わないっていう人も、普通じゃないなあ」

「そう、そのとおりかも。たぶん、いかれてるんだと思う」

「いかれてるか……。懐かしい表現だね」

「いえ、単なる敬語として」

「え？　どこへ行かれているの？」

「冗談よ」彼女はくすっと笑った。

「ああ、それは……」僕もつられて笑った。「いかれてるよ」

「あのね、頸城君、約束してほしいの。ちゃんと仕事をしてね。途中で投げ出したりしないでね」

ほら、やっぱりそうなんだ。僕の言動を心配している。彼女に心配させてしまうなんて最低だな、と自分でも思った。

「大丈夫だと思うよ。たぶん、だけれど」

「なんか、うーん、やる気ないでしょう？　わかるよ、顔を見たら」

「うん、やる気ってのは、正直ないね。だって、面白くもなんともないし、それに、興味もないし、あと、はっきり言って、そのベックさんっていう人も、そんなに知らないし」

「そこが駄目。興味があるんだって言わないと」

「誰に?」

「ベックさんに。失礼でしょう?」

「ああ、そうだね、それはわかるよ、その理屈は。特に……」

もちろん、それくらいはできる。僕は、けっこう人当たりが良い、と自己評価しているくらいだ。探偵業なんて怪しいビジネスには、人当たりが一番大切なのはまちがいない。それに僕の場合、人当たりの良い悪いよりも、人当たりに弱いだけなのだ。

「特に、何?」

「君が言うと、よくわかる」

「どういう意味?」

「ほかの人が言ったら、馬鹿馬鹿しいって思う、という意味」

「なんか、心配……。はぁ……」優衣は溜息をついた。「大事な仕事だと思うのよ」

「大事って?」

「貴方にとって、人生を決めるような仕事なの。だから、お願いだから、巫山戯《ふざけ》たりしないで」

「僕はいつも……」

「巫山戯ているわよ」鋭い眼差しをぶつけてきた。彼女の得意技だ。そういう眼力みたいなものが、舞台女優の武器なのだろうけれど、できれば日常生活であまり使ってもらいたくない。特に、僕みたいに気の弱い人間は、それだけで思わず急ブレーキを踏んでもおかしくない。

幸い、僕はブレーキを踏むまえに、バックミラーを見た。だいぶまえに、国道の交差点で脇道に入り、さらに森林の中を抜ける細い道を進んでいた。目的地は、だいたいの道順を事前に優衣から聞いていたし、ドライブインで都鹿が化粧を直しているのを待っているときに、ナビの地図で調べてあった。ミラーに小さく映っているのは、少し離れてついてくる黒いランドローバだ。振り向きたいところだけれど、我慢をした。

「なんか、護衛されているみたいだよ」僕は言った。

「護衛？　誰が？」優衣が眉を顰《ひそ》める。そして、少し考えてから、彼女は後ろを振り返った。「あ、あのジープ？」

「駅からずっと後ろにいる」

「へえ……。誰をつけているの？　君？　それとも、私？」

「まあ、君じゃないだろうね」

「ふうん、それくらいのことは、普通にするのかな……。いちおう、警戒されても不思議ではないわけだし」

「もしかしたら、君と会うまえから、見張られていたかもしれない」

「私と会うまえは、何をしていたの？」

なかった。

「いや、なにもしていない」

「なにかはしているでしょう？」

「うーん」たとえば、何をしただろう。息をしたとか、汗をかいたくらいしか思いつか
「たとえば、このシートだけれど、香水の匂いがしたよ」

「へえ……。どうしてだろう」

「私も、香水を持っていたら、ここに零《こぼ》してやろうかしら」

「それは、なんか、犬みたいだね」

「面白いことを言うじゃない」優衣は笑った。

「たまにはね。ありがとう」

その道からもまた逸《そ》れた。もう、ナビには道が表示されていない。つまり、私道ということか。しばらく進んだところに、ゲートがあった。それは広く開いていて、そこから先の上り坂は石畳になった。黒いランドローバは、ゲートの中には入ったが、そこで停車したようだった。

僕たちはさらに奥へ進む。白樺の林になり、広い芝生の庭園も見えてきた。池もあるようだ。ゴルフ場のような人工的な造園だった。まだ新しいので、まったく自然に溶け込んでいない。テーマパークみたいなわざとらしさに加えて、あまりにも綺麗で整いす

ぎていて、気持ちが悪くなるくらいだ。一番高いところに、白い壁の城のような建築物が見えてきた。

どうして城だと思ったのかというと、まず大きいこと、それから、屋根がゴシック建築みたいに尖《とが》っていること、塔のようなものが両側にあること、そんなところだ。城以外に何と表現すれば良いだろう。まさか、ホテルみたいだなんて、平凡なことは僕の口からは恥ずかしくて言えない。

「凄いね。機能的でないお城みたいだ」

「そう？　私には、お金をかけすぎたホテルみたいに見えるけれど」

「ちょっと、日本の建築家にはありえないセンスじゃないかな」

道はその建物の反対側へ回り込んだ。正面ロータリィへ車を入れ、玄関の前で停まる。従業員風の若い男と、黒い服を着たいかにも執事という風貌の中年の男が立っていた。たぶん、執事だろう。あれが主人だったら、かなり凄い。それくらいのトリックはあっても良さそうなものだ。

車のエンジンを切り、僕たちは降り立った。さきほど見えた敷地内の人工的な庭園は建物に遮《さえぎ》られて今は見えない。周囲の山も見えない。唯一の例外は、数キロ離れたところにある火山だった。それは標高が二千六百メートルある活火山で、今も頂上付近には白い煙なのか雲なのかが見える。たぶん、僕が立っているところでも、標高は千数百メートルはあるはずだ。空気が薄いとは感じないが、ひんやりとした空気は異質だった。世間の空気とは違う。

さて、仕事モードに切り換えて、真面目に、そして彼女の期待を裏切らないように注意をして、僕なりに時間を使おう、と思った。ほんの一瞬だけ、夢のような夏の一時も連想しかけたけれど、そういう連想自体が、この空気の薄さで膨張した結果かもしれない。

「頸城様、お待ちしておりました」その執事風の男が言った。日本人だ。ということは、この別荘にいる、ここ専用の執事ということだろうか。

「葉山《はやま》書房の水谷と申します。よろしくお願いいたします」優衣がお辞儀をした。

僕も、まあまあの笑顔を作って、軽くお辞儀をした。とっておきの笑顔とお辞儀は、ウィリアム・ベックのために温存しておいた方が良いだろう。

第１章　不在・羨望・さらに思議

水底《みなそこ》にすてきな貝がらがあるのを、わたしは見つけた。実際は、バラ色とブルーの小石だった。わたしはもぐってそれを拾うと、昼食まで大事に手のひらでころがしていた。これをお守りにして、夏のあいだずっと持っていよう、とわたしは決めた。

なんでもなくしてしまうわたしが、なぜこれだけはなくさなかったのか、わからない。石は今も、わたしの手のひらにある。バラ色で、あたたかみを帯びて。そうしてわたしを、泣きたくさせる。

1

ウィリアム・ベックにすぐにも会えるものだと勝手にイメージしていたが、そうではなかった。

執事の男が、僕たちを案内してくれた。ホールの階段から二階へ上がり、真っ直ぐの通路を右へしばらく歩いたあと、左側のドアを開けてくれた。僕がさきに入り、続いて優衣、そして執事が入ってきた。彼女の部屋はこの隣で、そこのドアで行き来ができます、と指さした。僕はちらりと優衣の顔を窺ったが、彼女はこちらを見ない。

リビングと寝室、それにバスルーム。賃貸だったら月に何十万円も取られる広さだし、目立たないけれど、置かれている調度品が素晴らしかった。そう、目立たないというのが、素晴らしさの本質でもある。一級品は目立つが、特級品は目立たないものだ。

二人が出ていった。隣の部屋へ彼女を案内しているのだろう。僕はソファに腰を下ろし、天井を見上げて溜息をついた。それから、携帯電話の電波が届くことを確認し、同時に現在地を地図で確かめた。でも、周りはなにもない。ただの森林地帯。バッグからパソコンを出して、ネットへアクセスした。都鹿から届いていたメールにも、簡単にリプライしておいた。

ドアが閉まる音が微かに聞こえた。執事が隣の部屋から出てきたようだ。やがて、ノックがあり、返事をすると、彼が中に入ってきた。

「今晩のお食事は、こちらでなさいますか?」軽く頭を下げてから、執事がきいた。どうしたら、そんなに滑らかに発声できるものか、と感心する。

「こちらというのは、この部屋で、ということですか?」

「さようでございます」

「それ以外の選択肢は?」

「一階の食堂でも、ご用意できます」

「では、食堂でいただきます。あの、彼女は何て言っていました?」

「食堂で、とのことでした」

「では、一緒に行きます。ベックさんには、会えますか?」

「申し訳ございませんが、私にはわかりかねます」

「そうですか。食事には、ほかに、どなたが?」

「はい、それも……、まだ、決まっておりません」

「なるほど。どうもありがとう」

「失礼いたします」一礼して、下がろうとした。

「あ、あの……」

「はい、何でしょうか？」

「名前を教えて下さい」

「私ですか？」少しだけ目を大きくして、胸に手を当てる。大袈裟《おおげさ》な素振《そぶ》りである。

「松田《まつだ》と申します」

「松田さんは、ベックさんとは長いのですか？」

「いいえ、私は、今年からこちらでお世話になっております」

「どうもありがとう」

松田が出ていったあと、静かになった。窓を少し開けて外の空気を入れる。といっても、室内も室外も涼しくて、気持ちの良い澄んだ山の空気そのものだった。普通の住宅の二階よりもかなり高い。建物自体が少し高い位置にあるのと、一階の天井が高いためだろう。それでも、周辺の樹々はさらにもっと高いところまで葉を茂らせていた。風はないように思っていたが、枝は揺れ動いている。地上に届く木漏れ日がブラウン運動しているようだった。

見えているのは、正面ロータリィとは反対側で、東か少し南ではないか、と思えた。

緑に遮られて、青い空も一部だけしか見えないし、周囲の景色も遠くまでは望めない。見える範囲の地面は、綺麗な明るい芝生だった。いったいどれくらいの広さがある敷地なのか、と思ったが、そんな数字を聞いたところで、べつになにも面白くないだろう。きっと、東京ドームいくつ分といった、無責任なマスコミの表現くらい面白くない。

ドアがノックされた。すぐ近くからの音で、隣の部屋から通じるドアだと気づいた。そちらへ歩み寄って、ドアを開けた。

「直通だね」水谷優衣が立っていた。服装が変わっている。スーツではなく、ラフなシャツとジーンズだった。もう着替えたのだ。

ドアは一枚ではない。短い通路を途中に挟んで二枚ある。彼女の部屋のドアと僕の部屋のドアだ。いずれもそれぞれの部屋から鍵がかけられるようだ。

「どこでもドアってわけじゃないんだ」僕は呟《つぶや》いた。

ソファに優衣が座り、僕は肘掛け椅子に腰掛けて脚を組んだ。彼女は透明のファイルに入れた書類を手にしている。それを見ながら、ウィリアム・ベックという人物のことを説明してくれた。だいたい、ウェブでざっと目を通してきたから、特に新しい情報はない。

ウィリアム・ベックは、アメリカ人、実業家、今年で五十七歳になる。資産家の家に生まれ、高校生のときに、友達とともにコンピュータソフトの開発を始める、ハーバード大学入学、専攻は法学、大学生のとき、コンピュータのインタプリタを作製、その後、休学して新しいソフト会社を創業、八〇年代には、パーソナルコンピュータ市場で、不動の地位を築く、といったところか。

彼は、十五年ほどまえに、自社のCEO職を譲り、さらに昨年には、会長職も退いている。経営と技術開発の第一線からは数年まえに身を引き、ウィリアム・ベック財団による慈善事業に専念している。

彼の現在のステータスを一言で表現すれば、使い切れないほどの金がある、ということだ。日本に建てたこの別荘は、一人息子のため、とも言われている。僕が知っている情報はそんなところだった。

いかにもアメリカらしいサクセス・ストーリィの典型といえる。日本のように、成功者はいつまでも現職にしがみつかない。それだけ、個人の資産が桁違いということだが、稼いだ金を施しに使ってこそ真の成功者なのだ。ウィリアム・ベックの場合、あまりにも資産が巨額で、使い切れないのではないか、という声も聞かれる。これに対し、本人は、自分の死後五十年間で財団はすべての資産を償却する、と発表している。だらだらと使うな、という意味らしい。この部分は、僕なんかには思いもつかない金銭感覚と言わざるをえない。だいたい、自分の死後五十年なんてものが存在することさえ、僕は知らなかった。

「息子のために、ここを造ったわけ？」そこの部分は少し引っ掛かった。なにしろ、ウィリアム・ベックは贅沢が嫌いだ、という伝説がある。ハンバーガが好きで、ホテルも安くて狭い部屋にしか泊まらない。そんな話も読んでいた。

「さあ、どうなのかな」優衣は首を傾《かし》げた。「息子のアンディは、東京の私学に留学しているわね。だったら、東京に別荘を建てた方が効率が良いと思うんだけれど」

「まあ、アメリカから見たら、電車で一時間だし、通勤圏だし、おまけに涼しいし、原発からも遠いし、立地としては、わからないでもないね。ただ、なにもここまで、ビッグサイズでなくても良いのでは、という気はする」

「これも、ベック氏からしたら、ビッグではないのかも」

「本人がもの凄く大きいとか？　身長は？」

「百七十五センチ」

「そう、普通だね」僕は頷いた。「で、君としては、どのあたりが聞きどころだと思う？」

「インタビューの？」

「そう。面白そうなストーリィがはたしてあるのかってこと。彼の人生のどこかに、スポットを当てるべき闇とかがあると、読み手としては面白いし、話題にもなりやすい」

「闇ね……」

「離婚しているとか、病気で苦しんだとか、誰かと大喧嘩をしたとか」

「あまり、そういう話は漏れてこないわね、私の知っている範囲だけれど」

「面白くないね。だったら、順風満帆で、才能があって、あっさり幸せを摑《つか》み取りましたっていう、みんなが一番嫌いなストーリィになるなぁ。売れないね、それじゃあ」

「まあ、そうね」

「家族の誰かが海で溺れたとかでもないと」

「ないと思う」

「殺し屋に狙われたことがあるとか」

「このまえの本の話をしているわけ？」

「うん、このまえの本で、この仕事が来たんだからね」

「それは、そうだけれど」

　このまえの本というのは、ある有名人に関するレポートだった。当人が銃で撃たれて死んだのだ。あれなら、誰が書いてもベストセラになっただろう。少なくとも、僕の才能で売れたのではない。僕は、たまたまその場に居合わせて、事件に巻き込まれたにすぎない。

「マイケル・ジャクソンで、こんな話が来たら良かったのに」

「わかった、もう、それ以上言わないで」優衣は片手を前に出して広げた。笑っていない。どうやら気に入らなかったようだ。

謝ろうかと思ったけれど、言いすぎたとも思えないので黙っていることにする。

「私も知らなかったことだけれど、一つだけ、う一ん、極秘情報はあるの。これは、切り札だから、使い方に注意してね」

「何？」僕は脚を解き、前屈みになっていた。

「十年くらいまえに、不倫報道が一部にあったの。日本には伝わっていないと思う」

「愛人がいた？」

「そう」

「それくらいは、あるんじゃないかな」

「会社の部下だった人で、その人、自殺したの。ベック氏は、それに対して一切ノーコメントだった」

「ふうん……」僕は両手を組んでいた。「それは、なんか、ちょっと難しいね」

「何が難しいの？」

「取扱いが」

「でしょう。でも、君が言った闇だよね、これって」

「うん、そうかな。だけど、聞き出せても、書かないでくれって言われるだろうね、たぶん」

「そこは、何て言うの、書き方じゃない？」

「そんな高等テクニック、僕にあると思う？」

「あると思うわ」

「そう……」溜息をついて、僕は立ち上がった。窓の近くへ寄り、外を見た。「ほかには？」

「うーん、非公式情報として、もう一つ」彼女も立ち上がって、僕の近くへ来た。外が見たかったのだろう。「かなり息子と仲が悪い」

「へえ、息子さんは、えっと、アンディだったね。いくつ？」

「二十四歳」

「まあ、それくらいの男の子だったら、たいてい父親とは上手くやれないと思うな」

「そんなことないよ。たいていは、上手くやっているんじゃない？」

「だとしたら、そんな仲の悪い息子のために、こんなゴージャスな別荘を？」

「だから、アンディのためというのじゃないと思う。たぶん、だけれど……」

窓の外に若い金髪の女性が歩いているのが見えた。白いスカートが軽やかに揺れている。

「あれは？」僕は優衣にきいた。

「いえ、わからない」

2

　まもなく六時になろうとしているが、日差しが横から届き、かえって地上は明るいように感じられた。樹々の側面が一本ずつ丁寧に輝いて、カメラを持っていたら、シャッタを押したくなる風景が、あちらにもこちらにも、パノラマで展開していた。僕は一階の食堂から出たウッドデッキに立って、それを眺めている。二階の窓から見るよりも庭園が一望できた。

　ステップを下り、ウッドチップの小径《こみち》を歩くことにした。振り返って建物を見ると、二階の窓が等間隔で並んでいて、その一つに優衣が立っているのがわかった。彼女は片手を振った。笑っているように見えたけれど、それは勝手な想像だったかもしれない。なにしろ、庭の散歩に誘ったら、「私は行かない」と率直な返答だったのだ。もう少し、なにか嘘でも理由を言うのが普通ではないか。ちょっと頭痛がするからとか、日焼けしたくないからとか。僕だって、四つくらいなら思いつく自信がある。

　しかし、歩いているうちに、そんなことはすぐに忘れた。綺麗な庭を散歩するのは、一人にかぎるな、と思えてきた。さっきの金髪の女性は、もう建物の中だろうか、なんて想像もできる。

緩やかな起伏がある広い空間だが、樹がところどころにあって、広く開いたスペースはない。その点がゴルフ場とは違う。僕はゴルフはしないけれど、ここだったら、ボールを打ってみたい気がする。たぶん、どれかの樹に当たって、跳ね返って、どこへ行ったかたちまちわからなくなるだろう。

建物から二百メートルほど離れたところに、東屋《あずまや》のような小さな建物があった。壁はなく、屋根とそれを支える柱だけ。柱は何本もあって、上から見れば円形に近い形だ。その中にあるベンチに、髭を生やした紳士が座っている。こちらを見ていた。目が合ってしまったので、そちらへ近づくことにした。

サマーセータを着ている。髭も頭も半分以上白い。年寄りに見えるが、しかし、白人というのは、けっこう若くても年寄りに見えるものだ。こちらから、ハローと挨拶をすると、微笑み返した。私が思うに、我々は初めて会ったようだ、と英語で言うので、たぶん、と答える。名前を尋ねられたのかもしれない、と思って、エツオ・クビキだと名乗り、今来たばかりだ、ともつけ加えた。僕の名前は、絶対に一度では通じない。それは、日本人が相手でもそうだ。通じたかどうかはわからないが、相手は、ロジャだと名乗った。

ロジャはベンチに座り、僕はその前に立っている。ウィリアム・ベックの本を書くために来たと説明をしたところ、彼は、ベックの友人で医者だと言った。どこから来た、ときかれ、東京だと答える。一人か、とも尋ねられたので、仕事のパートナが一緒だ、と説明した。

何時か、とロジャが言うので、時計を見て時刻を教える。六時を二分ほど過ぎていた。ウィリアム・ベックは今どこにいるのか知っているか、と尋ねると、ロジャは指を上に向けた。

僕は、思わず見上げてしまった。東屋の屋根の裏側。その向こうには、高い樹がある。槻《けやき》だろうか。四十メートル近い高さで、もちろん一番上までは見えない。その樹の上にウィリアム・ベックがいるとは思えない。

「彼はツリーハウスにいるのか?」と僕は彼に尋ねた。

ロジャは笑ったが、そうじゃない、ヘリコプタに乗って東京へ行った。今頃はもうランディングしているはずだ、と答えた。

「東京ならば、あっちだ」と僕は指さして、方角を教えた。

彼が飛び立ったヘリポートがこの先にある、と教えてくれた。僕は彼と別れて、そちらへ歩いた。緩やかだが道は上っている。少し高台になっているところがあって、珍しく周囲に樹がない。そこがヘリポートだった。地面に大きな円が描かれ、Hの文字もあった。それがなければ、単なる広場だ。テニスコートなら二面は優に取れる。近くに格納庫らしき建物や、そのほかにも幾つか作業場というか、オープンのガレージがあった。

格納庫の前に、ヘリを牽引するためのものだろう、小さなトラクタらしき車両もある。近くには誰もいない。

ほんの三メートルくらい高いだけだが、周囲がよく見渡せる場所だった。ロジャがいる東屋も見える。まだ彼はそこのベンチに座っているようだった。

まだ先へ行けそうなので、ヘリポートを横断してさらに奥へ歩いた。今度は下り坂になる。つまり、ヘリポートの辺りが一番高いようだ。遠くに池が見えてきて、そこへ流れ込んでいる小川に、小さな橋がかかっていた。小さい車ならばぎりぎり渡れるだろう。しばらくそこで立ち止まり、池を眺めた。家鴨《あひる》が何羽か浮かんでいる。岸辺に上がっている一群も少し離れたところに見えた。橋を渡ったその先に建物があった。木立の中に隠れるように建っている。さきほどの格納庫よりもずっと小さいが、人が住んでいそうな雰囲気だった。窓にカーテンが掛かっていたり、裏手に洗濯物が干されているのが見えたからだ。離れのガレージらしき建物もあって、その前に軽トラックが駐《と》まっていた。また、得体の知れない乗り物があった。トラクタかと思ったが、もう少し小さい。近づいて観察すると、シートの下に円盤型のカバーがあった。なにかの作業に使う車両のようだ。

メカニズムに興味があったので、それをじっと見ていたら、そのガレージの中から作業服を着た男が出てきた。こちらを見る。僕が軽く頭を下げると、その半分くらい頷くような仕草を見せたが、すぐに目を逸らし、また中へ戻っていった。おそらく、この庭を管理している人間だろう。ただ、彼が一人でこの広大な土地を扱えるとは思えない。ほかにも、そういった人間が何人もいるはずだ。だいたい、あの屋敷だけでも、十人以上の使用人が必要なのではないか。もし、主人が在宅で、しかもゲストがあるとなると、そのサービスをする人員もいる。なにしろ、ゲストが自分の食べるものを持ち寄って、食べたあとには皿も洗ってくれる、なんて習慣はないにきまっている。金のかかることだ。つい、そんな貧乏くさいことをあれこれ考えてしまった。

また、しばらく歩き、池の周囲を巡った。家鴨を近くで見てから、屋敷の方へ戻ることにした。庭園がどこまであるのかを確かめることはできなかった。少なくとも柵のようなものはない。それは見えないようにさらに森の深いところに設置されているのだろう。柵がないと、野生の動物が侵入することになる。この辺りは、猿も猪も鹿もいる。熊もときどき出るという話を耳にしている。

太陽は火山の向こうに隠れてしまった。空はまだ明るいが、急に空気が冷えてきた。風が冷たく感じられる。ウィンドブレーカを着てくれば良かった、と思った。屋敷の方へ戻ることにしたが、池をぐるりと巡ったため、来たときとは違う道になった。池から流れ出る方の川があって、道はそれに沿っていた。なかなか反対側へ渡れない。ヘリポートからはだいぶ遠ざかった。この道で戻れなかったら困るな、と心配になった頃、少し大きめの橋が見えてきた。芝生の平坦な土地も見えた。レンガの低い壁があって、近づくと薔薇《ばら》が伝っているようだった。花は今はないが、刺《とげ》があるから、たぶん薔薇だろう。植物に関する僕の知識というのは、その程度だ。花の形ではなく、花の色で名前をつけてくれたら良かったのに、といつも思う。

敷地の面積はどれくらいだろう。僕が歩いた範囲でも、館から四百メートルは軽く離れることができる。ゲートから館に至るエリアも相当距離があった。たとえば、小さめに見積もって、七百メートル四方だとすると、約五十万平米になる。この辺りの土地はいくらくらいか。山奥だから、仮に一坪が三万円として、一平米が一万円だから、五十億円か。

五十億なんて、彼にとっては、たぶん端金《はしたがね》なんだろうな、と想像した。ここの造成にも、そしてあの建物の建築費にも、ずいぶん金がかかっているだろう。そんな大金が、どうして個人に集まるのか、その仕組みの方が不思議だ。

この種の話を、ウィリアム・ベックはしたいだろうか。したいのなら、きいた方が良い。でも、たぶん、彼にとってはつまらない話題だろう。もう沢山のマスコミがその質問をしているはずだからだ。やはりやめておこう、と決めた。

建物に近づくと、パラソルが幾つか立ったウッドデッキに、逆方向から戻った。最初にここからスタートしたのだ。ウッドデッキといっても、五十人くらいでパーティができきる広さがある。ビアガーデンになるな、と思った。

開いているパラソルは三つだけ。そのうちの一つに水谷優衣がいた。白い円形のテーブルの周囲に、細いスチール製の椅子が置かれている。そこに座っていた。さきほどと同じ服装だが、肩にセータをかけている。

「どこまで行ったの？」近くへ行くと、彼女がきいた。

「家鴨がいるところまで」

「家鴨？」

「池があるし、川もある。ヘリポートもあったよ」

「私、もっと大勢の人がいるものだと想像していたんだけれど、なんだか、ひっそりとしている感じ」

「うん、ひっそりとしている方が好きだな」

「ちょっと寒いくらいね」

「そうだね。中に入ったら」

「いえ、せっかくだから、もう少しここにいる」

せっかくというのは、暑い東京からわざわざ避暑地へ来たのだから、という意味だろう。僕も椅子に座った。少々効きすぎたクーラだと思えば良い。

「家鴨は何をしていたの？」

「さあ……、沢山いたからね。それぞれだと思うよ。ここって、冬は厳しいんだよね。池は当然凍ってしまうから、どうするんだろう？」

「どうするって、冬は池にはいないんじゃない」

「それくらいは、僕でもわかる。そうじゃなくて、どこかに寝床があるのかなってこと」

優衣は、横を向いてしまった。もう、家鴨の話はやめた方が良さそうだ。

「ベックさんは、ヘリコプタで東京へ行ったって」

「え、誰から聞いたの？」優衣がこちらを向いた。家鴨の話題とは大違いの反応だ。

「えっと、ロジャから」

「誰、ロジャって」

「そこで会った人。医者らしい」

「へえ……。それじゃあ、今夜は、会えないかもしれないのね」

「たちまち戻ってくるかもしれない」

「私、明日には、東京へ戻らないといけないの」

「どうして？」

「どうしても」

「ベックさんに会えないと、なにかまずい？」

「まずくはないけれど……、心配」

「何が？」

「君のことが心配」

「ああ、僕なら、大丈夫だよ」無理に微笑んで見せた。「上手くやれると思う」

「あのね……」彼女は腕組みをした。「あまり、潔《いさぎよ》い判断をしないでね」

「潔い？」

「なにか困ったら、電話をして」

「何を心配しているのかな……。僕がカッとなって、喧嘩でもすると思っているわけ？」

「いえ、そんなことは心配していない。そうじゃなくて、カッとして、笑顔で部屋を出て、そのまま帰ってきてしまうんじゃないかって思っているだけ」

「それは、まあ……、ありそうだね」

「でしょう？　この仕事、最初から乗り気じゃなかったもの」

「今でも乗り気じゃないけれど、でも、君のたってのお願いだったら、なんとかするよ」

「たってのお願いって、何？　どういうこと？」

「いや、単なる言葉の綾《あや》だよ」

「ごめん……」優衣は溜息をついてから、片手で両目を覆った。頭痛がします、というジェスチャに見える。

「カッとしたね」僕は優しくきいた。

「ああ……」手を退《ど》けて、もう一度溜息をついた。「どうして、こう、君の言うことが、いちいち癇《かん》に障《さわ》るんだろう。私の問題かな」

「いや、僕の問題だと思うよ」

「少なくとも、言葉の問題じゃないの。もっと、別のこと……」

「怒らないでほしいな。さっきのは、えっと、つまり、たってのお願いってのは、僕の失言だった」

「少なくとも、私はね、君にお願いをするような立場じゃないわけ。そうでしょう?」

「わかっているよ」

「私は、この仕事が、君のためになると思ったの」

「わかっているよ」

「わかっているかしら……」

「僕のことを心配してくれて、嬉しいよ」

「でも、今気づいたんだけれど、私の心配は、君のためではないわね。自分の立場もあって、我が身可愛さってこと。たしかにそうなんだ。君が皮肉を言うのも、まちがいではない。うん、そうだね……」

「僕は、その、皮肉を言うつもりはなかった」

「うん、君は、いつもそんなふう。ずっと同じ……」

「やっぱり、涼しすぎるんじゃないかな、部屋へ戻ろう」

優衣も黙って立ち上がった。建物の中に入ろうとすると、ドアを執事の松田が開けてくれた。そこで見ていたのだろうか。

「お部屋にお戻りになりますか？」

「ええ」優衣が返事をした。

「温かいお飲みものをお持ちしましょうか。それとも、冷たいものの方がよろしいですか？」

「夕食は、何時頃ですか？」僕はきいた。

「七時からのつもりでおりますが……」

「じゃあ、僕は熱いコーヒーを」

「私も」

「かしこまりました」

デッキから入った食堂を抜けて、ホールへ出る。階段を上りながら、二人分のコーヒーを松田が運んでくるとして、どちらの部屋で待てば良いだろうか、と考えた。でも、優衣は、あっさりと僕の部屋の前を通り過ぎ、自分の部屋のドアを開けた。こちらを一《いち》瞥《べつ》しただけだった。

3

僕は自分の部屋で一人、ソファで肘掛けに脚をのせていた。コーヒーは到着した。松田ではなく、中年の女性が持ってきた。一言二言話したかぎりでは、日本人だった。でも、最近はもうわからない。

そのコーヒーは半分くらい飲んだ。テーブルの上にある。知らないうちに手が届かなくなったので、そのあとは飲めなくなった。

僕は、ウィリアム・ベックの人生なんかどうだって良い。それについては、まったくなにも考えていない。それよりも、水谷優衣の人生について考えた。彼女の現在の夢は何だろう、と想像した。直接きいてみるのが良いけれど、そんな話をしたら、また叱られそうだ。彼女の伝記を書くために、仕事としてインタビューしたいくらいだ。そして、その彼女の人生において、この僕がどこまで、そしてどんなふうに関与ができるだろう、とあれこれ考えを巡らせた。けっして、見返りを望んでいるのではない。それは確かだ。嘘のような綺麗事なのに、今はそれを確信できる。僕は、彼女の前では聖人になれるかともしれない。きっと、なにかを捧げたいのだ。たとえ自分にとってマイナスになることでも、彼女に僅《わず》かでもプラスになるようなことはないか、と必死で考えている。彼女を救うためなら、僕は犠牲になれる。そんなチャンスはないだろうか。

たぶん、簡単な言葉でいえば、「やり直したい」という意味だと思う。その言葉の嫌らしさは、僕が抱いている気持ちには微塵《みじん》も存在しないものなのに、そのままは伝わらないだろう。それでも、その言葉しかないというのが、つまり、言葉が生まれながらにして汚れていることの証拠だ。

それと同時に、吸った息を吐かなくてはいけないみたいに、ただ、ぼんやりと、諦《あきら》めのような神の囁《ささや》きが、僕の耳を熱くする。たぶん、神様が近すぎるってことだろう。どうだって良いじゃないか。そうも聞こえる。そんなことを、いつまで引きずるつもりなんだ。そう言っている。

だけど、一度は彼女から完全に離れたと思ったし、僕自身も別の方に気を取られていたのだ。それが、なんとなく、また近づきつつあるような気配があって、少なからず運命的なものを感じていた。今回の仕事だって、そうだ。君のためになる、と彼女は言ったじゃないか。僕のためにしてくれるなんて、そもそもなかったことでは？　好意だと受け止めて良いのだろうか。彼女が、ただの同情でここまでするとは、どうしても考えられないのだ。

僕も彼女も、もう若くはない。だんだん人生の可能性も萎《しぼ》んできた。たぶん、同じことを彼女も感じているのだろう。このまえの仕事が偶然にも当たって、僕は小銭を稼いだ。彼女から見れば、金銭的価値を生み出せるような男ではなかったはず。その僕が、多少は賭けてみようかといった対象に挙がったのかもしれない。それが、君のためになる、という言葉になったのではないだろうか。

これは、一方的で希望的な観測だ。ただ、それがもし正しいならば、僕は、生産的なことを今はすべきだ。彼女の望みになる可能性を模索すべきなのだ。

考えてみたら、自分はずっと彼女に甘えていた。彼女と同棲した頃、若いときの自分がそうだったからで、今でもそれを引きずっているように思えた。もう少し大人になれ、ということを、きっと彼女も願っているだろう。そう受け止めよう。

躰を水平に近い角度に保持していたせいで、僕はそのまま少し眠ってしまった。なにか音がして、ああ、隣の優衣が部屋に入ってきたな、と思った。このまま目を開けないでおこう、なんて考えた。でも、いつまで経っても彼女は近くへ来ない。しかたがないので、目を開けたが、部屋には誰もいなかった。

通路側のドアがノックされたようだった。立ち上がって、そちらへ行く。ドアを開けると、さきほどコーヒーを持ってきてくれた女性が立っていて、僕を見てお辞儀をした。

「まもなく、お食事の時間になります。食堂へお出かけ下さいませ」

「はい、わかりました」

彼女は、通路を階段ホールの方へ戻っていった。ということは、優衣の部屋へはもう知らせたようだ。

僕は部屋へ引き返し、トランクを開けた。もう少し早く出して、クロゼットに吊っておくべきだったな、と思いながら、スーツを取り出した。シャツも新しいのを出して、腕を通した。鏡の前でネクタイを締めているとき、隣の部屋に通じるドアがノックされた。

「開いているよ」と答えると、優衣がドアを少しだけ開けてこちらを覗《のぞ》いた。

「やっぱり、部屋に持ってきてもらった方が良かったかも」そう言いながら、彼女は入ってきた。すみれ色のドレスを着ている。

僕は、彼女の全身をじっくりと見てから、微笑んで頷いた。言葉にすると嫌みだと思われそうだったので黙っていた。都鹿だったら、嫌みでも褒めた方が喜ぶはずだ。言葉というのは、たとえ純粋な褒め言葉であっても、向き不向きがある。

「どうして？」僕は、きいた。

「え、何が？」窓から外を眺めていた彼女が振り返った。

「どうして、部屋で食べた方が良いと思ったのか」

「ああ……、ええ、だって、どうせベックさんに会えないのなら、意味がないんじゃない？　ドレスに皺《しわ》が寄ったらどうしよう、染みでもつけたらどうしようって思いながら食べるなんて……」

「二番手のドレスにすれば？」

「そんなの持ってないわよ。一泊のつもりなんだから」

「そうか……、だったら、今度来るときには……」

「もっと高いドレスを買ってこいって？」

「あるいは、借りてくるか」

「そんなの、経費で請求できませんからね」

二人で部屋から出て通路を歩いた。階段では、彼女の手を取って下りた。食堂に入っていくと、大きなテーブルの前に円形の小さなテーブルが置かれていて、そこに先客が二人。老年の紳士と若い女性で、いずれも日本人のようだ。僕たちが近づくと、グラスをテーブルに置いて、こちらへ数歩近づいた。

挨拶を交わし、名刺をもらったが、僕も優衣も名刺を持っていなかった。日本人がいるなんて思っていなかったからだ。その紳士は、北澤宗佑《きたざわそうすけ》といい、肩書きには、カタカナの長い名称の会社の代表取締役とある。不動産関係のようだ。それから、若い女性の方は、彼の娘で、真里亞《まりあ》という名だった。漢字でどう書くのか、という説明を本人がしてくれた。二十代の後半だろう。背が高く髪は長い。モデルみたいに明るい笑顔をこちらへ向けた。都鹿に比べると、高価だとわかるものを身につけている分、やや品がない。そう感じるのは、たぶん父親を見てしまったからだろう。当然ながら、優衣と比べることは問題外である。

ウィリアム・ベックのこの別荘を建設するプロジェクトに関った、と北澤は話した。日本語だったので、多少自己主張が強く感じられたけれど、英語だったらごく普通の表現になる。たぶん、日本人なら、お世話になった、とだけ話せば、同じくらいになるだろう。この地方には、外国人が沢山別荘を持っている。最近は、アジアの金持ちが増えた、と北澤は語る。ここか北海道が人気で、向こうの方が土地が安い。こちらは、まだまだ高嶺の花かもしれない、とも補足したあと、「もちろん、ベック氏にとっては無縁のことですが」とつけ加えた。この地の一番の特徴は、古い集落がない、つまり昔は誰も住んでいなかった、という点だ。また、二番めの特徴は、新幹線の駅がある、ということである。その駅から歩いて行けるところにゲレンデもある。飛行場は近くにはないものの、東京からのアクセスは抜群に良い。海外からの観光客には、この点がアピールしているのだろう。

執事の松田が現れて、テーブルの席へ案内してくれた。大きなテーブルには、椅子が長辺に八脚並んでいる。だから、両側に十六席ある。また、短辺の上座に二脚、下座にも二脚あるので、全部で二十人が座れることになる。その人数の料理を作る厨房があって、それだけのスタッフが控えている、ということだ。料理を運ぶだけでも大変だろう。

僕と優衣は上座に近い場所に座り、ちょうど対面に北澤父娘が座った。ほかに誰が来るのだろう。もしかして、日本人四人だけか、と思っていたら、ホールからブロンドの女性がやってきた。途中で、執事と小声で話をしてから、食堂に入ってくる。

ワンピースのラフな白いドレスで、まず、僕たちのところへ来て、オーバに手を広げた。

「ミスタ・クビキ」と呼ばれた。おそらく、松田からたった今、名前を聞いたのだろう。

僕は彼女の手を取って、挨拶をした。続いて、その手を優衣が取り、膝を少し折ってお辞儀をした。なにしろ、舞台でそんな役柄ばかりやっているのだから慣れたものだ。

ブロンドはストレートで、いわゆるおかっぱに近い。四十代前半に見えた。近くでじっくりと見ると、もう少し上かな、とわかる。彼女は、サリィ・ベック。つまり、ベック夫人である。写真をウェブでもよく見かける。慈善事業を行うベック氏の横にいつも笑顔で立っている。

サリィは、北澤父娘には、テーブルの反対側から手を広げて、笑顔を送っただけだった。既に挨拶済みだったのだろう。

食前酒が運ばれてきた。もっとも、北澤は、既に別のテーブルにあった飲みもので、顔が赤かった。小さなグラスを持ち、五人で乾杯をした。オードブルが来るまでに、サリィが、この土地の自然が素晴らしいという話を少し、あとは、主人が急用で出かけてしまったことを簡単に謝った。北澤は、英語が達者で、おかげでこちらは助かった。話を聞いていれば良い。町の話題が多かったし、今計画されている新しいゴルフ場、それから、国際学校の建設計画なども話題に上がった。それらすべてに自分が関っているような話しっぷりだったが、そう聞こえるということは、つまり、深くは関ってはいないというのが本当のところかもしれない。

北澤真里亜は、ジョン・レノンが行きつけだった店に寄ってきた話をした。つまり、ジョン・レノンは、この地をよく訪ねていたらしい。真里亜も英語が上手い。父親よりもネーティヴに近い。留学していたのか、それとも良い家庭教師がいたのか。

実は、僕も海外で生活をしたことがある。そこの公用語ではないけれど、英語でコミュニケーションを取らざるをえない地域で、誰もが片言の英語を話した。だから、どんなに訛《なま》っていても、だいたい聞き取れるようにはなった。どちらかというと、英国人の綺麗な英語が一番聞き取りにくい。サリィは、アメリカ人らしいしゃべり方だった。抑揚や声の大きさから、インテリジェンスの感じられる話しっぷりで、才女であることはまちがいない。

一番しゃべらなかったのは、優衣だった。彼女は、僕の横に座っているから、まるで僕がサリィからの視線と会話の防波堤になっている気分だった。サリィは、貴方たちはどんな、と言って、あとはジェスチャで、両手を動かした。幼稚園児のお遊戯みたいな格好だった。優衣はその意味がわからなかったらしく、僕に「え、何？」と日本語できいた。僕が、「たぶん、僕たちの関係を知りたがっているんだと思うよ」とアドバイスすると、彼女は両手を前で広げて、サリィに「オンリィ・ビジネス・パートナ」と答えた。サリィは、それを聞いて、二秒間黙ったあと、口に手を当てて笑った。面白いジョークだと勘違いしたのかもしれない。

エンジン音が聞こえた。しだいに大きくなる。自動車ではない。ヘリコプタのロータ音だとわかった。その音で、テーブルの会話が中断した。ちょうど、松田がスープ皿をのせたワゴンを押してきたときだった。

「ベックさんが帰ってきたのかな」と北澤が言った。彼は、そのあと、それを自分で英訳して、サリィに伝えた。

サリィは首をふり、そんなに早くは戻れないはずだ、と答えた。

4

日は完全に落ち、空はブルーからネービィブルーのグラデーション。僕と優衣の背後には、ガラス戸が十数枚並んでいて、その手前数メートルはサンルームに、また、外側は十メートルほどがウッドデッキになっている。ガラス戸は、全部開くのか、固定されたものがあるのか、よくわからない。庭園はもう闇に溶け込もうとしていたが、眩しいライトが動くのが見えた。ヘリコプタが着陸しようとしているのだ。僕が見にいったヘリポートの方角とも一致する。執事の松田が、ガラス戸からデッキへ出ていって、そのまま闇の中に消えた。

ワゴンのスープをテーブルに配ったのは、若い女性だった。日本人ではないし、白人でもない。雇われているのだろう。口をきかず、黙って、無表情のまま、五人の皿を配り終えると、一礼してからワゴンを押して戻っていった。

それと入れ替わりに、金髪の若い女性がホールから食堂へ入ってきた。食事に遅れてきたのか、と思ったが、僕たちにはなにも言わず、ガラス戸の方へ行き、外を眺めた。

「シャーロット」とサリィが呼んだ。

「アンディが帰ってきた」振り返ってシャーロットが言った。「電話があったの」

「貴女は、ゲストになにか言うべきだわ」サリィはそう言った。

そこで、シャーロットは初めて笑顔になって、僕たち二人を見た。僕は立ち上がって若い女性の手を取った。

「エツオ・クビキです」と名乗ると、シャーロットは、「エッオ?」と繰り返した。

そのあと、優衣が名乗ったけれど、その名前は口にしない。頭を少し下げただけだった。日本式の挨拶をしたつもりかもしれない。

「ごめんなさい、私、彼を迎えにいかないと」シャーロットはそう呟いてから、サリィを見た。サリィが頷いたのを確認してから、彼女はガラス戸を開けて出ていった。ヘリポートへ行くつもりだろう。

芝生で作ったのではないかと思えるグリーンのスープを飲んだ。何の味かよくわからないが、スープらしい不気味さはよく味わえた。豆かもしれないし、葉野菜かもしれない。こういうものは、これこれだと説明された瞬間に、そうだと感じられるものだ。それに、一度そうだと思うと、ほかの味には絶対にならないのが不思議なところだ。たぶん、松田が説明をするつもりだったのだろう。彼がいなくなってしまったので、不気味な緑のスープのままだ。

飲みものを注ぎにきた女性に、サリィが小声できいた。ロジャという名が聞き取れたので、あの医師のことを尋ねたのだろう。そういえば、彼はここにいない。あれからどこかへ出かけたのか、それとも自分の部屋で食事をしているのか。

外へ出ていった二人は、なかなか戻ってこなかった。また、北澤が話を始めた。この近くに別荘を持っている有名人の話だったが、僕はその名前を聞いたことがなかった。つまり、日本人の知らない有名人ということだし、多少正確にいうと、有名人ではないということだ。

その話の途中で、なにか叫ぶような声が聞こえた。外からのように思えた。鳥かな、と僕は思った。優衣は振り返ってから、目を見開いた顔を僕に向ける。

「悲鳴?」彼女が言った。

「え、そうかな……」

サリィを見たが、首を捻《ひね》っている。日本語を訳してくれ、という顔だ。

なにか、人の叫び声みたいなものが聞こえた、と僕は説明した。北澤には聞こえなかったようだ。自分の話に夢中だったのだろう。真里亞も隣におしゃべりがいるから、無理だろう。

「えっと、じゃあ、僕が見てきましょう」そう言って、僕は立ち上がった。

「貴方は客です」と背後でサリィの声がしたが、僕はガラス戸から外に出た。

デッキからステップを下りて、ヘリポートの方へ向かった。ウッドチップの小径で、途中に東屋がある。そこに何人か人影らしきものが見えた。外の空気は、夏とは思えないほど冷えていた。風はさほど強くはないし、僕はシャツの上に長袖のジャケットを着ているのだが、それでも長くはいたくない、と思える気温。たぶん、十五度くらいではないか。

松田が、小径をこちらへ駆けてきた。

「どうしたのですか?」と尋ねたが、彼は軽く頭を下げ、そのまま通り過ぎ、館の方へ行ってしまった。慌てている様子だった。

排気ガスの臭いが仄《ほの》かにした。風で流れてきたのか、おそらく着陸したヘリコプタのものだろう。既にライトは見えない。

ロジャに会った東屋に近づくと、その前に男女二人が躰を寄せて立っていた。一人はシャーロットだ。もう一人は、初めて見る顔だが、アンディ・ベックだろう。彼女が、そう話していたからだ。僕は、どうしたのか、と二人に尋ねた。

アンディは、東屋の中を指さして、「ドクタ・ハイソンが死んでいる」と日本語で答えた。

さらに進んで、僕は東屋の中を見た。屋根があるためか、そこはとても暗い。ベンチの前に、男が倒れていた。その前に跪《ひざまず》いて、彼の手首に触れた。脈を取ろうと思ったのだ。しかし、その必要はない。体温がまったく感じられない。外気の影響もあるかもしれないが、たった今死んだのではない。硬直はまだ始まっていない。顔を確かめた。よく見えなかったので、胸のポケットからペンライトを出して、照らした。そういうものを、僕は日頃から持っているのである。

ロジャ・ハイソンにまちがいなかった。もしかしたら、双子で、僕が会ったのはもう一人のハイソンだったという可能性もあるけれど、それを除外すれば、約一時間まえに僕がこの場所で話をした老人本人だ。

僕は腕時計を確かめた。七時十五分。つまり、僕が会ってから一時間と十三分が経過している。あのときは、彼は死んではいなかった。体温が下がり始めたのは、そのあと、ということになる。つまり、あの直後に死んだのだ。

ライトで躰を調べた。顔は苦しみに歪《ゆが》んでいる。躰は俯《うつぶ》せだった。背中に黒い染みがあり、出血しているようだ。小さな穴も見つかった。穴の位置は、やや左寄りの胸部、心臓の位置に近い。躰を起こして前を見たかったが、事故や発作ではないことがわかった以上、もうあまり触らない方が良さそうだ、と判断した。そのほか、ライトで方々を照らしてみたが、これといった異状は見つからない。

後ろのベンチの背もたれを見にいった。弾丸の跡がないか、ということだ。しかし、見つからない。少し離れて、周辺の地面を照らし、それからベンチの下も調べた。薬《やっ》莢《きょう》を探そうと思ったのだ。でも、簡単には見つかりそうにないので、途中で諦めた。

アンディ・ベックが僕に近づいてきた。名前を名乗り、ベック氏のインタビューにきた者だ、と自己紹介した。

「いえ、日本語でわかります」アンディは答えた。「その人は、父の主治医のロジャ・ハイソン先生です」

「どうやって見つけたんですか?」

「ヘリコプタを降りて、こちらへ一人で歩いてきたら、なんとなく、ここに黒い影が見えたから、何だろうかと……」

「触りましたか？」

「ええ、でも、冷たかったので、びっくりしました。心臓発作ですか？」

「いえ、これは……、違いますね」僕は首をふった。

「ライトを持っていましたね。貴方は、お医者さんですか？」

「違います。僕は、探偵です。探偵って、わかりますか？ ディテクティヴ」

「わかります。そうですか。どうして、彼は死んだのですか？」

金髪の女性がゆっくりと近づいてきた。

「ああ、彼女は、シャーロット。僕の友達です。僕がここでドクタを見ていたら、彼女が来て、悲鳴を上げたんです。僕が殺したと思ったのかもしれない」アンディは、そう言ってから、それを英語にして彼女に伝えた。

シャーロットは、ロジャだとは思わなかった、と英語で答えた。

松田とシャーロットが一緒に、ここへやってきた、とアンディは英語で言う。

「ヘリコプタを操縦してきたのですか？」僕はアンディに日本語で尋ねた。

「いえ、乗ってきただけです。操縦した人は、まだ、ヘリのところにいると思います」

アンディは指さした。「ヘリを仕舞っている」

「松田さんは？」

「救急車を呼ぶように言いました」

それで、松田は屋敷へ戻っていったのだ。

「警察も呼んだ方が良いですね」僕はアンディに言った。

「警察？　どうして？」

「彼は、たぶん、拳銃で撃たれたんだと思います」

5

警察には、僕が電話をかけた。そのあと、優衣に電話をした。彼女は食堂にいる。ベック夫人と北澤父娘も一緒だ。松田は、戻ってきたが、すぐにどこかへ出ていった、と優衣は話した。庭で僕が知ったことを、かいつまんで説明し、警察に電話をかけた、と伝えた。彼女は驚いていたが、感情を声に出すようなことはなかった。

「それ、ここのみんなに話した方が良い？」

「いや、そのうち、松田さんが言いにくるんじゃないかな。そのままで良いよ」

「わかった。私は、どうすれば良い？」

「ご馳走を食べていたら良いと思う」

「頸城君は？」

「スープが途中だった。美味《おい》しかったのに」

「冷めちゃったわね」

「しばらく、ここにいるしかない。警察が来るまではね」

電話を切ってから、アンディとシャーロットに、東屋から離れた方が良いと話して、小径まで三人で戻った。シャーロットは自分の肩を両手で摑んでいる。寒いのかもしれない。

「君は、館に戻った方が良い」僕はシャーロットに英語で言った。それから、アンディを見た。彼も、彼女に頷いてみせた。

シャーロットが立ち去って、男二人になった。

「何があったんですか？」アンディが日本語で尋ねた。彼は辺りを見回している。「不審者が侵入したということでしょうか？」

「その可能性がありますね。ここの敷地は、周囲はどうなっているんですか？」

「柵があります。簡単には入れない」

「でも、入ろうと思えば、できないこともない」

「そうですね。でも、どうして？」

「そう、どうしてでしょう。変だなぁ。こんなところで、人を撃つなんて。そうだ、僕は銃声を聞いていない。誰か聞いたかな。僕は、窓を開けた部屋にいた。あ、そのまえは、この庭の散歩をしていました。ロジャとも話をした。六時頃です」

僕が庭を歩いていた間に、銃が撃たれたなら、音が聞こえたはずだ。だから、僕が屋敷に入ってすぐだろう。遺体が冷たくなっていたことからも、ほぼ、時間が限定できる。

「大金を持って歩いていたわけでもない」アンディはそう言うと、東屋の暗闇の方を振り返った。

「そのとおり。あの時間はまだ明るかった。だから、ばったりと顔を合わせてしまって、しかたなく撃ったのかもしれない」自分でそう言いながら、そんな可能性はないだろう、と僕は思った。

「ロジャはここで何をしていたのですか？」アンディがきいた。

「散歩の途中で、休んでいるように見えましたね。ベンチに座っていた」

「誰かを待っていたのかな」

「そうかもしれない」

屋敷の方から松田が歩いてきた。

「警察へ電話をしていただいたそうですね」彼は僕に言った。優衣から聞いたのだろう。

「ええ、事件性があると思ったので。いけませんでしたか？」

「いえ、そうではありません。お客様のお手を煩わせてしまって、申し訳ありませんでした」松田は頭を下げた。「あの、ここには、私がおりますので、もう食堂へお戻り下さい。お食事が途中です。アンディ様も、奥様がお待ちでございます」

「ベック夫人には、ロジャが死んでいることは話したのですか？」僕は松田にきいた。

「はい」彼は頷いた。「あの、おききしてもよろしいでしょうか？　さきほど、事件性とおっしゃいましたが……」

「殺された可能性がある、ということです」僕は答えた。

「え？」

「警察を呼んだ理由は、それです」

「まさか、そのようなことは……」

「なにか、心当たりがありませんか？」

「いえ、そんな……」

「ドクタ・ハイソンは、誰かとトラブルを起こしていませんでしたか？」

「私には、わかりません。そのようなことはなかったと存じますが」

「アンディは？」僕は、若者の方へ視線を向けた。

「彼は、アメリカから来たばかりです。こちらに知人はいない。個人的なトラブルがあったとしても、ここは日本だから、彼の知合いはいないはずです」

「彼はいつ、こちらへ来たのですか？」

「一昨日《おととい》です」松田が答えた。「日本へは、初めていらっしゃいました」

「一人でですか？」

「ええ、そうです」

「ロジャの奥さんは、えっと、三年くらいまえに、病気で亡くなっています」アンディがつけ加えた。

パトカーのサイレンが遠くで鳴っているのが聞こえた。こんな場所なのに早いな、と僕は感心した。

庭園は、ほとんど暗闇の中に沈んでいた。小径に沿って、小さなライトが低い位置に設置されている。だから、そこだけは歩くことができる。残りのスペースは、樹もよく見えない。ヘリポートの方が僕は気になっていた。操縦士がもうすぐこちらへ来るのか、と考えていたからだ。

「僕は、ちょっとヘリポートの方を見てきます。ここをお願いできますか」僕は松田に言った。

「どうして、ヘリポートを？」アンディがきいた。

「ヘリポートの向こうに、小屋があって、誰か住んでいますよね？」

「ええ、ガーデナの柴村《しばむら》です」アンディが答える。

「ヘリコプタの操縦士は？」

「それが、柴村です」

「そうなんですか。では、ここで待っていても来ないわけだ」

「どうして、柴村に会うのですか？」

「いえ、あそこに住んでいたら、不審者を見かけるようなことがあったかもしれないと思ったのです。でも、ヘリに乗っていたとしたら、その機会もなかったですね」

「奥さんがいます」アンディが言った。

「柴村さんの？」

「そうです」

「では、ちょっと話をきいてきます」

「頸城様、あの、お食事の途中ですが……」松田が、片手を広げて言いかけた。

「すぐに戻ります。お気遣いなく」僕はもう歩きだしていた。

暗闇の中を点々とライトが灯《とも》り、その白い円形が小径の片側に並んでいる。ヘリポートへは上り坂だ。食堂のデッキから、東屋までは二百メートルくらい。そして、そこからヘリポートまではもう五十メートルほど距離がある。

ヘリポートには、比較的明るい照明が灯っていた。ヘリコプタはまだ外に出ている。男が一人そこで作業をしていた。カバーをかけようとしているようだった。こちらに気づいて、じっと僕を見据えた。向こうからは顔がよく見えないのかもしれない。

「すみません、あの、柴村さんですか？」僕は三メートルほどまで近づいたところで立ち止まった。

「そうですけど」

「アンディさんを乗せてきたのですか？」

「ええ……。貴方は？」

「ベックさんの本を書くために、今日からこちらへ来ている者です。頸城といいます」

「くびき？」

「そうです。あの、さっきの悲鳴が聞こえませんでしたか？」

「悲鳴？　いや……」柴村は首を傾げた。「いつですか？」

「つい、五分か十分まえです」

「コンプレッサを動かしていたから」

サイレンの音がだいぶ大きくなっていた。

「救急車かな」彼が呟いた。

「ヘリコプタを格納庫に仕舞うのですか？」

「あ、ええ……」

「アンディさんは、どこから？」

「東京から」

「ベックさんを、東京へ乗せていって、その帰りですね？」

「あ、ええ、そういうことです」

「このヘリは、どれくらいの速度が出るんですか？」僕は機体に触れた。小型ではあるが、コクピットには、何人か乗れそうだ。少なくとも自動車くらいの広さはある。

「普通に飛んだら、時速、二百キロくらい。無理をすれば、三百キロくらいは出るけど」

「東京だったら、三十分くらい？」

「四十分くらいかな。で、悲鳴って、何があったんです？」

「あ、ちょっと、このすぐ近くで事件があったんです」

「事件？」

「ロジャ・ハイソンさんをご存じですか？」

「いや、知らない」

「一昨日からここに来ている、お医者さんです」

「ああ、それなら、このヘリで乗せてきた。彼がどうしたんです？」

「亡くなりました」

「え？　死んだんですか？」柴村が作業の手を止めて、こちらを向いた。「この近くって、どこで？」

「そこの東屋です。銃で撃たれている。警察がもうすぐ来ます」

別の音色のサイレンも聞こえていた。柴村は、なるほど、というように頷いた。

「なにか、不審な人間を見かけませんでしたか？」僕は続けて尋ねた。

「いや……。だって、ここにいなかったから……」

「奥さんに、それをきいてもらえませんか」

柴村は、黙って頷いた。ヘリポートから奥へ歩き、小径を下っていく。橋を渡った先に建つ小屋まで歩いた。彼がドアを開けると、明りが外に漏れ出る。柴村はそこで「おい」と呼んだ。

柴村夫人はすぐそこにいたようだ。というよりも、その小屋がそれほど広くはない。おそらく、僕たち二人が歩いてくるのを、窓から見ていたのではないか。カーテンが掛かっていたし、窓の近くの室内はそれほど明るくなかった。戸口に立った女性の姿は、暗くてよく見えなかった。

柴村が妻に尋ねる。彼女は、無言で首をふった。僕はそちらへ近づいた。

「ここに、ずっといらっしゃったのですか？　えっと、ここ一時間ほどのことです。六時頃からのことです」

「ずっと、ここにおりました」柴村夫人が答える。三十代か四十代だ。柴村が五十代に見えるので、歳が少し離れているように見えたが、これは、確かな観測とはいえないかもしれない。

「銃声を聞きましたか？」僕は質問した。少々ショッキングな問いだが、きく価値はあるだろう、と思った。

「いいえ」彼女は首をふる。

「東屋だったら、百メートルも離れていない。聞こえるだろう」柴村が言った。

「窓を閉めていたから」彼女がつけ加えた。

僕は、自分の部屋の窓を開けていたが、聞こえなかった。もちろん、東屋は、屋敷よりもこの小屋に近い。銃声ならば、窓が閉まっていても聞こえる距離だろう。

僕が考えたのは、かなり遠くからライフルのようなもので撃たれたのではないか、という可能性だった。もしそれが高台のヘリポートの方からだったら、この小屋には音が大きく聞こえるはずだ。東屋で薬莢らしいものが見つからなかったこともある。しかし、ここで彼女が銃声を聞いていないとすれば、あるいは、消音装置を使ったかもしれない。見たところ、正面から撃って、心臓を正確に射貫いていた。至近距離だったら、それほど難しくないだろう。となると、やはり、近くで薬莢を探せば見つかるはずだ。

二人に礼を言って、僕は東屋へ戻ることにした。柴村は、ヘリポートまでは一緒についてきた。まだ、作業が残っているからだ。最後に、ベックさんはいつ戻るのか、ときいたら、明日の早朝に連絡が来ることになっている、と答えた。

ヘリポートから小径を下っていくと、ちょうど、屋敷の方から何人かが小走りにこちらへ近づいてくるところだった。救急隊員だろうか。それを松田とアンディが出迎える。銃のことなんて、警察がすぐに調べてくれるだろう。薬莢を探すなんて、僕の仕事ではない、と自分に教えてやった。顔に当たる冷たい空気で、少し頭を冷却されたようだ。食堂へ戻って、テーブルに着くべきかな、とも考えた。

だが、どうもそんな気分ではなかった。今喉に通したいのは、ブランディのストレートだけれど、もう少し我慢しよう。

6

さらに十分ほどそこにいた。制服の警官の人数が増えた。彼らは、電話で連絡を取り合っている。僕は、被害者を調べたことについて、警察に説明をした。最初の発見者は、アンディで、そこへ松田とシャーロットが来た。松田は、すぐに救急車を呼ぶために屋敷に引き返した。シャーロットは、恋人のそばに人が倒れていたので悲鳴を上げた。そんなところだ。

僕が四人めの発見者ということになる。誰も、加害者らしい人間を目撃していない。というよりも、被害者の体温から、殺害されたのはずっとまえだとわかる。僕がロジャを見て、庭を歩いていたのがほぼ一時間まえのことで、そのときには、特に変わった様子はなかった、と説明しておいた。

いい加減に寒くなってきたので、食堂へ戻った。既にベック夫人はそこにいなかった。北澤父娘の姿もない。事件の知らせがあって、それぞれ自分の部屋に戻った、と優衣が語った。彼女だけが一人食堂に残っていて、ガラス戸から外を心配そうに眺めていた。

僕の顔を見て、どんなふうなの、と優衣が尋ねた。僕は、だいたいの様子を話した。

「撃たれたのね……」殺人事件だということを再確認して彼女は呟いた。

「食事はどうなったの。中断したわけ？」

「あ、ええ、そう」優衣は頷いた。「あとで、部屋へ運んでもらえるのかもしれないけれど。それどころじゃないものね」

「そうかな……。僕は、今のうちに食べておこうと思って、戻ってきたんだけれど」

優衣は振り返った。食堂の入口の付近に、食事のサービスをしていた女性がぽつんと立っていた。彼女に言えば、食事の続きにありつける、という意味で見たのかもしれない。しかし、シェフがもう仕事を諦めてしまったのではないか。

「今のうちっていうのは、どうして？」優衣がきいた。

「うん。刑事が来て、話の相手をしなきゃいけなくなるし、ちょっと、その、気になることもあって……」

「何が気になるの？」

「銃声が聞こえなかった」

「だって、遠いところなんでしょう?」

「そんなに離れていない。二百メートルくらい」

「銃じゃないってこと?」

「その可能性はある。たとえば、もの凄く細い刀。フェンシングのエペみたいな」

「エペ? ああ、剣のこと?」

「そう。それか、消音器を付けた銃か」

「サイレンサね。映画でしか見たことがないけれど。あれって、本当にあるもの?」

「あるよ。映画みたいに小さな音にはならない。でも、半分くらいにはなるし、遠くへは聞こえなくなる。スコップで石を叩いたときくらいになるかな。この距離だったら、気づかないレベルになると思う」

「でも、日本にそんなものがある?」

「日本にはなんでもあるよ。銃が長くなるから、付けたまま持って歩いていると目立つ。ポケットに隠して近づくということはできない。背中に隠し持っていたら、できるかな」

「プロの殺し屋みたい」

「そう。僕も、最初そう感じた。どこからここへ侵入したのかな。ここへは、車で来るしかないよね。道路はゲートまでしかない。裏へ回る道なんてないんじゃないかな。となると、いざというときに、逃走もしにくい。プロがこんな場所を選ぶなんて、ちょっとありえない。あと、最初は、遠くから狙撃されたと考えた。だけど、周囲にそんな高い場所がないし、樹が多くて、見通しもきかない。唯一の可能性は、ヘリポートなんだ。そこは見てきた。でも、近くにいた人が、銃声を聞いていない」

「ヘリコプタで帰ってきたのは、アンディだけだった？」

「そう聞いた。そのヘリを運転していたのは、柴村という人で、その奥さんにも会った。その夫婦が、ヘリポートの付近の小屋に住んでいる。銃声を聞いていない、と言ったのは、その奥さん」

白い服装の男が近づいてきた。料理人のようだ。僕と優衣に、召し上がりますか、と尋ねたので、僕たちは顔を見合わせた。

「なんか、ここで、私たち二人だけ食べるというのも……」彼女は小声で僕に言った。

「じゃあ、部屋へ運んでもらう？」

「はい、そういたしましょう」男が言った。

僕と優衣は、ホールへ出て、二階へ上がった。僕の部屋へ彼女も入る。窓から庭の様子を窺ったけれど、樹々の枝葉が邪魔をしている。少し先で明るい照明が幾つか灯っているのがわかるだけだった。ときどき、近くを小走りに通る人影があったり、声が断片的に聞こえてくる。

十分ほどすると、ノックがあって、まず飲みものが届いた。そのあと、二度、ワゴンが入ってきて、テーブルに食べ物の皿が並んだ。コーヒーはポットに入っていて、僕にはそれが一番ありがたかった。なんだか、コーヒーを飲まないと、今にも頭痛になりそうな気分だったのだ。

「でも、警察が来てくれて、良かったぁ」優衣が言った。彼女は摘《つま》む程度に食べただけで、既に食事には関心がないようだった。

「普通、来るんじゃない？」僕はパンにチーズをのせて齧《かじ》りついていた。噛み応えのあるフランスパンで、大好きな部類だ。

「だって、ほら、あるじゃない。こういう山奥で事件が起こって、でも、道路が嵐かなにかで通れなくなってっていうシチュエーション」

「台風は、少しさきだね」

「そんなことになったら、殺人者がまだ周囲のどこかに潜んでいるわけでしょう？　疑心暗鬼になるし、部屋から出られないわよ。こんな食事の続きだって、喉を通らないよう」

「今でも、加害者が周囲にいる可能性はあるよ」

「まさか……。とっくに遠くへ逃げてるんじゃない？」

「さあ、どうかな」

二時間近く、彼女と二人だけで話をしていた。途切れ途切れの世間話だった。不思議だなと僕は思った。こんな場所へ来て、大富豪の豪邸の一室で二人は盛装で向き合って座っているのだ。しかも、窓の外には、殺人事件で警官が大勢集まっている。部屋の天井が高いわね、と彼女が言って、僕はそれをわざわざ見上げてから、そうだね、と返す。そんななんでもない、馬鹿みたいな会話だった。常々思うところだけれど、幸せというのは、つまりは、転んだあと立ち上がって、ああ、怪我《けが》がなくて良かった、とほっとするときに感じるものなのだ。

ドアがノックされた。いよいよ来たな、と僕は思った。ノックのし方が、明らかに、ここの者ではない。ドアへ行き、それを開けた。鍵はかけていなかった。

スーツの男が立っていた。鋭い目つき以外は、ごく普通である。四十代と三十代と思われる二人で、歳上の方が躰が小さい。そちらが前にいて頭を軽く下げた。お話を伺いたい、中に入ってもよろしいですか、ときいたので、どうぞ、と招き入れる。刑事は、彼女がいたことに気づき、一瞬立ち止まった。

「外しましょうか？」優衣が立ち上がってきいた。

「あ、いえ、ご一緒でけっこうです」歳上の刑事が少し笑顔を見せた。

この屋敷を訪れた理由を説明した。それから水谷優衣が、自分の仕事と僕がこれからする仕事の概略を話した。今夜は、ウィリアム・ベックに会うつもりで来たが、彼が急用で出かけてしまったため、まだ会えていないとつけ加えた。

続けて、食事のまえに、一人で庭を歩いたことを僕は話した。時刻は六時頃。それまでは、この部屋にいた。彼女とずっと一緒だった。一人で出ていって、あの東屋で、ロジャ・ハイソンに会って、簡単な挨拶をした。それから、ヘリポートを通り、池の方へ歩いて、ぐるりと回って帰ってきた。帰りは別の道になって、東屋の近くは通らなかったので、ハイソンがまだそこにいたかどうかはわからないが、その歩いている間に銃声などは聞いていない、と説明した。

その散歩のあと部屋へ戻ってからは一人でしたか、と若い方の刑事がきいた。僕は、そうだと答えた。何をしていたか、とさらに質問されたので、少しうとうとしていたようだ、と話した。窓は開けてあったけれど、不審な声や音は聞いていない、聞こえたら寝ていても気づいたはずだ、との意見も述べた。

次に、七時になって、呼ばれたので食堂へ下りて、食事をしている途中に、ヘリコプタの音がして、松田とシャーロットがアンディを迎えに出ていったこと、そのあとすぐに悲鳴が聞こえて、僕が一人で外へ出た経緯を話した。

「水谷さんも、悲鳴を聞きましたか？」刑事が優衣に尋ねた。

「はい、聞こえました」

「でも、銃声には、気づきませんでしたか?」

「ええ。聞いていません」優衣は頷く。

つまり、食堂はガラス戸が閉まっていた。その状態でも、東屋の悲鳴が聞こえたのだ。だったら、銃声が屋敷で聞こえたはずだろう、と警察は考えたのだ。優衣は、自室で本を読んでいたことを話していて、窓は開けていなかったと説明している。

「銃なんですね?」僕は刑事に尋ねた。

「あ、いえ……、断定したわけではありません」

「もし、銃だとして、撃ったのはいつ頃ですか?」僕は質問した。「食堂に集まったときではありませんよね、もっとまえですよね」

「そうかもしれません」刑事は答える。きっと、まだなにもわかっていないのだろう。形式的に情報を集めている段階のようだ。

そのほかには、ここへ何に乗ってきたのかとか、どれくらいの間ここにいる予定か、といった質問を受けた。刑事は、十分ほどいただけで、あっさり部屋を出ていった。時刻は、まだ十時を少し回ったところ。今夜は長くなりそうだ、と思った。テーブルの上には、食べ物がまだ沢山皿に残っている。しかし、もう食べたいとは感じなかった。シャワーを浴びるくらいしか、今したいことはない。もちろん、彼女と一緒にいることを除いての話だが。

「私、アルコールが飲みたくなった」優衣は呟いた。

実は、ワインが来ていた。食堂からワゴンで運ばれてきたものだった。冷えたシャンパンもあったけれど、その冷え具合は既に心許ない。僕は、ワインの栓を彼女のために抜いた。グラスにそれを注いで手渡すと、優衣は無言で手を伸ばして微笑んだ。なんと綺麗な腕だろう、と僕は思った。もちろん、僕も自分の分を注いで、眼差しだけの乾杯をした。僕はグラスに口をつけつつ、喉に流し込むまえに、彼女がそれを飲むのを眺めていた。香りが深く、あっさりとした味のワインだった。

「でも、これって、もしかしてチャンスじゃない？」優衣は、ふっと息を吐いたあとそう言った。その意味ほどの勢いは、言葉に表れなかった。

それは、僕ももちろん考えていたところだった。だから、すぐに返事をせず、まずワインをまた飲んだ。二口めには、田舎臭い僅かな苦みが感じられた。あまり味わったことのないもので、たぶん、値段の張るものだろう、と思ったけれど、面倒なのでラベルを確かめる気にはなれなかった。そういったデータを知ったところで、既に喉を通ってしまったものの印象が変わるとも思えない。

「チャンスかどうかは、この事件の犯人が誰なのかにかかっていると思う」

「それは、そうだけれど……」優衣は頷いた。「でも、少なくとも、ウィリアム・ベックの反応が書けるでしょう？　親しい友を自分の館で殺されたんだよ。しかも、自分が出かけている間に」

「それくらいは、当然インタビューできるし、書けるかもしれないね」

「それ以前に、ニュースが取り上げるわけだから、宣伝効果も期待できるし」

「そうだね。不謹慎な話をしているね、僕たち」

「だって……」

「まあ、ビジネスっていうのは、ほとんど不謹慎なものだけれど」

「そうよ。そのとおり」

7

また刑事が来るだろうと思っていたけれど、それっきりだった。窓から庭を見ると、もの凄い数のライトが広範囲に散らばっているのがわかった。しかし、ここへは来ない。アンディと松田が状況を説明しているのだろうか。僕は、今日ここへ来たばかりのゲストで、もちろん被害者ともつき合いがない。完全な部外者として扱われている、ということだろうか。

十時半頃に、一度僕だけで通路に出て、一階へ下りていった。優衣がシャワーを浴びると言って、自分の部屋へ戻っていったからだ。飲みものをもらってこようか、と彼女にきいたら、そうね、と頷いたので、僕は尻尾《しっぽ》を振ってお使いに出たラブラドールといったところか。

ホールに、北澤真里亜がいた。携帯電話を耳に当ててなにか話している様子だった。どうして、こんな場所にいるのかはわからない。近くには誰もいない。彼女一人だけだった。僕の方をちらりと見たが、僕はそのまま通り過ぎて、食堂へ入った。テーブルは綺麗に片づいていて、誰もいない。手前に厨房へ通じる通路がある。そこを奥へ進んで覗くと、何度か見かけている女性の顔が見つかった。

「あ、あの、なにか飲みものを……」

「はい、どんなものがよろしいですか？」

何がありますか、と尋ね、彼女が答えたものから、適当に選んで依頼をした。すぐにお持ちします、と言って彼女は奥へ入っていった。僕が運ばなくても良さそうだ。

ホールまで戻ると、真里亜が近づいてきた。服装はさきほどとは違う。ラフな格好で、スカートが短い。もう電話は終わっているようだが、片手にはそれを握ったまま。それ以外にはなにも持っていない。

「警察と話しましたか？」と尋ねると、

「いいえ……、私は」と首をふる。「でも、父が少しだけ」

「部屋は、二階ですか？」

「ええ」彼女は微笑んだ。

それで、一緒に階段を上がった。

「頸城さん、いつまでこちらにいらっしゃるんですか？」

「わかりませんけれど、まあ、とりあえずは、一週間くらいかな」

「あの方も？」

「え？」

「えっと、名前を忘れちゃった。一緒にいらっしゃった方」

「水谷さんですか。彼女は、明日帰る予定です」

「そうなんですか……。私も、明日帰るつもりだったんですけれど、でも、もう少しいようかしら」

「良いところですからね」

「そう？　退屈なところですよ」

「でも、殺人事件がありました」

「恐いですね」真里亞は、眉を寄せた。笑っているよりはずっとセクシィだ。

「何をしに、こちらへ？」僕は尋ねた。

「なにも……」彼女は口を少し尖らせ、目を回す仕草をした。「父のお供で。でも、パーティがあるわけでもないし、話し相手もいないの」

「そのうち、パーティくらいあるかもしれないし、話し相手くらいなら、いるでしょう?」

「今は、いるみたい」

僕の後ろに誰か立っているのかな、と一瞬思ったけれど、微笑み返して、その場を離れようとした。少し歩いたところで、思いついて立ち止まり、振り返った。

「ハイソン氏とは、なにか話しましたか?」僕は質問した。

彼女は無言で首をふった。

「顔を見たことは?」さらにきいた。

「ええ、ランチのときに、食堂にいらっしゃったので。でも、私たち、少し遅れて来たから、時間がずれていたの。彼、もう終わって、出ていかれるところだった」

「今日のお昼ですか?」

「ええ」

「そのときの彼の服装は?」

「服装は……」真里亜はまた目を回す。「いえ、よく覚えていないけれど、ネクタイはしていなかったかな。カーディガンか、サマーセータじゃなかったかしら」

「そのときには、ベックさんがいたんですね?」

「そうです。ずっとベックさんと話をしていたの。食堂から出ていくときも、二人一緒でした。奥様だけが残っていらして……」

「そのあと、テニスでもしたのかな」

「うーん、どうかしら、そんな感じではなかった。なにか、相談事があるんじゃないかしらって、私は思ったんですけれど」

「なるほど。どうもありがとう」

「どうして、そんなことをおききになるの？」

「僕は、本職が探偵なんです」

「探偵？　探偵って、あの、探偵？　そんな職業の人が本当にいるのね」

「いますよ」

「何をするの？」

「いろいろと」

二階のホールで別れた。真里亞はそこで立ち止まり、僕がドアを開けて部屋に入るのを見ていた。つまり、どの部屋かを確認したようだ。まあ、夜に襲われて殺される危険はそれほど高くないと思うし、ドアには鍵がかけられるので、心配はしていない。

部屋には、優衣はいなかった。シャワーを浴びているはずだ。しばらくして飲みものが届き、さらに数十分経って、優衣が隣からノックをして入ってきた。ジーンズを穿《は》いていたが、色の違うTシャツを着て、ドライヤを手に持っている。髪を乾かしながらで良いか、と僕に尋ねた。もちろん、駄目だなんて言うはずがない。こういうのは若いときからのことで、僕は、彼女が求める承諾を断ったことは一度もないはずだ。もっとも、だから別れることになった、ともいえる。あの最後の承諾だけは、断るべきだったかもしれないし、もしかしたら、彼女も断ってほしいと思って言ったのかもしれない。これは、僕の勝手な憶測にすぎないが。

元気に冷えたシャンパンが来たので、それを開けて飲んだ。北澤真里亜と通路で会って話をした、と優衣に言うと、ふうん、という感嘆詞だけが返ってきた。僕は、感嘆詞だと思っているけれど、もしかしたら、違うかもしれない。

「君は、やっぱり明日帰るつもり？」と尋ねると、

「そうね」と優衣は答えた。「でも、また来るかも」

「編集長の許可がいるんだね？」

「そりゃそうでしょう。でも、うーん、それよりも、しなくちゃいけない仕事もどかんとあるわけよ」彼女はそこで、空になったグラスをテーブルに置き、脚を組んだ。「あとさ、えっと、今の女の子の話は、どうつながるの？」

「え？」

「会ったよっていう話のあとに、君は明日帰るつもりって、きいたじゃない」

「べつに、つながるわけじゃなくて」

「いえ、怒ってないし、それに、君の自由だし。とにかく、私のこと、気にしないで」

「うん……」

「私は、仕事をきっちりしてくれたら、それで満足」

「そうだね」

「さて、じゃあ、私は、もう寝ます」優衣は立ち上がった。「じゃあ」

「あ、おやすみ」

「お疲れさま」

べつに疲れてなんかいないよ、とは言わなかった。殺人事件があって、警察の人間が外で大勢働いている。それに比べたら、僕たちは今はオフで、アルコールで良い気分になって、気持ちもしっとりして、静かで落ち着いている。僕は、通路側のドアの鍵をかけにいった。それから、優衣の部屋へ通じるドアは、念のために、鍵を開けたままにしておいた。

しかたがないので、一人で残りのアルコールを飲むことにした。刑事がまた訪ねてくるのではないか、と考えていた。ところが、十二時近くになっても、誰も来なかった。何度か窓の外を覗いたけれど、外の様子に変わりはない。ただ、通路を歩く足音も聞こえなかったし、話し声も聞こえなかった。ヘリコプタも飛ばないし、銃声も鳴らなかった。素敵な静けさしかない。

僕は、そのままソファで眠ってしまったようだ。朝方になって一度目が覚めて、ベッドへ移動し、そして、また寝直した。

8

優衣が僕の部屋に入ってきて、ベッドで躰を寄せてきた。これは夢だな、と思ったけれど、夢にしては触感がリアルだった。だいたい、夢というのはそういうものだ。目を覚ましたら、不思議なくらいいつも、近くに誰もいなかった、ということになる。そして、なんとなく、残留する感情がすっと遠ざかる。そんな夢ばかり見るのだが、恥ずかしくて誰にも相談できない。

躰を起こすまえに時計を見た。六時半だった。窓は眩しい。どうやら東を向いているようだ。ウィリアム・ベックに会わなければならない、と思い出して、緊張で多少眠気が消えた。さらに続けて、昨夜の殺人事件のことを思い出した。そうだ、どうなったのだろう?

起き上がって、窓まで歩く。樹々と芝のグリーンが大半で、朝日に照らされて黄色く光っていた。樹の幹の影はどこまでも伸びている。そんな中を、人が歩いている。黒っぽいシルエットだが、方々に姿を確認できる。警察の係官が捜査を続けているのだろう。

何を探しているのか。やはり、凶器だろうか。銃を持ったまま逃走するのは危険だから、近くに捨てていった、と考えるのが普通だ。

しばらく、眺めていた。窓を開けると、空気が冷たい。鳥の声が沢山、何種類も聞こえる。人の声は聞こえない。窓を閉めてから、服を着た。テーブルにあったポットの中の水を少し飲む。氷が解けたものかもしれない。

顔を洗って、また窓に戻ったとき、大きな音が唸り始めた。エンジン音だ。すぐにヘリコプタだとわかった。ヘリポートは樹の陰になって、ここからは見えない。もっと以前からアイドリングをしていたらしい。回転を上げて、ロータを回し始めて音が大きくなったようだ。やがて、爆音を響かせて、ヘリコプタが離陸した。その姿は枝葉の間から僅かに見えた。音は高くなり、右の方向、つまり南の方角へ遠ざかった。館の上に開けた空を通り過ぎる。

誰かが出かけたのか、あるいは、誰かを迎えにいったのだろう。たぶん、昨日東京に行ったウィリアム・ベックがこちらへ戻るためではないか。柴村がそれらしいことを言っていたな、と思い出した。

朝の散歩を誘うような緑の輝かしさ、鳥の囀《さえず》り、そして爽やかな微風。僕は、ウィンドブレーカを羽織って、部屋から出た。通路を歩き、階段を下りる。食堂へ行くと、朝食の準備をしている人間が数人いた。厨房の方から良い匂いが漏れ出ている。ガラス戸を開けて、ウッドデッキに出ると、そこのテーブルにスーツ姿の男が三人、椅子に座って話をしていて、僕の方を睨むように一斉に見た。一般人にはありえない、眼差しの強さだった。

昨夜、僕の部屋に来た刑事ではない。一番の年寄りは、もう白髪頭で、五十代の後半に見えた。黒縁のメガネをかけている。小学校の校長先生みたいな雰囲気だ。その彼が立ち上がって、僕の方へ近づいてきた。

「頸城さんですか？」彼はきいた。

「はい、そうです」

刑事は、高橋《たかはし》と名乗った。数時間まえにここへ到着したばかりだが、この現場を担当することになった、と語った。担当というのは、たぶん謙遜して言ったのだろう。声が低いこともあって、責任者、あるいは統率者、という響きだった。県警から来たものと想像していたが、警視庁だという。これには少し驚いた。ウィリアム・ベックという要人の屋敷なので、特別にこうなった、と抽象的な理由を説明した。現在、ＦＢＩに情報提供を求めている、とも話した。

「何の情報ですか？」ときいてみたが、残念ながら、僕の質問は、窓から投げた紙飛行機みたいに無視された。

「何をしに、出ていらっしゃったのですか？」と逆にきかれた。

「えっと、ここへ来た理由ですか？　それとも、今そこから出てきた理由ですか？」

「後者です」高橋は即答した。前者については既に知っているようだ。

「朝の散歩でもしようかと」正直に答えた。

「どちらへ？」

「えっと、あちらへ」僕は指をさした。東屋の方角である。

「では、ご一緒しましょう」

　それで、この男と二人でステップを下り、小径を歩くことになった。少し後ろを、さきほどの三人のうちのもう一人がついてくる。僕と同じくらいの年齢の男だった。どうせならば、三人で一緒に歩けば良いのに、と思ったが黙っていた。無駄口を叩く男だと思われたくない。

「探偵をされているそうですね」

「あれ、それって、言いましたっけ……」

「いえ、ゾラの狙撃事件の本を覚えていたので……」高橋は言った。

「ああ、それは、また……」僕は微笑んだ。その事件が、僕がまえに書いた本のことだ。たぶん嘘だろうけれど、嘘でも、そこそこ嬉しい部類だ。

「珍しい名前だし、たまたま同僚が担当していたので」

「そうだったんですか」

「まさか、ベック氏にも、なにか脅迫などがあったということでは……」

「いえ、それはありません。あ、いえ、あるかもしれないけれど、僕は知りません。今回は、探偵としてではなくて、彼にインタビューをして、本を書く仕事を出版社から依頼されただけです」

「それが、ここへ来て一時間もしないうちに、殺人ですか」

「ええ、来なければ良かったですね」

「しかも、たまたま、庭を散歩したら、被害者があそこにいて、初対面なのに話をしたわけですね」

「ええ、まあ、そのとおりです」

「おそらく、その直後に、彼は撃たれました」

「拳銃なんですね、凶器は」

「ええ」

「弾は見つかりましたか？　薬莢は？」

「いずれも発見しましたよ」

「拳銃は？」

「いや、それは見つかっていない」

「じゃあ、持って逃げた……」

「そういうことです。これから、そのことをマスコミに話さないといけない。気の重いことです」

銃を持って逃走、とニュースの見出しになるのだろう。周辺の住民は不安になる。マスコミは、警察に対してそこを追及する。

「犯人は、もう遠くへ逃げていると？」

「わかりません」

「でも、これだけの屋敷なんだから、防犯カメラが幾つもあるのでは？　自動車だったら、出入りは映っているでしょう？」

「調べています。ええ、それに、まだ近くにいるかもしれない」

「近くというと？」

「この近辺です。銃を持ったままだというのは、そういう可能性がある。あるいは、その……、まだ、殺していないターゲットがある、ということもありえます」

「ウィリアム・ベックですか？」僕は自然に空を見た。ヘリコプタを思い浮かべたからだった。

なるほど、殺し屋が来て、ウィリアムを狙ったが、人違いでロジャを撃ってしまった、という可能性があるということか。

東屋が近づいてきた。その周辺には、二十人くらいの係官がいた。紺色の制服を着ている。立っている者よりも、膝を折っている者、跪いている者の方が多い。弾と薬莢がどこで見つかったのか、と質問したかったが、どうも教えてくれそうにない、という予感がして、我慢をした。

「ここで、被害者を見たあと、ヘリポートの方へ行かれたそうですね」高橋が言った。その理由を話せという意味らしい。

「銃声を誰か聞いていないか、と思ったんです。ヘリポートの向こうに小屋があって、そこにいる人間に尋ねてみたかったので」

「どうして、そんなに銃声が気になったのですか？」

「少し不思議に思っただけです。東屋から屋敷までの距離は二百メートルくらいです。僕は、こちらに窓が向いた二階の部屋にいました。窓は開いていた。だけど、銃声を聞いていない。気づきませんでした。だから、もしかしたら、東屋で撃たれたのではないかもしれない。もっと屋敷から離れた場所で撃たれたのではないか。それとも、遠くから狙撃されたのではないか。そんなふうに考えたんです。それで、ヘリポートの方にいた人を探しました。たまたま、ヘリの操縦士の柴村さんという人が、そこの小屋の住人でした。でも、柴村さんは、飛んでいる最中で、ここにはいなかった。いたのは、奥さんだけです。きいたんですが、銃声は聞いていないと言う」

「それで、どう思いました？」

「わかりませんけど……、銃ではない凶器か、あるいは、消音器を付けた銃か」

「なるほど」

「でも、刑事さんが銃だとおっしゃった。だから、消音器付きでしょうね」

「珍しいものです。特に日本では」

「さほど、音は小さくなりませんしね。ジェームズ・ボンドの映画みたいには」

「よくご存じですね」

「撃ったことがありますから。もちろん、日本ではありませんけれど……。けっこうな長さになります。持っていたら目立ちますよね」

「ええ……。もちろん、分解できます。ただ、どちらにしても、逃走するときに持ったままというのは危険です。そんなリスクは冒さないでしょう」

「どこかに捨てていったと？」

「そうですね、だから……」高橋は辺りを見回した。「探しています。見つけたら、皆さんも安心でしょう」

一刻も早く見つかったとマスコミに伝えたい、ということか。本庁から、そういう指示が来ているのかもしれない。

不思議なもので、日本では、拳銃が発見されただけで、もう安心という空気になるのだ。犯人がたった一丁の拳銃しか持っていない、と誰もが確信している。もし、この種のプロだったら、拳銃も消音器も、さほど貴重なアイテムではない。一人やったら、すぐに捨てる、というのは常識といえるくらい普通だろう。もし、最初から二人をやるつもりなら、二丁を用意する。それ以外にも、護身用、逃走用など、さらに用意しているはずである。ただ、持ち歩いたりはしない。どこで職務質問を受けるかもわからないのだ。鉄道を利用したり、自動車で幹線道路を走るなら、所持する危険は冒さない。だから捨てるのだ。持っているとしても、簡単には見つからない場所に隠している、という意味だ。

東屋に到着した。屋根の下に入ったわけではない。そこは立入り禁止のようだ。つまり、そこが撃たれた現場だということになるのか。

「硝煙反応は？」僕は、刑事に尋ねた。

「こういう話は、あまりしたくないのですが……、その、貴方を信頼して話しましょう。撃たれたのは、至近距離です。遠くても三メートル。正面からです。撃った方も、撃たれた方も、立っていた」

「その距離だったら、素人《しろうと》でも、少し予行演習をしていれば、心臓を撃てる」

「相手が動かなければ、ですね」

「気を許した仲だった、ということですか」

「そのとおり」

銃を構えたとき、相手は動かなかったのか。逆光になって、よく見えなかったかもしれない。あるいは、銃だとは信じられなかったか。

「もう一つききたいのですが……」

「何ですか？」鑑識の仕事を見ていた高橋がこちらを向いた。

「僕を信頼するのは、何故ですか？」

不思議だと思ったので質問してみた。最初は、嫌みのように、僕が来てからすぐ事件が起こっただの、僕が被害者と会った直後に撃たれただのと言っていたくせに、信頼して話しましょう、とは何だ、と思ったからだった。

僕が一つ思いついた理由は、屋敷の関係者のうちに仲間を作りたい、という状況がある、ということだった。それは何故か。おそらく、ゲートなどの防犯カメラを調べたところ、犯人が逃走したと思われるような車や人の出入りが確認できなかった、ということだろう。そうなると、山の中へ逃げたか、あるいは、まだここに、つまり屋敷かこの庭園内に潜んでいる、という可能性が高くなる。

「まあ、そうですね。頸城さんは、職業柄、警察の立場というものをご存じだと考えたのです。それに、被害者とも関係がなさそうです。彼は、日本に来たばかり。初めての来日だったのです。それに、もし、貴方が彼を撃ったのなら、その最初にここで話をしたときに撃ったでしょう。違いますか？」

「まあ、そうでしょうね。誰も見ていなかったようだし」

「それに、そのあと、池の方へ行かれましたよね。そこで、銃を池に投げ入れた、という可能性も考えられます」

「なるほど。探すのが大変ですね」

「誰にも見られていませんね。そんな散歩をしたことを、貴方は警察に話した」

「そうか。犯人なら、黙っていたはずだ、と？」

「そうです」

「それだけで、信用しましょうとなるわけですか？」

「それだけでもありませんが、まあ、そうです」刑事は屋敷の方を振り返った。「だいたい、ゲストではないと私は思いますね。土地鑑がない」

「ああ、では、ここで働いている人間を疑っているのですか？」

「可能性のある者は、すべて疑います」

「それは、つまり、犯人は外部へ逃走したのではない、ということですね？」

「はっきり言うと、ええ、そうなります。その可能性が大だ、ということです。これは、黙っていて下さいよ」

「誰にですか？」

「誰にもです」

「それは、けっこう、プレッシャですね。寝言でしゃべってしまいそうです。どうして、そういう判断を？　どこかのカメラですか？」

「カメラもありますが……、その……、実は、これもここだけの話ですよ」刑事は、僕に近づいた。「絶対にマスコミには流さないで下さいよ。いえ、しばらくの間だけでけっこうです」

「本に書くのも、駄目ですか？」

「うーん、その頃には、もうどうでも良くなっていると思いますが……」

「わかった」僕は、指を鳴らした。「警察が張り込んでいたんですね？」

高橋は、無言で頷いた。自分の口から出た情報ではない、という点で、多少は満足そうだった。

「どこで張っていたんですか？」

「内緒です。公安の関係で、この屋敷の出入りをチェックしていました」

「え、公安？　スパイかなにかの容疑で？」

「これ以上は言えません」

「すると、殺されたハイソンさんも、その関係で？」

「いえ、それは違います」刑事は首をふった。

そこで、高橋に電話がかかってきた。彼は、片手を見せて、僕から離れていった。

9

そのあと、食堂で優衣と朝食をとった。ほかには誰もいない。テーブルに着いているのは、僕たち二人だけだった。彼女は、帰り支度を既に整えていて、食事の途中に、松田にタクシーを呼んでほしいと依頼した。警察にも許可を取った、と僕に言った。警察の許可なんかいらないのではないか。

八時少しまえ、僕は彼女を玄関まで見送った。タクシーが待っていた。荷物を載せようとしたら、警察の係官がやってきて、金属探知機を彼女のバッグに左右から近づけた。しかし、すぐにＯＫが出た。優衣は車内の人になった。簡単に手を広げて、僕を一瞥した。

タクシーが走り去るのを、僕は眺めていた。ゲートはずっと先で、ここからは見えない。タクシーも下っていくカーブの途中で見えなくなった。警察の車が、その道沿いに沢山あった。駐車場に入りきらなかった、ということだろう。

駐車場は、玄関の右手にあって、半分のスペースに屋根がある。僕の車も屋根のあるところに駐められていた。鍵をつけたままにしておいたから、誰かがそこへ移動したようだ。

玄関から見える範囲に十数名がいて、服装からほとんどは警察の人間だとわかった。ただ、一人だけ、そうでない男が、その駐車場の入口付近に立っていた。そこに立っているのが役目のように見えた。僕は、そちらへ歩いていった。

「おはようございます」と向こうから頭を下げた。

「車を見にきたんです。幌を閉め忘れたと思って……」僕は言った。そんなつもりはなかった。玄関前には大きな庇《ひさし》が突き出ていて雨が当たらないから、幌を出す必要はないだろう、と考えていた。

「あちらに移動させていただきました。雨は当たりませんが、念のために、幌も出してあります」男は答えた。ホテルマンのような滑らかなしゃべり方だ。

「貴方は、ここで何をしているんですか？」質問してみた。

「はい、私はここの担当です」

　名前をきいてみると、佐伯《さえき》と答える。運転手もするそうだ。まだ二十代ではないか、僕よりはだいぶ歳下だ。昨日もここにいたのだろうか。姿を見なかったように思う。

「昨日は、どちらに？」と尋ねてみた。「僕がここへ来たときです」

「はい。奥様がお出かけになっていたので、私は車を運転しておりました」

「もしかして、黒いランドローバですか？」

「はい、そうです。頸城様のお車のすぐ後ろを走っておりました」

「ああ、そうでしたか……。では、この先のゲートが開いていたのは……」

「私が無線で開けました」

「ずいぶん、遠くから電波が届くのですね」

「ええ、電話で操作ができます」

「今出ていったタクシーも？　ゲートを開けたのですか？」

「開けました。そろそろ通過しますので、これから閉めます」

彼は手にスマートフォンを持っている。それを少し見てから、ディスプレイをこちらへ向けてくれた。タクシーがそこを通り過ぎる映像が映っていた。優衣を乗せたタクシーだ。彼は、そのディスプレイに指で触れ、すっと擦《こす》るようにした。すると、そのゲートが動き始める。それが完全に閉まるまで、彼のディスプレイで見ることができた。

そういうことができるわけか、と感心したが、ここはウィリアム・ベックの屋敷なのだ。世界の最先端技術を扱う人物なのだから、なにも不思議ではない。

「昨日のゲートの出入りを、警察も調べにきたでしょう？」僕は尋ねた。

「はい」彼は頷く。これまでの笑顔が消えて、少しだけ緊張した面持ちになった。

「僕が来たあと、夫人が帰ってきて、そのあとは、誰か出入りがありましたか？」

「北澤様のお嬢様がいらっしゃいました」

「ああ……。彼女は、タクシーで？」

「そうです」

「そのタクシーが出ていって、ほかには」

「それ以外にはありません」

「この屋敷で働いている人間が、出入りしたのでは」

「いえ、誰も出入りしておりません」

「皆さんは、住み込みなんですか？」

「あ、はい、そうです。全員がここにおります」

「何人くらいいるんですか？」

「さあ、どれくらいでしょう。ちょっとわかりませんが」

「だいたいで……」

「二十人はいると思います。三十人くらいでしょうか。もっといるかもしれません」

「どなたが、リーダですか？」

「松田さんです」

僕が顔を見たことがある従業員は、松田、柴村夫妻、佐伯のほかに三人程度だ。その二倍以上もまだいるということだ。これだけの屋敷を維持するにはそれくらいは最低でも必要だろう。それ以上に、たとえば庭園の整備や、建物のメンテナンスをするときには、専門の業者を呼ぶ必要があるし、大勢のゲストを招くようなパーティになれば、そのサービスのために増員しなければならないだろう。三十人に給料を払うということは、それだけで年間に億の単位の人件費が必要になるはずだ。

そんな想像をしながら、自分の部屋へ戻った。隣にはもう彼女はいない。身軽になったわけだが、だいたい僕はいつも身軽なので、これが普通だ。

さて、ウィリアム・ベックには、いつ会えるのだろう。

そのまま、ネットで調べものをしたり、デジタルで本を読んだりしているうちに、またソファでうとうととしてしまった。そして、僕を起こしたのは、ヘリコプタのロータ音だった。

少しだけ緊張した。大富豪が帰ってきたのだ。彼にとっては、ここは異国の地に建つ別荘の一つにすぎないが、とにかくは、この屋敷の主だ。そして、その屋敷で、昨夜彼の親友が銃で撃たれて死んだ。僕に会ってくれるのは少しさきになるかもしれない、と想像したけれど、意外にも、その機会はすぐに訪れることになった。

第2章　関係・記録・さらに意味

「この手の遊びは、たいてい病院で終わると覚えておきなさい」

彼女は、わたしを見すえてまっすぐ立ったまま言った。わたしはひどくやりきれなかった。この人は、直立不動で話ができるタイプなのだ。わたしなら、いすがいる。なにかつかめるものか、タバコか、ぶらぶらさせる脚がいる。ぶらぶらするのを眺める必要がある……

1

ヘリコプタが戻ってきたのは、十一時四十五分のことだった。そして、その五分後に、松田が僕の部屋のドアをノックして、ウィリアム・ベックからの、十分後に僕と二人で話がしたい、一緒にランチをどうか、という誘いのメッセージを持ってきた。もちろん、僕にそれを断る理由はない。僕は、ランチなど怖れていない。ただ、意外ではあった。まずは警察とコミュニケーションを取る、そちらが優先されるのではないか、と考えていたからだ。

「事前に、電話があったのですか？」念のために、僕は松田にきいた。

「いいえ、到着されて、そこで承りました」彼はそう答えて戻っていった。

ランチなので、ネクタイを締めていくこともないだろう、とは思ったけれど、初対面なのだから、そうもいかないか、と考え直した。たぶん、優衣がいたら、「当たり前でしょう」と言ったにちがいない。急いで、まず髭を剃った。そして、服装と、持っていくアイテム、たとえば、メモ用紙とか、ボイスレコーダとか、の支度をした。

　時間になったので、ドアから出た。どこへ行けば良いのかな、と思っていたのだが、通路に、ウィリアム・ベックが立っていた。本人だ。これには、驚いた。そもそも、僕は人よりも驚かない人間だと自負しているのだが、それでも、一瞬息を止めた。

「エッオ、こんにちは」と日本語で彼は言った。そして、片手を差し出した。

　僕は握手をしてから、英語で挨拶をした。会えたことは、仕事よりも、僕にとって個人的な幸せだと話した。彼は、私の部屋へ行こう、と英語で言い、通路を歩き始めた。それほど背は高くない。瘦せている。髪は金髪で、整えられているわけではない。縁のないメガネをかけている。この顔は、写真で見ている。そのままだ。ジーンズにアロハシャツ。日本製のスニーカを履いていた。腕時計をしていたが、単なる腕時計ではないだろう。

　東京へ行ったのは、本当に急用で、避け難いものだった。ただ、行った意味はなかった。急用の半分は、意味はない。そんなことを言いながら、階段を上がって、三階に出た。通路を奥へ進み、行止りの壁のドアを開けて、広い部屋に入る。オフィスか書斎のようだった。彼の仕事場だろうか。家具はデスクと、会議用のテーブルと椅子、そのほかに、応接セットがある。本棚はない。壁に正方形のハッチみたいなものが並んでいるが、たぶん、ファイル入れではないか、と想像した。入ってきたドアのほかに、二つドアがあって、さらに奥の部屋へ通じているようだ。庭園側には、広いバルコニィがある。そこへ出られるドアは、この部屋にはなく、大きな窓から見えるだけ。おそらく、奥の部屋から出るのだろう。建物は、ここが最上階のようだ。屋上があるような建物ではない。屋根は傾斜している。だから、この上にあるとしたら、屋根裏の部屋になるはずだ。奥の部屋のいずれかに、階段があるのかもしれない。

応接セットに座ることになった。既に、そのテーブルにランチが置かれていた。それは、アメリカではサブマリンと呼ばれる類《たぐい》のサンドイッチだった。

「マクドナルドが良かったのだが、この近くにはない」彼はそう言ってコーラのボトルを手にして、そこに口を直接つけて飲んだ。

僕の前にも、同じコーラのボトルがある。すぐ横にグラスも用意されていたから、そこに注いだ方が品が良いだろうか、それとも彼に倣《なら》って、僕もボトルから飲むか、と迷った。ボトルは冷えているようだし、グラスには氷が入っているわけでも、レモンの輪切りが添えてあるわけでもない。このあたりは、いかにもアメリカンだ。

なんでもきいてくれ。食べながらで良い。録音してもらってかまわない。ただし、原稿にしたあと、確認をさせてほしい。今は、一時間だけだ。このあと、警察と話をすることになっている。面倒なことになった。彼は早口でそう話した。頭の回転が速いことは、話しっぷりですぐにわかった。

「殺人事件については、どう考えていますか？」と僕は尋ねた。それは、最初の質問にしては、いささか踏み込みすぎだったかもしれない。

「考えは持っていない。ロジャは、素晴らしい友達だった。私の健康も、彼が扱っていた。彼くらい有能な新しい医者を探すのは難しい。特に、これまでの履歴やデータをまたすべて伝えないといけない。時間がかかる。その間に、私が死んでしまうかもしれない」

「なにか、健康に心配があるのですか？」

「そうではない。人間は誰も、いつ死ぬかわからない。私は、まだ、食べたいものを食べている。ロジャは、ハンバーガはやめろと言っていたが、私は、ステーキよりはチキンナゲットの方が健康的だと認識している」

テーブルの上には、チキンナゲットらしきものもあった。彼は、それを手で摘んで口の中に放り込んだ。

「警察よりも、僕のインタビューを優先した理由は？」

「シンプルな理由だ。君の約束の方がさきだった」

「それは、光栄です」僕は軽く微笑んだ。「では、時間も限られているので、今回のインタビューについて、まず、どのあたりの話が伺えるのか、つまり、テーマについて、ベックさんの考えていることを教えて下さい」

「私についての書物は、既に五冊出ている」彼は片手を広げた。もう一方の手には、サンドイッチを持っている。それに齧りつき、もぐもぐと食べた。「どれも、私がどんな子供だったか、どのように育ったか、それから、どんなふうにこのビジネスに参入したのか。ライバル会社のトップとはどんなやり取りをしたのか。そんなストーリィになっていて、ほとんど違いはない。なにしろ、元のストーリィはたったの一つだからね。そのうち一冊は、一度日本でも翻訳されたようだ。今は絶版になっている。もう、世間じゃあ、ウィリアム・ベックなんて名前は、聞かなくなった。私が開発したソフトも、もう売られていない。私の会社の製品は、みんなの目に触れないところで広がっているけれど、しかし、消費者が自分の財布から現金を出して、私の製品を買う機会は減少している。私は、そもそも日本では、ほとんど知られていないだろう。テレビに出たこともないし、日本人のスター女優と不倫をしたこともない。デートさえしたことがない」

彼は笑った。自分のユーモアに満足しているようだ。

「したいと思ったことは？」僕は真顔できいた。

「ないね」彼は肩を竦《すく》めて、首をふった。「日本人の女優に魅力がないわけじゃない。私には、そんな暇がなかっただけだ」

「そうですか。うーん、でも、アメリカの大統領だって、不倫をするでしょう？　忙しい人だからできないということもないかと」

「そう、君の言うとおりだ」ベックは、メガネを指で押し上げて、僕の方を見据えた。「公式には、なかったことになっているが、もちろん、チャンスが全然なかったわけではない。ただ、不幸なことに、あまり楽しい思いはできなかった。どうも、私には向いていないようだ、その方面は」

「その方面というのは、日本の、という意味ですか？」

「そうじゃなくて、女性一般について」

「奥様の方面はいかがですか？」

「サリィは、素晴らしいパートナだ。私は、彼女を愛している。三十年も一緒に暮らしているんだ。こんなに長続きするオペレーション・システムはない」

「細かいバージョンアップがあったのですね？」

「それは、そのとおり、お互いにそうだね。いつも、修正して、パッチを当てる。そういうものだろう？　でも、最も大事なことは、最初の基本設計だ。なんだって、そうだ。人間もそう。修正ができるということが、重要な性能なんだ。わかるかい？」

「うーん、頑固者では駄目だ、ということですか？」

「そう、それもある。すべての情報を素直に受け入れる。自分の間違いにできるだけ早く気づくセンサを持っていること。人から指摘されるまえに気づいた方が良いからね」

「どうしてですか？」

「自分で気づけば、バージョンアップできる。人が指摘すれば、それはエラーになる」

「僕は、駄目ですね。指摘されてばかりです」

「エラーは修正すれば良い」ベックは、両手を広げ、バレーボールのトスのような仕草をした。それから、テーブルの上のサンドイッチを指さした。「嫌いか？」

「いえ……。いただきます」僕はそれに手を伸ばした。

「エツオ、こんなつまらない話で、本が売れるかな？」ベック氏が笑顔で言った。

「それは、出してみないとわかりません」

「日本人は、よく本を読んでいる。電車の中でも読んでいる」

「若い人は、そうかもしれません。年寄りはあまり読みませんね」

「私のことを知りたいなんて人間は、同じ業界の人だけだと思うが」

「そうかもしれません」

「スキャンダラスな情報でもないと、駄目なんじゃないかな？」

「そうでもないです。なんというか、成功者の言葉みたいなものは、わりと売れるようです」

「気の利いたフレーズで、君が適当に書いてくれることを期待するよ」

「あの、インタビューのテーマですが、どのあたりが……」

「そう、その話だった。うん、やはり、最近のことが良いのではないかと思う。引退をしたあとに、ウィリアム・ベックは何をしているのか。慈善活動とか、旅行とか、成人した子供のこととか……。ビジネスに関係のない話が、比較的書かれていないように思える。日本で売れなければ、英語に訳せば良いわけだし」

「ああ、それは良いかもしれません」

「印刷しないで、ネットで出せば、もっと簡単だ」

「そういう時代ですね。ただ、僕にこの仕事を依頼した出版社は、どう考えているかわかりませんが」

「日本人は、仕事で成功しても、慈善活動を手広くする例が少ないように思う。それは、個人で稼がないで、会社が稼いでいるからだね。アメリカは違う。個人が稼ぐ。稼ぐのは、社会に還元するためだ。税金を取られて、政府の無駄遣いを助けるためではない。自分が必要だと思うところへ自分の金を使うためだ。そういうことが、金持ちになるとわかってくる。私の両親もかなりの資産家だったが、子供のときの私は、人に金を与えるなんて、無駄なことだと考えていた。自分で金を稼ぐと、自分の金で人を助けられるというリアリティを体験できる。これは、人生を変えるほどの大きなインパクトだ」

「昨日、アンディと少し話しました。貴方の息子は、貴方の資産が減ることをどう思っているでしょう?」

「うん、彼にそれを直接尋ねたことはない。でも、私がかつて考えたように、面白くないと思っているだろうね。しかし、私にしてみれば、彼もまた、私の施しを受けている一人にすぎない。自分の子孫だから、特別に優遇されてはいる。ただ、基本的には他人なんだ。社会の一般の人といずれは同じになる。特に、私が死んで何十年もしたら、もう影響はなくなっているだろう。彼には、そういう話は何度かした。おそらく、理解してくれているものと思う」

「アンディやサリィにもインタビューをしたいのですが、それはよろしいですか？」

「それは、彼らの問題だ。私は答えられない。でも、たぶん、ＯＫするだろう」

「最近の出来事で、一番大きなトピックは何でしょう？」

「ロジャのことだ。ああ……、今でも、まだ信じられない。これから、警察と話をしなければならないんだ。いったい、どうしてこんなことになった？　君になにか考えがあるかね？」

「いえ、考えられるほど、事情を知りません。でも、警察は、屋敷を出入りした人間がいないことを確認したようです」

「出入りしていない？　どういうことだ？」

「普通の方法で、つまり、車を使って逃げたのではない、ということのようです」

「ということは？」

「普通ではない経路で逃げたのか、あるいは、逃げていないか」

「ここにいる人間の誰かが、ロジャを撃ったというのかね?」

「僕が言っているのではなく、警察の人から聞いた話です。あ、でも、情報は秘密だと言われました。ですから、知らない振りをしていただけると助かります」

「そうか。わかった」ウィリアム・ベックは頷いた。狐みたいな目つきで、僕をじっと見た。

2

一度自分の部屋に戻り、着替えたあと、録音を聞きながら要点をパソコンにメモした。窓の外を覗くと、警察の捜査は相変わらず続いている。それでも、少し人数が減ったように見えた。おそらく、範囲を広げているため、この周辺での人口密度が減っただけだろう。

三時になる少しまえに、食堂へ下りていった。松田がいたので、ベック夫人に会って話がしたいのだが、都合をきいてきてもらえないか、と頼んだ。彼は、厨房の方へ姿を消し、しばらくして戻ってきた。電話をかけていたのだろう。

「今から、ご案内いたします」と彼は澄ました顔で答えた。

「え、今からですか?」僕の方は少し驚いた。服装も気になったし、もちろん、筆記具などの用意もない。「では、僕の部屋に寄っていただけますか」とお願いした。

服を着替える暇はないので、ラフなまま。鏡を見たことは見たが、なにもできることはなかった。髭は朝剃ったし、髪も立ってはいない。しかし、ジャケットだけ着ることにした。ポケットが必要だったからだ。そこにレコーダを入れた。ノートは手に持っていく。

松田に案内されて、三階へ上がった。ベック氏のオフィスとは反対側の突き当たりだった。方角としては屋敷の南側になるはずだ。松田がノックをして、返事を待った。サリィ・ベックがドアを開けてくれた。

彼女は、短いスカートにノースリーブのブラウス。夏らしいファッションだが、ここでは外を歩くには少し涼しすぎる気もする。松田は、のちほど紅茶をお持ちします、と告げてから部屋を出ていった。

サリィがソファに座り、僕には肘掛け椅子をすすめた。インタビューをしたい、ウィリアム・ベックの本を書くためだ、と話すと、ええ、もちろん、知っています、と頷く。録音をしてもよろしいですか、と尋ねると、それについても、簡単にOKが出た。

警察とは話しましたか、と最初に尋ねた。彼女は眉を顰め、無言で短く首をふった。それは、話していないという否定ではなく、ロジャの死に対する感情を表現したようだった。そのあと、自分はなにも知らない。ロジャは、長いつき合いで、とても良い人だった。ウィリアムも彼を信頼していた。私たち家族にとって、大切な人を失った、と話した。そして、日本の警察は世界一優秀だと聞いている。殺人犯を一刻も早く捕まえてほしい、と語った。

「エッオは、ロジャと話をしたそうね」と彼女は言った。それは、警察から聞いた情報だろうか。

「そうです。六時頃に、散歩に出たら、あの東屋に彼がいました。ドクタは、あそこで何をしていたと思いますか？」

「さあ……。なにもしていなかったんじゃない？」

「そうですね。なにも持っていなかった。僕と同じ、単なる散歩でしょうか。彼は、スポーツマンでしたか？」

「うーん、ゴルフと、テニスを少し。ウィリアムと同じくらい少し」

「アンディは、スポーツマンのように見えました」

「そう、あの子は、そうなの。スポーツが好きね。父親には似ていない」

「貴女に似ているのですね？」

「どちらかといえば、そうかしら」彼女は微笑んだ。「アンディも、小さな頃からロジャに遊んでもらったのよ。ショックだったと思うわ」

それほど子供でもないだろう。昨夜の彼は、特に取り乱してはいなかった。落ち着いて対応していたように見受けられる。母親は、息子にいつまでも子供でいてほしいと思うものだ。

「アンディのガールフレンドは？　彼女は日本に住んでいるのですか？」

「シャーロットね。ええ、そうなの。困ったものだわ」

「どうして、困るのですか？」

「だって、私たちは、日本にずっといるわけじゃないでしょう。ウィリアムと私がいないときも、あの二人は、ここで王子様と王女様ごっこをしているのよ」

「今は、夏休みですからね。シャーロットも、大学に？」

「いいえ」眉を顰めて、サリィは首をふった。隠しきれない不満があるようだ。話題をひとまず変えた方が良さそうだ、と僕は判断した。

「ところで、ウィリアムは、忙しくて浮気をするような暇はなかった、と話していましたけれど、その点についてはいかがですか？」

「まあ、サーカスみたいに話が飛ぶのね。もしかして、浮気くらいあった方が、本が売れる？」

「どうでしょう。日本では、それよりも、誠実な仕事振りみたいな内容のものが売れていますね」

「ああ、だったら、そのまま。まさに、それです。彼は、無駄なことはしないの。目の前の問題を片づける。人と少し違うところは、問題が片づく少しまえに、もう片づいたと言って、周囲をその気にさせる。商談は、商品が出来上がるまえに終わっているのよ」

「それは、有名な話ですね。本当にそうなんですか？」

「私はよくは知らないけれど。本当なんじゃないかしら。嘘をつくなら、もっと、自分にプラスになるように考えるでしょう？」

「仕事でも良いですし、家庭内のことでも良いですが、これまでに一番危機的だった場面はどんなことですか？」

「危機的？　そうね……」彼女は顎に手を触れ、視線を上に向ける。

ドアがノックされ、彼女が返事をすると、ワゴンを押した女が入ってきた。紅茶のポットがのっている。チーズケーキやスナックもあった。それらが、テーブルに並べられるまで、話は中断した。飲みものは、プレミクスのホットのミルクティーだった。お辞儀をして女が出ていき、僕とサリィはカップに口をつけた。

「危機というものは、なかったかもしれないわね。家族の誰も、大きな病気はなかったし、事故もなかったし……、突然の死も、昨日が初めてよ。だから、今が一番の危機かもしれないわ」

「結婚されてから、ずっと順調だったということですね？」

「そう。予想外に、なにもかも上手くいったんじゃないかしら。こんなもの凄いお金持ちになれるなんて想像もしていなかったし、私、今でも彼のビジネスが大失敗して、安いアパートに引っ越さないといけなくなるんじゃないかって、ときどき考えるのよ」

「そういう生活は耐えられないですか？」

「いいえ、そんなことはない。それくらいの覚悟はいつも持っています。それに、なにもかも失うなんてことはないのよ。今はもう、ビジネスは終わったのだし、子供も大きくなったのだし。ええ、本当に、恵まれている。そう思います」

「幸せそうですね。今の一番の夢は何ですか？」

「そうね……。今は、ウィリアムのお金を、社会のためにどう活かすか、ということに一番関心があります。大勢の人たちが喜ぶようなことに使いたいわ。馬鹿みたいな夢なら、世界が平和になること。人が殺し合いをしないこと。飢えて死ぬ子供がいないこと。病気で苦しむ人が薬を買えること。ね、馬鹿みたいでしょう？」

「いいえ、そんなことありません。普通の人間が言ったら、少し馬鹿みたいですが、ウィリアムと貴女には、その現実性があります。立派なポリシィだと思います」

「どうもありがとう」

「ウィリアム・ベックは、プライベート、あるいは家庭内では、どんな人ですか？」

「うーん、まあ、そうね、あまり変わりません。あのとおりの人。むしろ、ビジネスでも、プライベートな価値観を押し通す、それが許された人だったんじゃないかしら。家庭でも、だから、まったく同じ。とても我が儘ですけれど、でも、彼なりに理屈があってそうしているようですし、こちらが反発すると、議論になって、私の意見に納得すれば、すぐに改めてくれます。私が言うことに対しては、だいたいは折れてくれますね。つまり、相手の意見を聞くという点では、柔軟な人だと思います。意見を言わないと、察してはくれません。そういうわかりやすい人なんです」

「合理的ですね」

「そう、合理的。その言葉のとおり」

「喧嘩はありませんか?」

「ありますよ。つまり、今私が言った議論というのが、喧嘩のことです。暴力はありません。言い争うだけ。それも、私は必死ですけれど、たいてい彼は余裕の笑顔のままです。まるで、議論を楽しんでいるみたいに。彼にとっては、誠意とか優しさといったものは、つまりは意見を述べることなんです。意見のない人間には、見向きもしません。彼には、それは人間ではない、と見えているのでしょう」

「アンディとは、どうですか? 父親としての彼は、どんなふうでしょう?」

「そうね、私が見たかぎりでは、あまり上手く嚙み合っていないわね」サリィはそこで、少し笑った。「そもそも、ウィリアムが子供だから、性格が似ているし、親子というよりも、兄弟のように見えます。私よりも、アンディは、ウィリアムに反発します。だって、息子ですし、若いし、好き好んでベック家の一員になったわけじゃないのよ。私は、ウィリアムが好きで妻になったけれど、彼はそうじゃないの。この違いは大きい。そうでしょう？」

「息子が父親に反抗するのは、ごく当たり前のことです。誰でも、その経験があると思います。それが、まともな親子関係でしょう」

「貴方もそうだったの？」

「もちろん」

「そう……。私は、正直、わからないわ。私の家は、姉妹しかいなかったの。父と息子というものを体験したことがなかった。だから、心配したわよ。あの二人が喧嘩になるとね」

「その喧嘩も、議論ですか？」

「ええ、そうです。暴力沙汰になるようなことはありませんでした。ウィリアムは議論がしたい。だけど、アンディは、途中で黙ってしまうか、部屋を出ていってしまう。ウィリアムにしたら、決着がつかないのが不満だったと思うわ」

「その程度は、ごく普通ですよ」

「家から出ていってしまって、帰ってこないことだってあったもの」

「どこにいたんですか？」

「友達のところ。私が見つけて、迎えにいったの」

「友達っていうのは、ガールフレンドですか？」

「いいえ、まだ小さかったから。それは、男の友達。でも、遠くの大学を選んだし、そのあと、日本の大学院に留学することになって、結局どんどん離れてしまったの。私よりも、ウィリアムが寂しがっていると思います」

「離れた方が、良い関係ということもあるのでは？」

「そうね。それは、私も期待している」

「ここに別荘を建てたのは、やはり、アンディが日本にいるからなのですか？」

「さあ……、どうかしら。ウィリアムはそうは言わなかった。もともと、彼は日本に興味があったの。日本の文化にね」

「文化というと？」

「アニメとか、漫画とか、あと、自動車、機械、たとえば、えっと、ウォークマン」

「だいぶ以前の日本ですね」

「そう？　今は、何？」

「失礼。僕もそれほど詳しいわけじゃありません。文化には疎《うと》い方なんで」

「アンディも、そういうものが大好きだったから、そこだけは親子で一致している趣味なの。あ、でも、たぶん、彼らに言わせたら、全然違う」サリィは、オーバに両手を広げた。

「ああ、思い出した。コミケとか、コスプレですか？」

「あ、そうそう、それよ。よくわかったわね。そうなの。あの子がそれ」

「あの子って、シャーロット？」

「そうなの。そういう趣味で、アンディに取り入ったのね」

「シャーロットには、不満をお持ちのようですね」

「私は……、ええ、不満です。私のアンディを、あんな馬鹿な女に取られたくないわ。もちろん、アンディだって、それくらい理解しているとは思います。遊びならば全然かまわない。でも、本気になったら、問題ね。大問題」

「どうしてですか？」

「それは、そうでしょう？　アンディは、将来有望な青年なのよ」彼女は、そこで紅茶を飲んだ。溜息をつき、しばらく考え込むように目を瞑《つむ》った。目を開けて、僕を見て話を続ける。「ごめんなさい。今のは、その、オフレコにしてもらいたいわ。言葉が過ぎたと思います。シャーロットだって、将来有望なお嬢さんのはず」

「本にするときには、原稿を確認してもらいますから、ご心配は無用です。それに、失礼なことを言うかもしれませんが……、今の話は、あまりにもありふれていて、どこの家庭にもある、ちょっとした皺《しわ》のようなものだと感じました。皺なんてものは、ちょっと引っ張れば、綺麗に消えてしまいます」

3

アンディと夕方に会った。これは、約束をしたわけではなく、偶然だった。彼は、食堂から外に出たウッドデッキにいた。シャーロットと一緒だった。僕が彼を見つけて、できたら、インタビューさせてほしい、と願い出たところ、それなら、今ここで、と彼が即答したのだ。シャーロットは、それを聞いて、笑顔で席を立った。気を利かせたつもりだろう。サリィが言ったほど馬鹿な女性には、僕は見えない。

ポケットにレコーダは持っていた。彼に、録音しても良いか、と英語で尋ねると、

「へえ、そういう仕事なの？」と日本語で答えたが、録音に関しては承諾してくれた。

どうやら、僕がウィリアムの本を書くためにここへ来た、という状況を知らなかったようだ。父親の仕事関係の人間か、それとも雑誌か新聞の記者だろう、と考えていたらしい。

「彼女と一緒だったのでは？」アンディは尋ねた。

「ああ、優衣」

「ユーイ？　素敵な名前だね」

「残念ながら、ビジネスのパートナ」

「残念ながらっていうのは？」

「うーん、別の言葉で言うと、僕の希望に沿っていない現状として、くらいの意味かな」

「どういう希望を？」

「あのね、申し訳ない。僕が質問をするために、レコーダがあるんだよ」僕は、テーブルの上に置いた小さなボイスレコーダを指さした。

「いいよ、なんでも答えるよ。英語で良い？」

「もちろん」

アンディは、日本語が上手だ。それでも、微妙な表現が難しいこともある、ということだろう。

「昨日の事件については、どう思った？」僕は英語で質問した。

「え、そんなテーマなの？　うん、そう……、特になにも思わなかった。ただ、ロジャはよく知っていたから、とても残念だよ。犯人を早く見つけてほしいし、罪を償ってほしい」

「優等生の返答だね」

「もう大人だから」これは日本語だった。

「日本語が上手だね。こちらへ来るまえに習ったの？」

「えっと、五年間くらい家庭教師をつけてもらった。でも、まだまだ……」

「そんなに以前から、日本に来たかったわけ？」

「そう。大学は、日本の大学に入りたかった。でも、ちょっと無理だったから、大学院に留学生で応募した」

「えっと、日本に来て、何年になる？」

「二年と五カ月」

「シャーロットは、いつこちらへ？」

「僕と、だいたい同じ。彼女も、留学希望で来ている。でも、今のところはフリーだね」

「どこで知り合った？」

「コミケ。二年まえに。でも、実はそうじゃないんだ。僕は、彼女のことをずっとまえから知っていた」

「ああ、ネットで？　そういう意味だね」

「それもあるけれど、もっとルーツがあったんだ」

「というと？」

「あまり、これ、ウィリアムには関係のない話になるよ」

「かまわない」

「うん、ずっと以前になるけれど、その、僕がまだ小さいとき、うちにハウスキーパの スージィという女性が来ていて、彼女が、ほんのときどきだけれど、自分の娘を連れて きたことがあった。特に、僕の両親が出かけて何日か留守番をするようなときに、スー ジィも、自分の娘の面倒を見なくちゃいけないからってね。僕より一つ歳下の女の子だ った。えっと、あまりよく覚えていないけれど、二回か三回だったと思う」

「まさか、それが、シャーロットだったと？」

「そう。そのとおりなんだ。それも、会うまで気づかなかった。ネットで知り合ったの が、たしか、五年くらいまえかな。それは、僕が彼女のウェブサイトの写真を見て、 メールを出したのがきっかけだった。そのあと、ときどき、メールをやり取りするくら いの、どうってことない友達……、というよりも、僕は彼女のファンの一人だった。で も、日本に留学したら、ほぼ同時期に、彼女もこちらへ来ていて、東京で会ったんだ。 そのとき、初めて、僕は、リアルのシャーロットを見た。そして、なんとなく、思い出 したんだ。それで、ファミリィネームを聞いて、確信した。あの、シャーロットだった ってね」

「それは、なかなか運命的だね」

「そう。そう思うよ。ミラクルだよね」

「シャーロットは、君のことを覚えていた？」

「全然」アンディは笑いながら首をふった。「スージィがどこで働いていたかも知らなかった」

「スージィは、君の家の仕事をいつまでやっていたの？」

「それは、はっきり言えないけれど、長くはなかった。事故があって、スージィは死んじゃったんだ」

「ああ、そうか。それじゃあ、本当にその頃だけの出会いだったんだね」

「うん」アンディは頷いた。

「今の、その、シャーロットとの出会いについては、サリィは知っているのかな？」

「わからない。僕は話していないよ」

「君が話さなかったら、知らないんじゃないかな」

「そうかな……」

「どういうこと？」

「うん、つまり……、何て言うか、彼らは、知りたい情報を、どうやってでも手に入れることができるんだ」

「ああ、そういうことか。それはそうだね。だけど、息子がつき合っているガールフレンドについてなら、どこの誰なのかっていうくらいは、普通の親だったら知りたいと思うものだよ」

「でも、実際に、調べたりはしないよね」

「それは、人によるね。えっと、違う質問をするよ」僕は話題を変えることにした。

「ウィリアムは、君から見て、どんな人物？」

「才能がある。頭が良い。うーん、これからの社会にどんなものが求められているのかを見抜く。しかも、それに対する答というか、製品をちゃんと用意している」

「なるほど。良い息子だね。父親としては？」

「普通」

「そう……、良くも悪くもない、ということ？」

「彼の、ビジネスに対する適性と比べたら、父親としては普通。ごく普通の、どこにでもいる平凡なパパだね。でも、えっと、正直に言うと、尊敬している」

「尊敬している？　それを、直接伝えたことは？」

「ないと思う」彼は首をふった。

「サリィのことは？」

「優しいし、少し心配性だけれど、親切で、明るくて、とにかく、素晴らしい人だよ」

「本人に、それを伝えたことは？」

「ない」

「どうして、言わないのかな？」

「うーん、どうしてかな。よくわからないけれど、言葉にして伝えるようなテーマではないと思えるんだ」

「なるほど……、それは、なかなか日本的な文化だね」

「そうなの？」

「うん、僕は、そう認識している」

「じゃあ、このまま黙っていた方が良い？」

「そんなことはない。伝える機会があったら、伝えた方が良いと思う」

シャーロットがガラス戸の内側に立って、こちらを見ていることに僕は気づいた。それを見て、アンディが振り返り、そして腕時計を見た。

「なにか、約束があるみたいだね」

「そうなんです。彼女と、一緒にテレビを見る時間だった」

「急いで行かないと」

アンディは、解き放たれた鳩みたいに、ガールフレンドのところへ飛んでいった。若い翼が彼の背中に見えた。幸せそうだ。

溜息をついて、そのまま、そこで一人で座っていた。なんとなく、気配を感じて振り返ると、庭の小径をこちらへ近づいてくる高橋刑事の姿があった。もしかしたら、なにか特殊な電波でも出しているのかもしれない。そういう電波を、僕はどこかで感じることができるのだが、耳なのか目なのか、それとも鼻なのかはわからない。

4

時刻は四時半だった。刑事がウッドデッキに上がってきたのを見ていたのか、松田が現れて、お飲みものをお持ちしましょうか、と僕たちに尋ねた。高橋は、それを断った。しかし、僕は飲みたかったので、ホットコーヒーを頼んだ。

「二人分」と勝手に依頼した。食堂へ戻っていく松田を見送ってから、刑事に、きいた。

「どんな感じですか?」

「どんな感じ?」言葉を繰り返したあと、高橋は、ふっと笑うように息を吐いた。「どんな感じなんでしょうね……」そこで舌打ちをする。表情は厳しくなった。「頸城さん、みんなにインタビューしているそうですね。なにか、その、面白い話は出てきませんか?」

「面白い話ですか? いえ、全然。面白い話なら、今はどちらかというと、僕は聞き役だと思いますけれど」

「ありませんよ、面白い話なんか」

「手掛かりは？　遺留品は？　目撃者は？」僕はきいてみた。どれか一つくらい教えてくれるのではないか、と駄目もとである。

「これといって……、今のところはね」

「銃は、まだ見つからないんですね？」

「この屋敷の中を探したいですね。個人の部屋を全部」

「それには、令状がいるのですか？」

「ウィリアム・ベックは、ＯＫしてくれています」

「だったら、探したら良いのでは？」

「頸城さんの部屋は、どうですか？」

「探してもらってけっこうですよ。危ないものは持っていない。えっと、たぶん」

「これだけ大きな建物、広い敷地、とにかく、隠そうと思ったら、どこにでも隠せるでしょう。たぶん、金庫とかは、秘密の場所にあったりする、ええ、きっとそうです。なにしろ、天下のウィリアム・ベックだ」

「最初から諦めているみたいですね」

「というか、事件の解明を、誰が望んでいるのか、という話になるわけですよ」

「どういうことですか？　みんなが望んでいるのでは？」

「私は、望んでいますよ。解決したいですよ。でも、いろいろ難しい面がある。国際問題になりかねない」

「意味がわかりませんね」

「たとえばですよ。仮の話ですよ。ここの従業員の誰かが、ロジャ・ハイソンを撃ったとします。どうして、そんなことをしたのか、となったら、たぶん、金をもらったからでしょう。誰からもらったのか。それは、被害者を殺したい人物です。そいつは、たぶんアメリカにいる。被害者はアメリカから来たんですからね。ようするに、事件は日本で起こって、直接手を汚したのも日本人かもしれない。しかし、この殺人の大本《おおもと》になる動機を持った人間は、ここにはいない。主犯はここにはいない可能性が高い、ということです」

「まだ、そうと決まったわけでもないのでは？」

「ほかに、どんな理由がありますか？　人を殺すっていうのは、そういうことですよ。そうでない場合があるとしたら、金を奪う、つまり強盗殺人か、あるいは、恨みもなにもない、行きずりの犯行、つまり無差別殺人か、となる。違いますか？」

「その二つは、完全に否定できるわけですね？」

「強盗じゃない。こんな、個人の庭で白人の老人を狙いますか？　財布も持っていなかったようです。パスポートも部屋にあった。取られているものは、たぶんないでしょう。

殺しておいて恐くなって逃げた、とも思えない。それに、強盗だったら、消音器なんかいらない。ホールドアップなら、おもちゃだってできる。撃たないといけない理由もない。殺さなくても、脚を撃つだけで、気絶するか、少なくとも歩けない。逃げることはできたはずです。強盗は、ありえませんね」

「もう一つの方は？」

「無差別殺人ですか？　これが？　え、どうやったら、そう見えます？」

「いや、僕も無差別殺人だとは思っていませんけれど」

「人違いで撃たれたとも思えない。まだそこそこ明るかったし、正面を向いていた。それに、被害者は逃げなかった。つまり、顔見知りなんですよ。背中に銃を隠して近づいて、話をしようとしたら、突然銃を突きつけられ、声も出ないうちに撃たれたんです」

「即死ですか？」

「たぶんね。流血が少ない」

「一発ですか？」

「ええ、一発です。近いとはいえ、落ち着いて撃った。なかなかの腕前です」

「口径は？」

「あまり、きかんで下さい。べらべらとしゃべるわけにはいきません。私はね、貴方から情報を得たい。だから、ここに座っている」

「コーヒーが来ました」僕はそちらを見た。

松田がガラス戸を開け、盆にカップを二つのせて、こちらへ近づいてきた。

僕は、警察は何人くらいここに来ているのか、と尋ねたが、高橋刑事は黙っていた。松田がいたからかもしれないし、単に答えたくなかっただけかもしれないし、そんな人数など把握していないせいかもしれない。

僕は熱いコーヒーに口をつけた。高橋は、手を出さなかったが、脚を組み直した。まだ話がしたいことは確かなようだ。

たぶん、関係者への事情聴取は、若い刑事が担当しているのだろう。従業員が対象になっているはずだ。また、鑑識はまだ遺留品を採取している段階か、あるいは最初の分析を始めているか。やるべきことは明確で、可能な限りの勢力が投入され、適切に分担されているはずだ。地元の警官は、この近辺の主要な道路や鉄道の駅を見張っているだろう。ただ、いったい誰を見張るのかは誰も知らない。単に、「不審者」と呼ばれる抽象的なキャラクタに目を光らせているだけだ。

想像だが、事件の一報を受けた者は、おそらく犯人像として、外国人を思い浮かべるのではないか。凶器が拳銃であること。サイレンサが使われた可能性が高いこと。もちろん、それ以上に重要なことは、アメリカの著名な富豪の別荘の敷地内で、アメリカから来日したばかりの老医師が撃たれた、という事実だ。

したがって、あちらこちらで、外国人が警官に職務質問を受けているのではないか。そもそも、この地は海外からの観光客が多い。無駄なことに人的エネルギィが消費されていることは否定できないだろう。

「ここからだと、あの東屋は見えない」刑事は顔を横に向けて、そちらを見た。「頸城さんの部屋の窓からは、見えますか？」

「見えませんね。これだけ樹が茂っていると、どこからも見えないんじゃないですか？」

「あの場所は、けっこう死角といえますね」刑事はそう言うと、コーヒーカップに手を伸ばした。「被害者は、誰かとあそこで会う約束をしていたのかもしれない」

「誰と？　普通、話をするなら、部屋を訪ねるのでは？　少なくとも、屋敷にいる人間なら、そうすると思いますけれど」

「姿を見られたくない人間だということです」刑事は、コーヒーに口をつけた。

「何故、そんな推理を、僕に聞かせるのですか？」微笑みながらきいてみた。「話し相手がいないのですか？」

刑事は一瞬むっとしたが、すぐにもとの無表情に戻った。一瞬の痙攣《けいれん》みたいな変化だった。ときどき、こういうミサイルを撃って、相手の防衛能力を確かめることは大事だ、と僕は考えている。

「ウィリアム・ベックにインタビューして、どうでしたか？」刑事は逆に質問してきた。

「べつに……、これといって」僕は微笑んで答える。「それに、インタビューの内容については、まだ話せません」

「ロジャ・ハイソンのことを、彼はどう言っていましたか？」

「警察だって、質問したでしょう？」

「表向きは上手くいっていても、なにかトラブルがあったかもしれません。わざわざ、日本に呼びつけて、ここで殺す、というのもありえないわけじゃない」

「ありえないと思いますよ。アメリカにいるうちに殺した方がシンプルでしょう？」

「わざわざ、東京へ行ったのも、アリバイを作ったように見えませんか？　息子のアンディもそうです。親子揃って、ここを離れた」

「アンディは、戻ってきましたよ」

「死後一時間。犯行時には、東京か機上です。つまり、殺し屋に依頼したとすれば、今から決行すると連絡が来たかもしれない。それで、急用を作って、二人はここを離れた」

「殺し屋は、どこにいるんですか？」

「従業員の誰か、と考えるのが、今のところは可能性が高いと……」

「それ、本気でおっしゃっているんですか？」

「本気？　そんなもの、私にはありませんよ。本気は、長いこと見失っています」

「面白いことをおっしゃいますね」僕は感心した。思わず笑みが零れた。そう言われてみれば、僕も本気なんて持っていない。たぶん、生まれながらにして身についていなかったのではないか。

「今は、私、一人でしょう」刑事は片手を広げた。「プライベートですよ。ちょっと、コーヒーを飲んで、休憩中です。オフなんです。頸城さんだって、オフでしょう？」

「僕は、ここんところ、ずっとオフですよ」

「一度、貴方と一緒に飲みたいですね」高橋は笑った。

「コーヒーじゃなくて？」

「コーヒーじゃなくて」

「いつでも、けっこうですよ。でも、そちらは、忙しいんじゃないですか？」

「しばらくは、駄目でしょうね」高橋は溜息をついた。「解決の目処《めど》がつくまでは、そんな時間はありません。しかし、どうも……、解決ができそうにない。そんな臭いもしますね。嫌な予感というか……」

「早々と？　まだ一日しか経っていないのに？」

「最初の印象が、いつも、だいたい正解になるんです」

「解決できないとしたら、それは、日本の警察が、殺人の動機に拘《こだわ》っているからかもしれませんね」僕は、思っていることをぶつけてみた。

高橋は、目を細め、僕をじっと見据えた。

「殺人が起こった背景を考えようとする。でも、それだと、外国人の別荘で、外国人が殺された、すべての環境、履歴が、ずっと遠く、はるか海の向こうにある。だから、どうもぼんやりとして、具体的に考えられない。どこから攻めていけば良いのか、わからない」

「そう、おっしゃるとおりだ」高橋は頷いた。「じゃあ、どうすれば良いでしょうか？いちおう、その海の向こうへ、情報提供を求めています。糸口くらいは、見つかるでしょう」

「さっき、ご自身でおっしゃったじゃないですか。わざわざ日本でやったんです。もし、動機から攻めるなら、わざわざ日本でやらなくちゃいけない動機を考えたら良いのでは？」

「うーん」刑事は頷きながら、椅子の背にもたれた。それから、僕を指さして、片手をふった。「面白いことを言いましたね」

「面白くはないでしょう」

「いや、失礼。えっと……、興味深いご意見だ、という意味です」彼は腕組みをして、天を仰ぐ。「わざわざ、日本へ来たときに、殺した動機ね……」

ジェット機の音のように聞こえたが、どうやら遠くで雷が鳴っているようだ。見たかぎりでは、天候に変化はない。雲はあるけれど、明るい青空が広がっている。しかし、夏の山には天候の急変は多い。夕立が来るだろうか、と僕は、辺りの空気を気にした。僅かに、風が出ているようにも感じられた。

5

水谷優衣からメールが届いた。〈電話しても良い？〉とあったので、〈良いよ〉とリプライをした。すぐに、電話がかかってきた。

「あのさ、こういう場合は、電話をかけてくるのが普通なんじゃない？」といきなり叱られた。

「ごめん。あの、でも、言い訳をしても良いかな？」

「うん、何？」

「僕には、君が電話をかけられても良いかどうか、判断できなかった」

「だから？」

「だから、メールで、僕はＯＫだけれど、と伝えたんだ」

「わかった」優衣はそう言って、少しの間黙っていた。「そうか、貴方の言うとおりかもしれない。ごめんなさい。怒ったのは撤回」

「良かった。言い訳した甲斐があった。で、何？」

「どんな具合かなと思って。ベックさん、戻ってきた？」

「今日の昼に会えた。一時間ほどインタビューできたよ」

「凄い。あんな事件があったのに、応じてくれたのね」

「警察よりも、僕の方を優先してくれた。凄い人だね」

「ふうん。で、どんな手応え？」

「手応え？　何の？」

「だから、貴方の仕事の。本になりそうかってこと」

「なりそうになかったら、書かなくて良いの？」

「そうじゃないけれど……、でも、書きたくなった？」

「それは、まだ、あまり……、よくわからない」

「面白い話はなかったってこと？」

「そんなのは、最初の一時間じゃあ、出てこないよね。もっと、深い話に踏み込まないと」

「踏み込めそう？」

「さあ、どうかな。わからない。深いところがあるかどうかもわからない」

「うーん、頼りないなあ」

「あと、サリィとアンディとも話した」

「偉い」

「協力的だね、みんな」

「どんな感じの話だった？」

「難しいことをきくね。うーん、まあ、普通だね。家族で、お互いに愛し合っている」

「それじゃあ、駄目だな」優衣が言った。

「駄目ってことはないよ。素敵なセレブ・ファミリィだ」

「やっぱり、多少は、なんていうの、スキャンダルが入っていないと」

「そうだね。でも、ハリウッド・スターじゃないんだから」

「そうね」

「とにかく、まだ、たった一回ずつ会っただけなんだ」

「そう。これからだね。頑張って」

「焦らないで……」

「頸城君は、もう少し焦っても良いと思う」

「そうだね。どうも、他人事のように聞こえてしまうんだよね」

「そこが駄目……。駄目だよ」

「はいはい。次は、いつこちらへ？」

「何が」

「君が」

「ああ……。う～ん、全然予定していないけれど」

「なんだ、そうなのか」

「カメラマンを行かせようかなっていう話になっている。そちらで、ベックさんにきいてみてくれない？　カメラマンはＯＫかって」

「そんなこと、まだ決まっていなかったの？　それは、編集部からメールで直接尋ねるべきだと思うな」

「英語でメールを書くわけでしょう。けっこう大変。それに、文書で申し入れたら、断られそうじゃない。頸城君が、まず、自分で写真を撮っても良いかって、軽い感じで持ち出して、あ、でも、やっぱりプロに撮らせた方が良いですね。僕の友達に、写真が凄く上手い奴がいるから、ちょっと呼んでも良いですかって、そういうふうに話を持っていってくれないかな」

「凄いね、そのディテール豊かな戦略」

「ね、お願い」

「わかった。きいてみる」

「えっと、私も、そちらへ行けるように、編集長にきいてみるわ」

「良いところだからね」

「え、何が？」

「あ、つまり、涼しいし」

「ああ、環境のことね」

「そうだよ」

「じゃあ、お願いします」

「またね」

電話が切れた。僕は、テーブルにまだ置かれていたコーヒーカップを手に取り、覗き込んだ。半分くらい残っていると認識していたが、もう残っていなかった。こんなふうにコーヒーカップを覗き込んだことが、これまでに二百回はあるだろう。

一人でデッキの椅子に座っている。視線が食堂のガラス戸へ向く。中で人が動いているのが見えた。ディナの準備をしているのだろうか。まだ片手に電話を握っていて、なんとなくそのままだった。それをポケットに仕舞う。ガラス戸の一つが開いて、北澤真里亜が出てきた。サングラスをかけている。何故か、都鹿を思い出した。同じくらいの年齢ではないか。否《いな》、そんなことはないか。都鹿よりは歳上だろう。

「ここで、どなたかお待ちなのですか？」近くへ来て、真里亜がきいた。

「いえ、誰も」幽霊とか霊魂まで範囲を広げれば、待っていないとは言いきれないけれど。

「座っていい？」

「たぶん」

「たぶんって？」真里亞が笑顔になる。

「さっきまで、そこに刑事さんが座っていたから、たぶん、君が座っても、壊れたりはしないと思う、という意味」

真里亞は口を閉じたが、目が笑っていた。僕が保証した椅子に、彼女は腰掛けた。

「何をなさっているの？」またきかれた。

「見てのとおり、なにもしていない」

「なにか、考えていらっしゃったでしょう？」

「うーん、なにも考えていない。ぼんやりしていた」

「さっきは、電話をしていたわ。ごめんなさい、あそこから見ていたの」

「そういえば、そうだった。忘れていた」

「退屈ですものね」

「退屈？」

「ええ、私は退屈。どこかへ遊びにいきたい」

「たとえば、どこへ?」

「どこでもいいわ。ドライブとか、楽しいでしょうね。高原の道を……」

「ああ、それが、遊び? うーん、どうかな、道路はけっこうどこも渋滞しているみたいだった。ここにいるのが一番のんびりしているかも」

「警察の人がいっぱいだわ」

「それはしかたがないよ。おかげで、安心して、こんなにのんびりできる」

「のんびりしているのね、頸城さんって」

「もう、夕方だからね。なんか、眠くなってくる」

「朝型なの?」

「そうでもないけれど」

「私は、朝は駄目。夕方くらいから、だんだん目が冴えてくるわ」

「それは、若いからだね、たぶん」

「頸城さんだって、若いじゃないですか」

「ありがとう」僕は溜息をついた。「正直言うと、こう見えても、君くらい若いときもあったんだよ」

真里亞は笑ってくれた。少しオーバなくらい。良い子じゃないか、とほっとする。

また雷が鳴った。時計を見る。まだ五時だ。晩餐までには、二時間くらいか。

「少しだけドライブをしてこようか」僕は、彼女に言ってみた。

「今から?」彼女は目を大きくして躰を弾ませた。「嬉しい!」

それで、食堂へ入り、ホールの方へ二人で歩いた。松田が見ていたようだ。玄関から出ていくと、駐車場の近くに佐伯が立っているのが見えた。そちらへ僕は近づく。

「ちょっと、一時間くらい出かけてきます」そう告げると、

「お気をつけて」と彼は頭を下げた。そして、壁際にあるボックスへ行き、キィを持ってきてくれた。僕は、それをポケットに仕舞う。

彼女が乗るまえに、幌を仕舞ってオープンにした。エンジンが暖まるのも待てずに、車を出す。ゲートの方へずっと下っていった。

「ポルシェね」

「たぶん」

「今のたぶんは、どういう意味?」

「うーん、いちおうポルシェに見える、という意味だよ。実のところはわからない」

ゲートは開いていた。佐伯が開けてくれたのだろう。しかし、警官が二人立っていたので、徐行して、彼らのそばへ車を寄せていく。視線を送ったが、特になにも言われないので、そのまま通り過ぎた。出入りを禁止されているわけではない、ということだ。たとえば、僕が殺人犯で、凶器の拳銃を外へ持ち出して、遠くへ捨てにいくかもしれな

い、なんて考えてもいないのか、と不思議に思った。もっとも、僕が殺人犯なら、そんな危険な賭けはしないだろうけれど。

しばらく、山道を下り、少しだけ広い道に出たが、前にも後ろにも車はいない。ここはまだ私道のようなものだ。

「雷が鳴っているわ。夕立があったら、どうなるんですか？」

「濡れるんじゃないかな」

「やっぱりそうなの」

「いや、濡れたくない場合は、屋根を出すよ」

「私は、濡れてもいい」

なんとも馬鹿馬鹿しい会話だ、と微笑ましかった。この馬鹿馬鹿しさは、ときどき切なくなるほど貴重なものになってしまった。

県道に出て、火山の方へ、つまり、昨日都鹿と一緒に走った高原の道へ向かった。そこくらいしか、気持ち良くドライブできる道路はない。もっと低い街中へ下りていけば、田舎道の大渋滞が待っているだけだ。

景色が開けてきた。車もそれほど多くなかった。たぶん、雷のおかげだろう。雲は、ここよりも低いところに集まっているようだ。西の空が明るく、仄かにピンクになっている。僕みたいなひねくれ者でも、綺麗だと思える色だった。

「素敵ですね」真里亞は言った。

車はゆっくりと前進していて、風もさほど冷たくない。雨が降らなくても、風で寒くなるのでは、と心配していたのだが、そうでもなかった。

「殺人事件があって、大勢の人が働いているのに、僕たちは気楽なものだね」

「それは、あの方たちの仕事でしょう？　う～ん、頸城さんは、お仕事は？」

「うん。順調だよ」

「そう……。私、仕事ってしたことがないの」

「バイトも？」

「ええ、一度もない」

「そう、それは、素晴らしい」

「え？　どうして？」

「仕事なんか、しない方が良い。人間として、その方が素晴らしい」

「そうなの？　仕事をしてみたいなって、いつも思うんだけれど」

「したら、がっかりすることの方が多いと思う」

「そうかしら」

「お父さんが、しなくても良いって言うんだね？」

「そんなふうじゃなくて、するなって命令される感じ」

「それは、なかなか立派なお父さんだと思う」

「びっくり、そんなこと言う人、頸城さんが初めて。そうかなぁ……。私の友達は、みんな、仕事はした方が良いって言うわ」

「まあ、そういう意見もあるね。人それぞれだよ。どっちでも良い。大したことじゃない」

「そうなんだぁ……」

「僕の意見なんか、軽く流しておけば良いと思うな」

「それは、また……、えっと、どう言えば良いのか」

しばらく、彼女は黙った。なにか考えているのかな、と思って、ときどき顔を見た。眼差しを返すだけで、笑っているわけでもなく、どちらかというと緊張しているような表情に見えた。

「もしかして、話が面白くなかった?」と探りを入れてみる。

「いえ、そうじゃなくて、考えてしまっただけです」

「うん、なら良いけれど」

「頸城さんは、昨日の殺人をどう思いますか?」

「警察が解決してくれると良いな、と思っているけれど」

「でも、探偵なんでしょう?」

「探偵といっても、誰かが僕に、殺人について調べろと依頼したわけじゃないからね。ほら、ペンキ屋さんだったら誰でも、公園のベンチを自分の好きな色に塗れるってわけじゃないよね」

「えっと……、ああ、そういうことね」そこで真里亜はくすっと笑った。「でも、塗りたいな、とは思うんじゃないかしら？　普通の人は塗りたいとは考えません」

「そうだね……」なかなか頭が回る子だな、と感心した。「いろいろ、まあ、考えることは、たしかにあるよ。でも、考えても、解決できるわけじゃないし」

「死んでいる人なんて、私、見たことがないわ」

「それは、幸せなことだね」

「頸城さんは、そういう機会が多いのですか？」

「死体を見るような？　うーん、まあ、普通の人よりは、ほんの少し多いかもしれないけれど、でも、探偵だったからじゃなくて、単に、僕が不運だったからだと思う」

「不運？　なにか、事故とかですか？」

「そうだね、外国にいたときに、テロとかがあって、近くで爆発があったとか」

「うわぁ、凄い。戦場だったんですね？」

「いや、えっと……、その話はやめよう」僕は右手を広げて、彼女に見せた。

「ごめんなさい」彼女はすぐに謝った。

「あ、違うんだ。謝るようなことじゃないよ。今は、もっと楽しい話をしよう、という意味で……」

「そうですね」

再び、馬鹿な話題になった。これは平和で気楽で素晴らしい。彼女は、自分のことを話した。音楽は何が好きだ、洋服を選ぶのが遅い、父と母が仲が悪くて困っている、そんな内容だった。ドライブインが見えてきたので、そこの駐車場へ車を入れた。これ以上先へ行くと、田舎の温泉街に出るだけだし、少し距離が長くなって、晩餐に遅れることになるだろう、と思った。僕にしてみたら、昨日とまったく同じ。

傾斜した大地というのは、不思議な風景を作る。全体に緩やかに傾いているから、自分が感じる重力とのずれが、どことなく不安定で、ワンダーランドというか、エキセントリックなシーンに容易には溶け込めない自分の存在を感じさせてくれる。今までに見たことがない、そんな特別な自分を意識できる。ちょうど峰の向こうに赤い空があって、眩しい輝きが大地との境を曖昧にしていた。溶けたガラスみたいな光だ。それに、レンズ越しに見ているような多角形の反射が散らばって動いている。空とか、光というもの自体が、人間の錯覚なんだな、と思える。きらきらという日本語が似合っているのは、動いているからなんだ。僕は、綺麗だと思った。だけど、彼女には、どう見えているだろう、と考えてしまった。若い目には、今までに見たことがない、という珍しさは大したことではない。若い目には、珍しさなど普通の日常だからだ。

そういうわけで、わざわざ「綺麗だね」と口にすることを躊躇《ためら》った。そんなことを意識してしまう自分に、そっと溜息をついた。

車から降りて、少し歩いた。ドッグランのフェンスがあった。犬はいない。人間も、建物の中なのか、外には数人しかいなかった。もう夕暮れだからだろう。そのフェンスを背にして立ち、もう一度、輝かしい山と空を振り返って目を細めた。彼女も、すぐ近くに立ったけれど、僕の方を見ているようだった。僕は、まだ素晴らしい景色に未練があって、そちらを見ていたかったけれど、彼女に視線を向けると、彼女の目は、じっと僕を見据えて動かない。やっぱり、風景なんかに興味はないようだ。

手が躰に触れて、さらに接近して、そのまま、内緒話でもするように顔を近づけた。でも、なにも言わない。彼女は背伸びをしている。そのまま、唇が触れた。

真里亞は目を閉じていた。その目が開いて、また僕を見て、次に少し口許が緩んだ。顔が離れていき、今度は上目遣いに見据える。光の中の多角形みたいに、瞳が揺れていた。

「どうして?」囁くように、彼女の口が動いた。

そのあとの言葉を待ったが、唇は閉じられて……。

彼女の手が、僕の手を握った。特になにも感じなかった。それよりも、特になにも感じない自分に興ざめしていた。

「さあ、もう帰らないと」そう話していた。冷たい台詞じゃないか。

「帰らなくても、いいんじゃないかしら」真里亞が囁いた。「駄目?」

「そうはいかないよ」

彼女の表情から、おそらく、彼女なりに勇気を振り絞った行動だったにちがいない、と思えた。そんな決断が滲み出るような精悍《せいかん》な視線だった。だから、ここはなにか自分にできることで、彼女が喜ぶようなものを、と考えた。でも、思いつかない。それよりも、僕には仕事がある。それが、今も彼女と僕の間にある。そちらが優先だ。

たぶん、こんなふうに、優先順位を意識できること自体、僕は冷めているし、残念ながら、彼女の期待には応えられない、という証明になるだろう。深入りしないうちに引いた方が、彼女のためでもある。上等な理由だ。もちろん、僕の保身が優先されている結果でもある。下らない保身、下らない男、まったくどうしようもない。

車までまた、黙って歩いた。ベートーベンの葬送行進曲みたいな耳鳴りがした。僕のすぐ横を彼女も歩いた。彼女は手をつなぎたかったようだけれど、それでは歩きにくい。歩きやすさを考えるなんて、老人か?

運転席のシートに収まって、ふっと息を吐いてから、エンジンを始動した。吹き上がるエグゾースト音が、まるで終了のゴングのようにドライに響いた。もう、次のラウンドはないだろう。

6

食堂での晩餐には、大勢が参加した。僕が予想していたよりも多い、という意味だ。まず、ウィリアム・ベックとサリィ、そしてアンディの三人。アンディは、テーブルのコーナを挟んで、サリィの隣に座った。その横に、シャーロットがいる。彼女は、真っ白なドレスで、まるで結婚式みたいだった。食事に適しているとは思えない。それに、アンディが、Tシャツとジーンズという普段着だったから、よけいに彼女一人が浮いているように見えた。

シャーロットの隣には、北澤宗佑、そして真里亞が並んでいる。テーブルの反対側で、コーナを挟んでウィリアムの隣に、僕が座ることになった。正面はアンディだ。僕の横には、驚いたことに、柴村寛美《ひろみ》がいた。そのさらに隣が夫の柴村光一《こういち》だった。庭師兼ヘリコプタの操縦士である。ほかに、この屋敷の従業員がテーブルに着いている、ということはない。松田は給仕を仕切っている。また、佐伯の顔もここにはない。ようするに、柴村は、普通の従業員ではない、そういう扱いを受けている、ということらしい。そういえば、柴村夫妻だけが、屋敷から独立した離れの小屋で生活している。その点でも特別といえる。柴村寛美は、改めて見ると僕よりは十くらい歳上だろう。昨日会ったときの印象とはまるで違って、化粧をして、ドレスを着ている。まだまだ充分に魅力的だ。

晩餐に参加したのは、合計九人ということになる。これでも、まだテーブルの約半分しか使っていない。ただ、これくらいの人数だと、全員の話を楽に聞くことができる。隣どうしだけの会話も長くは続かない。

食事が始まるとき、ウィリアム・ベックは、警察のリーダである高橋刑事を食事に誘ったのだが、断られてしまった、と説明した。昨日の不幸については、彼が究明してくれると信じている、とも語った。その簡単な挨拶で乾杯になった。

食前酒を飲み、オードブルが到着した頃、隣の柴村夫人に、それとなくきいてみた。

「柴村さんは、ベックさんとは、どんなご関係なのですか?」

「主人は、ベックさんの会社の社員です」

「社員? それは、ヘリコプタの操縦士としてですか?」

「いえ、コンピュータ関係です。こう見えても、技術者なんですよ」柴村寛美は、隣の光一をちらりと見た。

話が聞こえたようで、光一が前屈みになって、僕に言った。

「ヘリコプタの免許を取ったのは、最初は趣味でだったんです。もともと大学のときからグライダをやっていました。飛ぶものが大好きで……」

「えっと、では、ガーデナについては？」

「ええ、そちらは、私の職業です」寛美が胸に手を当てる。「私の家は、明治から続いている庭師で、私の父が三代目です。兄が四代目を継ぐことになっています」

「まあ、私も、嫌いではない」光一が言う。「ベックさんが日本に別荘を建てるなら、寛美の実家も近いので、造園のことは任せてもらえないか、と申し出たわけです。それが、あそこに住み込むことになった理由です。ヘリコプタも、偶然ですね。あれば便利だろう、と提案したら、あっという間に実現してしまって」

「何の話をしている？　ヘリコプタのことかね」横からウィリアム・ベックが僕の肩を叩いてきいた。

日本語で話してすみません、と謝ってから、話の内容をダイジェストで伝えた。

「ヘリコプタというのは、面白い乗り物だ」ウィリアムは英語で言った。「乗っていると、実に不思議なんだ。横のGも、前後のGも感じない。ただ、上下のGだけ。飛行機だと、飛び上がるときに、後方にGを感じるだろう？　シートの背に押しつけられる。あれが、ヘリコプタにはない」

それはそうだろう。前に走らないで、いきなり上昇するのだから、と思ったが、つまり、前進のための加速度は、機体が前傾することでキャンセルされている、ということをウィリアムは言いたいようだ、と気づいた。

冷たいスープが運ばれてきて、それを飲んだ。スープというのは、何が混ざっているのかわからなくした飲みもののことだが、僕は常々、ジュースとはどう違うのか、という疑問を持っている。甘いか、それとも塩味なのか、の違いだけでもない。トマトジュースなどは、何故トマトスープと呼ばないのだろうか。もしかして、グラスに入っていたらジュースで、皿に入っていたらスープなのか。

その疑問をウィリアム・ベックに話そうか、と考えていたが、彼がサリィやアンディの方を向いてしまったので、また次の機会にすることにした。たぶん、すっかり忘れてしまうだろう。

テーブルの対面には、アンディとシャーロットがいる。シャーロットとは、僕はまだゆっくり話をしていない。その点を、隣にいるウィリアムに小声で話した。

「それは、私のサポートできないエリアだね」彼は笑って、アンディの方を見た。

僕はアンディに、シャーロットにインタビューしても良いか、と尋ねた。しかし、テーブルを挟んでいるわけだから、サリィにも、それにシャーロット本人にも僕の声は届いた。サリィは知らん顔をしていた。視線を料理に落としたまま、顔を上げない。

シャーロットは、隣のアンディに、彼が言っているのは、どういう意味か、と尋ねた。アンディが小声でなにか答えた。たぶん、親父の本を書くために頸城は来ている、というような内容だっただろう。

シャーロットは、僕の方を向いて、「いつでもＯＫです」と澄ました顔で答えた。

「では、食事のあとで、えっと、ここか、それともラウンジで。十五分くらいです」とお願いをした。ラウンジというのは、食堂の奥にある別室だが、ドアで仕切られているわけではない。見ただけで、まだ中には入っていない。入って良い場所なのかどうかもわからないが、僕がそう言っても、誰も文句は言わなかった。

そのあと、メインディッシュにビーフステーキが運ばれてきた。和牛だと松田が説明をした。食べてみると、たしかに肉は高級だとわかった。でも、照り焼き風というのか、醤油風味で、日本ならばどこのレストランでも食べられるごく普通の味だった。ただ、ウィリアムもサリィもとても美味しいとオーバな表情で松田に告げた。日本の味が珍しいからそうなるのか、それとも、自分の家でも慈善の精神からそうなるのか、あるいは、こういうのが心底好みなのか、僕にはわからなかった。

シャンパンを飲んでいたが、なにか別のものをお持ちしましょうか、と松田にきかれたので、ではビールを、と頼んだ。あまり酔わない方が良いだろう、という計算だ。ビールだったら、酔うまえに躰が受けつけなくなることがわかっている。

そのあと、フルーツにティラミスを添えたデザートが出た。柴村夫妻は、いずれもアルコールを飲まない。食事中は炭酸水で、今はコーヒーがテーブルに届いた。北澤氏は、赤ワインで少し顔を赤らめている。真里亜も飲んでいたようだが、まったく変わらない。彼女は、こちらを控えめに見つめることがあったものの、大人しくしている。

ベック夫妻は、主にアンディと話をした。その半分くらいが、シャーロットにも共通の話題で、アンディが彼女に話を振って、シャーロットは短い言葉で返事をする、という繰返しだった。シャーロットは、もしかしたら、アンディの両親に対して緊張しているのかもしれない。一度だけ、彼女がスプーンを皿に落として音を立てたとき、僕はサリィが眉を顰めるのを見た。そして、その顔を素早く窺うシャーロットの視線にも気づいた。彼女は、スプーンを拾ったが、松田がナプキンと新しいスプーンを持ってきた。クリームの上に落としたようには見えなかったから、ナプキンは不要だろう。

デザートが終わると、アルコールを飲む人間がラウンジへ移った。そちらで、カクテルが飲めるようだ。バーテンダがカウンタの中に立っている。専門の従業員だろうか。それとも、厨房にいた人員が兼ねているのか、と僕は想像した。実は、僕もバーテンダのバイトをしたことがある。ずいぶんまえだ。具体的に計算してみたが、十五年以上まえだとわかって、少し落ち込んだ。

食堂の壁際の椅子に座って、シャーロットと話をすることになった。彼女は、僕のすぐ隣に座った。膝が見えるスカートだったから、彼女の膝頭が手の届くところにあった。僕は、もうビールを終わりにした。グラスはテーブルに置いたままだ。彼女も、これ以上は飲めないと言った。アンディはラウンジの入口付近にいて、こちらをときどき窺っていた。ガールフレンドのことが心配なのかもしれない。

「アンディから聞いたんだけれど、子供のときに、君たちは出会っていたんだってね」僕は英語でそう切り出した。

「そうなんです。私の母が、ベックさんのハウスキーパだったの」

「お母さんのことは、よく覚えている？」

「いいえ」彼女は首をふった。「もちろん、写真をいつも持っていたから、そういう意味でなら、いつも一緒で、忘れたことはないけれど……。でも、亡くなったのは、私がまだ三歳、いえ四歳になったばかりのときだったから」

「四歳だったら、いろいろ記憶しているんじゃないかな」

「もちろん、覚えていることは沢山あります」

「お母さんは、何で亡くなったの？」

「交通事故です」

「ああ、では、突然だったんだね」

「父は、私には教えてくれなかった。ショックを受けると思ったのね。遠くへ旅行にいっている、とずっと思っていました」

「いつ、真実を知ったの？」

だ って、ずっといなかったのですから、変化はなくて、父の作戦は、上手くいったわけですね」

「ええっと、二年後くらいですね」

「ショックだった？」

「ええ……。でも、よくわからなかった。死ぬっていうのは、どういうことなのか。だって、ずっといなかったのですから、変化はなくて、父の作戦は、上手くいったわけですね」

「アンディのことは覚えていなかった？」

「そうなの。全然」シャーロットは笑顔に戻って、首をふった。「それに、母がベックさんのところで仕事をしていたことだって知らなかった。アンディがそれを言い出したとき、どうしてそんなおかしな冗談を考えたのかって思いました」

「この別荘には、よく来るの？」

「ええ、ここができたのが半年まえで、そのあとは、週末はたいてい彼とここへ来ています。東京からすぐですから」

「東京では、何をしているの？」

「お店で働いています。アキハバラで」

「へえ……。コスプレをしているとか？」

「そうなんです。どうして知っているの？　アンディが話したの？」

「単なる想像。インスピレーション」

「凄いですね。でも、何のコスプレなのかは、わからないでしょう?」

僕は、彼女を三秒ほど黙って見た。

「シンデレラじゃないよね」冗談で言ってみる。

「違いますよ」シャーロットは声を上げて笑った。「いえ、たぶん、何かって言っても、貴方にはわからないと思うわ」

「僕もそう思う」ここで、僕は日本語で質問した。「日本語が話せるんだね?」

「うーん、少しだけ」彼女は日本語で答えた。指で二センチくらいを示しながら。

「えっと、そのお店に、アンディも来る?」また、英語に戻った。

「ときどき。彼、大学に行っているから。住んでいるところも遠いし、私も仕事があるし。毎日会いたいけれど……」

「勉強もしている?」

「ええ……。でも、大学は難しいと思います。お金もかかるし」

「なかなかハードだね」

「でも、週末は、お姫様になったみたいです」

「ああ、そうか……。アンディが、王子様だってことは、いつ知ったの?」

「えっと、ですから、東京で初めて会って、彼が、昔のことを思い出したとき」

「それまでは、ネットでのつき合いだけ?」

「そうです。運命的だと思いました」

「運命的ね……、なるほど」僕は時計を見て、話題を切り換えることにした。「ちょっと、昨日の事件のことをきいても良いかな」

「ええ……」シャーロットの表情が曇る。

「びっくりしただろうね」

「ショックでした」

「ロジャ・ハイソンのことは、知っていた？」

「いいえ」彼女は首をふる。

「悲鳴を上げたね。何に驚いた？　知らない人が倒れていたから？」

「いいえ、そうじゃなくて、アンディがそこにいたから、何故か、とても、恐かったの」

「どうして？」

「なんか、えっと……、私、たぶん、勘違いをしたんです」

「どんな勘違い？」

「わからない。あの……、恐いものを見てしまった、という勘違いです」

「恐いもの？　ゴーストみたいな？」

「あ、そう、ゴースト、それとも、ファントム。そんな感じです。でも、悲鳴を上げたら、アンディも松田さんも、びっくりして、私を見ました。そのときには、もうゴーストは消えていた」

「ロジャが死んでいる、と思ったんだね？」

「思いました。だって、地面に寝ているはずはないし。なんか、普通じゃなかったから」

「死んだ理由は、どう考えたの？」

「うーん、心臓発作かなって……。怪我をしているとは思わなかった。病気だと思いました」

「君のお母さんは、えっと、スージィ」

「そう、スージィです」

「スージィは、ロジャのことを知っていたはずだよね？」

「そうなんですか？　でも、私は知りません」

「ロジャは、それくらい以前から、ベック家に出入りをしていたはずだから」

「じゃあ、会ったことがあるのかも」

「写真みたいなものは、残っていない？　スージィがベック家の人と一緒に写っているような」

「いいえ。ベック家のことなんて、全然知らなかったの、私……」

「お父さんは、そういう話はしない？」

「父は、あの、私が七歳のときに、家を出ていって、そのあとは、一度も会ったことがないから……」彼女は視線を落とし、床か自分の膝を見た。

「じゃあ、君は、そのあと、どうしたの？」

「祖母の家にしばらくいて、ハイスクールでは、一人暮らしでした」

「お父さんが出ていった、というのは、どういうことかな。もしかして、今も行方不明なのかな？」

「そうです。たぶん、どこかで今も生きているんじゃないかしら。私は、あまり彼のことを知らないんです。そもそも、母とも結婚していなかったの。私が大きくなるのを待って、もう大丈夫だろうと思って、出ていったんです、たぶん」

「ああ、そういう意味か」僕は頷いた。「言いたくなかったかな？」

「いいえ、そんなことありません」シャーロットは顔を上げて、無理に笑おうとした。

「私を育てたのは、スージィのお母さん。その祖母は、私が日本へ来る、二年まえに亡くなりました。でも、幾らかお金を遺《のこ》してくれて、それで、私は一人で生きてこられたんです」

「そうなんだ。それじゃあ、もう、自由に生きていけるね。羨《うらや》ましいな」

「でも、仕事はしなくちゃいけません。そんなにお金が沢山あるわけじゃありません。

うーん、特に、ベックさんみたいに」

「彼に比べたら、世界中の人はみんな貧乏だよ」

「そうなの……」シャーロットは、少し困ったという顔を見せた。

「どうしたの？　なにか、困っていることが？」

「いえ、そうじゃなくて、とても幸せなんですけれど、でも、アンディは、少し可哀相だわ」

「可哀相？　どうして？」

「うーん、だって……」彼女は、天井を見た。そこには、豪華なシャンデリアが幾つもぶら下がっている。「どんなに成功しても、ウィリアムみたいな成功は無理でしょう？　いつも比較されるの、もの凄い大きなものと」

「それは、まあ、そうかもしれない。でも、時代の違いがあると思う。アンディは、そんなことで悩んでいる？」

「それは、たぶん、ないと思うけれど。いえ、ウィリアムは、とても立派な人ですから、彼も尊敬しているはずです。貧しい人を救おうと活動しているのよ」

「そうだね」

やはり、若者にとっては、これは素直に受け入れられない環境なのだろう。なにしろ、普通じゃない。破格の金持ちだ。スケールが違いすぎる。どう捉えて良いのかさえ、わからないだろう。僕だって、それは感じるところだった。ウィリアム・ベックくらいの資産を持っていたら、何をしたいと思うだろうと。とにかく、したいことは全部実現してしまうのだ。逆にいえば、すべての夢が消えてしまう、ともいえる。そんな状況って、誰にも想像ができないのではないか。

「アンディとは、上手くいっている？」僕は彼女にきいた。

シャーロットは、僕をじっと見たあと、これまでで一番魅力的に微笑み、頷いたあと、こう囁いた。

「それが、私の希望」

それを望んでいる、という意味なのか、あるいは、彼との愛が私の希望だ、という意味なのか。僕は考えてしまった。

7

そのあと、自分の部屋に戻って、これまでの録音を聞きながら、パソコンにメモを取った。なんとも、長閑《のどか》な話ばかりではないか。こんなことで、売れる本になるだろうかと、のんきな僕でさえ不安になってきた。

外の様子を見るため、部屋の照明を落としてから窓を開けた。そうしないと、虫が飛び込んでくるからだ。警官の姿は見える範囲にはなかったが、照明が動いているところはある。この時間になっても、捜索は続いているようだ。どこかに、高橋刑事もいるだろうか。時刻は九時半だった。少し外を歩いてみよう、と思った。ウィンドブレーカを着て、通路に出て、階段を下りていった。

ホールから、玄関の外を窺った。常夜灯が光っている。人の気配はない。さすがに駐車場の前にも佐伯の姿はない。夜はどうしているのだろう。やはり、屋敷のどこかに部屋があるのか。そもそも従業員の居室はどこにあるのか、別の棟だろうか、と不思議に思った。

食堂もその奥のラウンジも、既に暗くなっている。ガラス戸を開けて、ウッドデッキへ出た。警察の人間が近くに三人いて、明るいライトを持っていた。その光をこちらへ向けるので、手を翳《かざ》すしかなかった。

「ちょっと、庭を歩こうと思っただけです」そう説明をすると、ライトを消してくれた。

「行ってはいけないところとか、ありますか？」

「いいえ、どこでも、けっこうです」ネクタイをしている若い男が答えた。

「ちょっと、一つだけ伺っても良いですか？」僕はどうしても質問がしたくなった。

「何でしょう？」

「この屋敷の従業員は、どこに住んでいるんですか？」

「さあ、それは、私も把握しておりません」

なるほど、全体を見ている人間ではない、ということか。礼を言って、僕は歩きだした。小径には、小さな照明が低い位置に連なっている。それらに導かれて、東屋の方へ自然に足が向いた。誰もいない、ということはなく、やはり作業をしている者がいた。立入り禁止のテープも張られている。それを眺めながら、ヘリポートの方へ上っていった。

小さなオレンジ色のライトが点滅していた。それが動いている。大きな音ではないが、高いモータ音が聞こえてきた。何だろう、と立ち止まってじっと見つめてしまった。宙に浮いているようだ。

ヘリポートの中央付近に人が立っていた。ほとんどシルエットしか見えない。池の方にある常夜灯が明るいためだ。ヘリポート自体は照明されていない。その暗い場所に、人が立っていて、その上にオレンジ色のライトが動いていた。

そちらへ近づいた。

「頸城さんですか？」向こうからきいてきた。その声は柴村である。

「何ですか、それは。そちらへ行っても良いですか？」

「ええ、大丈夫ですよ」

暗さに目も慣れてきた。柴村は、模型のヘリコプタを飛ばしていたようだ。オレンジ色の点滅は、その機体のライトだった。彼は、両手でラジコンの操縦機を持っている。そこには、五インチほどのモニタがついていた。僕は、彼の横に立って、それを覗き込んだ。

驚いた。僕と柴村を上から撮った映像が、そのモニタに映し出されていたからだ。つまり、模型のヘリコプタにカメラが搭載されていて、その映像を電波で送ってくる、ということらしい。操縦するには、こちらから電波を送信するわけだから、双方から電波を出し、双方で受信していることになる。

モニタを見たあと、上を見る。オレンジ色の光は、高度十メートルくらいのところにある。モータが唸ってはいるが、遠くまで聞こえるほどの騒音ではない。

「凄いですね。赤外線スコープじゃないですか」

「おもちゃですけどね」

「そういえば、この頃、こういうのを使って、空撮をしているのを見かけますね」

「ええ、安定して飛ばせるようになりましたから。ジャイロもついているし、GPSもあります。ほとんど手放しでもホバリングができるくらい楽になりました」

「で、これを、何に使うんですか？」

「いえ、単なる趣味です。遊んでいるだけですよ」

その小さなヘリコプタが、下りてきて、彼の前に着陸した。三メートルほどのところだ。近くで見ると、思っていたよりも大きい。六十センチ四方くらい。プロペラが六ついていた。つまり、モータも六つということだ。

「どれくらい遠くまで飛ばせるものですか？」

「五百メートルくらいかな。一キロくらいは行けますが、でも、映像の電波が少し苦しくなりますね」

「それなら、ここの敷地くらいはカバーできるわけですね。凄いな」

「造園計画をするのに、全体を俯瞰《ふかん》した絵が、とても大事なんです。そういう意味では、仕事の役に立つかもしれない、と思って始めたんですけど、実際にはまだ、役には立っていません。これからですね」

「海外では、これで品物を配達する商売が始まりそうだって、聞いたことがありますね。このサイズのものですか？」

「もう少し大きい機体かもしれない。あれは、でも、事故が恐いですよね。トラブルで墜落したときに、なにかに当たると大変です」

「どれくらいの重さの荷物が運べるんですか？」

「それは、ヘリの大きさによりますね。僕のこれだと、一キロくらいは持ち上げます。その分、バッテリィが減りますけどね」

「一キロなら、拳銃だって運べますね」

「拳銃？　そうなんですか。拳銃って、もっと重いんじゃあ？」

「一キロといえば、かなりしっかりした銃ですよ。軽いのはその半分くらい」

「へえ……。ヘリで、拳銃を運んで、撃つわけですか？　無理でしょうね」

「反動に、耐えられないから？」

「ええ、撃った衝撃でね」

「でも、どこか遠くへ運んでいって、そこに落としてくる、というのは？」

「ああ、捨てにいかせるわけですね」

「できますか？」

「簡単です。モニタを見ながら操縦できます。戻ってくるときは、GPSで自動的に帰ってきます」

「夜でもできるわけですね」

「できます。ただ、でも、そんな危険を冒すよりも、池にでも投げ入れた方がずっと簡単でしょう？」

池では、金属探知機で見つかってしまう。土に埋めても、同じだ。とにかく、捜査の範囲外に持ち出す以外にない。しかし、僕も、こんな小型ヘリが拳銃を運んだなんて思えなかった。ヘリで撃つことは、一発だったら可能なのでは、と想像したけれど、あまりしつこく柴村に尋ねるのも憚《はばか》られた。真っ暗で表情もよく見えなかったし、彼は愛機の前にしゃがみ込んで、なにか設定をしている様子だった。そして、また立ち上がり、プロペラを回すと、それを上昇させた。

「そうだ、一つ、お尋ねしたいことがあるんです」

「何ですか?」柴村は、こちらを見ないで言った。

「この屋敷の従業員は、どこで寝泊まりしているのですか?」

「ああ、そんなことですか。屋敷の中に部屋を持っているのは、松田さんと、あと五人くらいの主要なメンバだけで、ほとんどの人は、向こうに別棟の宿舎があります」

「え、どこにですか?」

「こちらからは見えないんですよ。傾斜地に建っていて、長い平屋の建物なんです。こちらから見ると、ただの草原にしか見えない場所です。屋上というか、屋根の上に草が生えているんです」

「それは、一度見てみたい」

「屋敷の、西側になりますね。玄関側の駐車場をさらに奥へ入ったところです。テニスコートのそばです」

「わかりました」と答えたものの、テニスコートがどこにあるのか知らなかった。

「屋敷のこちら側にいるのは、私たちだけですね」

私たちというのは、柴村夫妻のことだろう。

軽く挨拶をして、僕はその場を離れた。そして、池の方へ向かって歩いた。途中で、柴村夫妻の小屋も見える。窓に明りが灯っていた。さらに進むと、周囲は少し明るくなる。池の周囲がほんのりとライトアップされているのだ。このライトは、たぶん、深夜には消されているのだろう。昨夜は、警察のためにずっと灯っていたかもしれない。ヘリポートの手前で、こちらの方向がぼんやりと光って見えたのは、この照明だったようだ。池の畔《ほとり》で立ち止まり、しばらく夜空を眺めた。樹がないため、空が広く見渡せるからだ。

ネットのニュースを見るかぎりでは、ここの地名と、外国人資産家の別荘でアメリカ人の医師が射殺されたこと、犯人は逃走したものと見られ、拳銃は見つかっていないこと、などの情報が伝えられていた。テレビではどうなのかわからない。そう、客間にはテレビがない。ここは地上波は届かないかもしれないが、衛星放送ならば受信ができるし、もちろん、光ファイバは通じているはずだ。個人の部屋にテレビがあるのかもしれない。

いずれにしても、まだ、人名は公開されていないようだった。だが、ウィリアム・ベックという名が表に出るのも時間の問題だろう。明日にも、報道されるのではないか。そして、たぶん、出版社は僕へのプレッシャを強めるだろう。予定よりも早く刊行したい、と言いだすにきまっている。優衣も、僕をせっつくだろう。

まあ、出版社から直接言われないだけましだ、と考えるべきか。きっと彼女は、頸城という人間が臍曲《へそま》がりで、そんな高圧的なことを言えば、逆に反抗して書かなくなってしまう、ここは私に任せてほしい、と申し出るにちがいない。今頃、そんなやり取りを東京でしているのではないか。あと一時間もしたら、僕のところへ優衣から電話がかかってくるだろう。ほんの少しだけれど、早く書けない？　そんな可能性はない？　彼女の声が聞こえるようだった。星空を眺めていると、何故か、いろいろ余計なことを考えるし、どうでも良い予感が渦巻くものだ。

僕としては、どうなんだろう？

いっこうに、仕事に対するモチベーションが湧《わ》き起《お》こらない。でも、ここまで来て、嫌になりました、では済まされないこともわかっている。子供ではないのだし、自分をコントロールすることもできる。さっきのヘリコプタと同じで、自由に飛んでいるし、自分のセンサで自律安定を保っているのに、基本的には、コントロールされているのが、今の僕だ。自分の頭で行動をコントロールしている気になっているだけで、自分以外の外圧があるから、しかたなくしていることばかり。生きていくことって、本当に不自由なものだな、と思う。だけど、ほかにできることもない。そんなに辛くもないから、これで良いのだ、と自分に言い聞かせている。みんなもそうなんだろうか？

若いときの僕は、もっと危うくて、本当に生きていられたのが奇跡のようだった。他者に縋《すが》り、そのときどきの感情に流され、また情に絆《ほだ》されて、あるときは、直感だけの愛欲に溺れた。そのときに手に入れたかに見えたものは、ことごとく失った。なにも残っていない。思い出すだけで、背筋が寒くなる悍《おぞ》ましい記憶があるだけだ。よくも今まで生きてこられたものだと不思議でならない。

それに比べれば、今は天国のような毎日ではないか。そう、もしかして、僕は死んでいるのではないか、と思えるほどだ。日本に戻ってきたら、まさに日本が天国のような国になっていた。みんなが優しくて、僕を救うために手を差し伸べてくれた。だから、僕は、今でもそれがとても後ろめたい。自分が甘えていたことが実に情けない。

そして、あの苦しかった若い日々が、しだいに夕焼けのように美しく染まっているのにも気づいた。たとえ、それが血の色だとしても、美しいと感じさせる変化が、僕の中にあって、それがなによりも悍ましい。震えるほど恐ろしい。

これは、たぶん、理屈ではない。

浄化しているようで、実は沈澱して、濃度を増している。すべて、時間のせいだ。火薬の臭いや、砂煙の中の血飛沫《ちしぶき》のイメージが、何度もスローモーションで蘇《よみがえ》る。フィルムは途切れ途切れで、ただ何度も、何度も繰り返す。それでも綺麗だ。美しい。そう感じてしまう。懐かしいということではなくて、あのときの方が、この僕は強く生きていたのではないか、という不快な感覚がたしかにある。恐いもの知らずだった。今は、いろいろなものが恐い。このまま、だらだらと生き延びて、歳を取っていくのだ。この馬鹿みたいな幸せの中で。この吐き気がしそうな安心の中で。

ポケットに手を突っ込んでいた。寒いようだ。また歩くことにした。少し離れたところで、ライトが動いているのが見えたけれど、近くに人はいなかった。話しかけられるようなこともなかった。

さすがに池の周囲を歩くのは大変だと考え、途中で来た道を引き返した。橋を渡ったあと、ヘリポートへは上がらず、下を通る小径を選んだ。まだ、彼がおもちゃのヘリを飛ばしているかどうかはわからなかった。少なくとも音は聞こえない。東屋の近くまで来た。そこに男が一人立っている。さらに近づくと、それはウィリアム・ベックだった。彼一人だ。立入り禁止のテープのすぐ手前に立っている。

「ああ、エツオか」彼は呟いた。「パトロールかね？」

「いえ、散歩です。貴方は？」

「ロジャのことを考えていた。今日の午後、遺体を確認してきた」

「そうだったんですか」

「ここに倒れていたんだね？」ベックは、指をさした。

「ええ、その辺《あた》りです。俯せでした」

「では、今私が立っている辺りから撃ったわけだ」

「こちらを向いていたかどうかはわかりません。それから、距離はもう少し近い」

「どうして、距離がわかる？」

「刑事に聞いたからです。たぶん、硝煙反応からの推測です」

「そうか……」彼は、溜息をついた。「信じられない。どうして、日本でこんなことが起こったのか」

「プロの殺し屋というのは、こちらでは、あまりメジャではありません」

「敷地の中に入ることは、しかし、難しくないだろう」

「ここには、警備のスタッフは何人くらいいるのですか？」

「私は詳しくは知らない。そんなにいないと思う。数名だろうね。日本は安全な国だと聞いているから」

「この広さは、数名では難しいですね」

「いや、場所を守るなんてことは考えていないだろう。外出するときに、私を守るだけだ」

「今は、誰かが貴方を守っていますか？」

「さあ、どうかな」ベックは周りを見回した。「これだけ警察がいるのだから、安全なのでは？　それに、私はもう引退しているんだ。いったい誰が私の命を狙う？　ライバル会社なら、私よりも、もっと第一線の頭脳を狙うだろう？」

「東京へ行ったときは、ボディガードは？」

「一人だけ連れていった。東京でも、二人待っていたから、向こうでは三人だ」

「その一人は、一緒に戻ってきたのですか？」

「そうだよ」

「ロジャには、セキュリティはついていなかったのですね？」

「そう。考えもしなかった。彼は、つまり、その、広く知られている人物ではない。ごく普通の、誠実で穏やかな男だった。常識があって、私は、よく彼から有用なアドバイスをもらった。本当に残念だ」

「彼は、ベック家の専属だったのですか？」

「そう……。以前は自分の医院を持っていた。十年くらいまえに隠居して、その後は、私の専属になった。そうだ、その医院を始めるときに、私が出資をした」

「その投資は成功しましたか？」

「もちろん」ベックは頷いた。「成功するものにしか、私は出資しない」

「では、もう返済し終わっているのですね」

「ずいぶん昔にね。全部返してもらった、利子付きで」

「そういえば、話は変わりますが、シャーロットは、以前にハウスキーパをしていたスージィの娘なのだと聞きました」

「そうなんだ。聞いたときには、びっくりしたよ」

「では、子供のときのシャーロットに、貴方も会ったことがありましたか？」

「いや、それはないと思う。少なくとも覚えていない。ただ、スージィはよく覚えているよ。うちで二年くらい働いてくれた。とても、気立ての良い子だった。私は、彼女が結婚をしているとは知らなかった」

「結婚はしていなかったようだ、とシャーロットは言っていました」

「ああ……、そうだったのか。では、シャーロットの父親は？」

「ご存じないのですか？」

「いや、知らない」

「シャーロットもあまり知らないそうです」

「そうか。それは、寂しいことだね」

「アンディのガールフレンドとして、不足ですか？」

「え？　そんなことは無関係だろう。それに、私が評価することではない」

ウィリアム・ベックは、そういって微笑んだように見えた。残念ながら、ほとんどシルエットで、彼のメガネのエッジだけが光っていた。

第3章　破綻・混乱・さらに虚無

こんなことは知らなかった。わたしはずっと衝動的すぎたから。撃ったとしても、不注意で。ところが突然、かいま見た。人の反射神経のみごとなメカニズムを。ことばの力というものを。それが嘘《うそ》によるものとは、なんと惜しいこと。いつかわたしが、誰かを激しく愛したら、そのときこそこんなふうに、その人へと向かう道を探すだろう。慎重に、やさしく、震える手で……

1

翌日の朝の七時半、ウィリアム・ベックの部屋に呼ばれた。その五分まえに、松田が僕の部屋のドアをノックし、インタビューに応える時間ができたことを伝えにきた。僕は、そのノックで起こされたので、寝ぼけた頭のまま、慌てて着替えて出向いた。三階のウィリアムのオフィスだった。彼は、デスクで朝食をとっていた。トースト、オムレツ、ベーコン、レタス、そんなところか。

「君も食べるか?」ウィリアムがきいた。

「いえ」僕は首をふった。「あ、でも、コーヒーをいただけると、嬉しいです」

松田が部屋の隅にいて、ワゴンの上のカップにコーヒーを注いだ。

「ミルクは、いかがいたしましょうか?」彼が尋ねた。

「ブラックで」僕は答える。

「どうした? 眠そうだね」ウィリアムがメガネを指で押し、目を細めて言った。「昨夜、誰かと飲んだのか？」

「いいえ、そんなことは」

昨夜は、十一時頃には本を読んでいた記憶がある。アルコールは飲んだが、夜更《よふか》しをしたわけではない。むしろ、早く寝すぎた。たっぷり八時間以上も眠っていたことになる。

松田が、一礼して部屋を出ていった。

「では、始めよう。一時間だけだ」

「ありがとうございます」

レコーダのスイッチを押し、ペンを手にした。僕はソファに座っている。彼は、デスクの後ろの椅子だ。三メートルほどの距離だった。

「奥様のことを、少し詳しく話してもらえないでしょうか」

「それが、今回のテーマかね？」

「というわけでもありませんが、まあ、順番として、レディ・ファーストで」

「それは意味が違う。昨日も話したように、彼女は素晴らしい女性だ。私はいつも、彼女に感謝をしている。結婚をする以前から、私たちは友達だった。幼馴染なんだ。私の両親が彼女の両親と親交があったし、両家が親戚だと勘違いしている人も多い。調べてみた範囲では、どこにも血のつながりはなかったがね」

「どちらも、ご健在ですか？」

「そう、四人とも元気だ」

「アンディが生まれたのは、結婚してから、何年めですか？」

「えっと、四年めかな。いや、五年めだったか」

「子供ができるまで、時間がかかりましたね」

「プログラムどおりにはいかないものだ。私は、当時猛烈に忙しかった。ほとんど、会社にいた。会社の通路で寝ていた」

「通路で？　どうしてですか？」

「部屋の中は、徹夜で仕事をしている連中がいて、喧《やかま》しいからだ。それに加えて、子供ができたら、面倒なことになると考えていた。いろいろ制約があるだろう？　つまり、そちらの生産には消極的だった」

「それでも、生まれたときには、嬉しかったのでは？」

「嬉しかった。意外なことに、サリィが喜んだ。私は、彼女は子供が嫌いなのだと信じていたので、びっくりした。なんだ、そうだったのか、とね」

「でも、子供は一人だけですね」

「サリィがアンディを溺愛したからだよ。もういらないって……。二人めができたら、アンディへの愛情が半分になるからって、そう言うんだ」

「それでも、ハウスキーパが必要だった。アンディを他人に預けることがあったわけですね」

「そう……。ビジネスが急成長して、夫婦で出ていかなければならない機会が増えたんだ。両親に預けるよりは簡単だった。スージィは気の利く子で、サリィとも仲が良かった。信頼していたから、預けることができた」

「なるほど。それで、そのときに、シャーロットとアンディが会っていた、ということになります。スージィが内緒で、自分の娘を連れてきた、ということだったんですね？」

「私は、知らなかった。サリィは、聞いていたかもしれない」

「スージィとサリィは仲が良かった、とおっしゃいましたが、僕が観察した範囲では、サリィは、シャーロットのことを、スージィほどは信頼していないようですね」

「え？　それは、アンディを預けるには不安だ、という意味かな？」

「そうです」

「うん、まあ、たしかに、そうかもしれない。サリィは、シャーロットをそれほど信頼していない。まだ、お互いに充分に理解をしていない。それに、アンディを愛するあまりに、ということもあるだろうね。母性とは、そういうものではないかな。私は、サリィの気持ちはわからないでもない。息子は、大きくなっても、ずっとベビィなんだ。いや、息子というのは、母親にとって永遠の恋人なのかもしれない。大事なアンディを取られてしまうわけだから、冷静ではいられないのも、しかたがないのではないかな」

「そうですね、そういうものかもしれません」

「彼女に直接きいてみたらどうだね？　どういうつもりだって」ウィリアムは少しおどけた口調で言った。

「あとで、きいてみます。サリィは、オフィスで何をしているのですか？」

「さあ……。それも、きいてみたら？」

「いかにもなオフィスだったたので、驚きました」

「そんな感じだったかね？」

「そうです。向こうのオフィスへは、行かれないのですか？」

「うん、行かないね。彼女も、ここへは来ない」

「プライバシィを尊重しているのですね、お互いに」

「まあ、そう表現すると、響きが良い」彼は、少々顔をしかめ、皮肉っぽい笑いを浮かべた。「寝室も別々だ。私たちは、普段は滅多に会わないんだ。夕食のときくらいだね。うん、信じられないかもしれないが、そういうのが、私たちのスタイルなんだ」

「ずっとですか？」

「そうだね、もう二十年くらい、ずっとだね」ウィリアムは、椅子から立ち上がり、デスクを回ってこちらへ歩いてきた。食事が終わったようだ。「あまり、その、世間一般で言うところの仲が良い夫婦には見えないかもしれない」

「そのスタイルでは、喧嘩もできませんね」

「そう、そのとおり」彼は、肘掛け椅子に腰掛けて、脚を組んだ。「だから、上手くやってこられた。お互いを理解しているからこそ、そうすることが、お互いのために最善だとなんとなくわかった。特に、そういった議論をしたわけでもなく、こういうスタイルになった。まあ、私はそう理解している。これも、彼女がどう思っているかは、わからない。直接きいてほしい」

「禁欲的なライフスタイルに見えます。そのように受け止めて、誤解ではありませんか?」

「禁欲的だと私も思う。ときどき、その……、もう少しくらいは接近しても良いのではないか、と思うことはある。あと、そうそう、夢の中で彼女と口喧嘩をすることがあるよ」そこで、ウィリアムは吹き出した。自分の言葉が面白かったようだ。「現実のサリィと口喧嘩をしたことは、たぶんないと思う。そういう夢を見るという理由は、何だろう? 私が無意識のうちに、夫婦ならば口喧嘩くらいしたい、と望んでいるからだろうか?」

「そうかもしれませんね」僕も笑うのにつき合った。実際、面白い話だと思った。「でも、普通は、したいなんて思う人はいないでしょう」

「これが標準的だ、とは理解していない。社会一般の男女は、もっと、こう、情熱的というのか、肉体的というのか、とにかく、プラトニックではないはずだ。私は、あるいは、私たちは、たまたま、そういうスタイルにシフトする機会がなかったのかもしれないね」

「浮気をするようなことは、なかったのですか？」

「私が？　それとも、サリィが？」

「どちらでも」

「サリィのことは、私は……、そうだね、たぶん彼女はしていないと思っているが、思っているだけかもしれない。四六時中監視をしているわけではないからね。一方、私はといえば、どうだったかな……、と考えてしまうくらいだ。つまり、ほとんどそんな経験というか、チャンスはなかった、といえると思う」

「ほとんど、ということは、少しはあった、という意味ですか？」

「まあ、レベルや、継続時間、それにスペック、いろいろあるわけだから、どこからがそう呼べるものなのか、という線引きは難しいだろう、という意味を込めただけだよ。逆に言うと、周囲に知れ渡る大問題になるほど、あるいは、私自身の人生を揺るがすほどの、目立った経験はなかった。そういう意味では、私は、まあまあ誠実な夫だったと思う」

「仕事一筋だったわけですね」

「それは、まちがいない。とにかく、誰にも負けたくなかった。自分が世界で一番だと信じていた。つぎつぎにイノベーションを起こせるという自信もあった。私の進む先、私の周囲は、とにかく不完全なもの、手つかずのもので一杯だった。それらが、私にはすべて魅力的な金の鉱脈に見えた。その金脈が見えている者にとっては、女性の魅力は今晩でなくても良い。明日に回そう、ということになる。わかるだろう？」

「僕は、金脈が見えない人間ですから、不完全で手つかずの魅力的な女性を放っておけませんね」

「そうだ、君はそうだろう。そして、そちらがメジャだ。私の方がマイナだ」

ウィリアム・ベックは、そこで黙った。視線が宙をさまよった。なにかさらに言いたいことがあったのか、それとも思い出したことがあったのか。僕は、黙って待った。こういうときは、待った方が良い。語りたいことは、語りたい口から出る。銃から出る弾丸みたいに、つまり、押し出されてくるものであって、引き出すことはできない。

しかし、彼は、目を一度瞑ったあと、溜息をつき、僕を見た。そして、「ほかに、質問は？」と促した。

僕は、話題を変えざるをえなかった。このあと、彼の慈善事業に関する展望をきくことになった。話は尽きないといった感じだったが、それらは、たぶん方々で彼が語っている言葉の羅列だっただろう。たちまち制限時間になってしまった。

2

十一時頃、玄関まえに黒い車が何台か乗りつけられ、黒っぽいスーツの四人が入ってきた。たまたま、僕は階段を上がっている途中で、それを見下ろす場所にいた。二階の通路からも、手摺《てす》り越しに彼らを眺めた。全員が日本人風で、六十代以上が二人、あとの二人は四十代か。ウィリアム・ベックを訪ねてきたわけだが、警察の関係者ではなさそうだった。かといって、政治家でもない。たぶん、業界の人間なのだろう。松田が案内していったが、エレベータの前を通り過ぎた。食堂で会合があるようだ。

その後も、スタッフの動きが慌ただしかった。僕は自分の部屋に入った。昼は食べなくても良いな、と考えていた。そういえば、朝もコーヒーだけだったか、と思い出したが、それでも、食べる気はしなかった。こういうのは、僕には頻繁にあることだから、体調が悪いというほどでもない。

訪問者たちは、いったいどこの人間だろう、と考えた。でも、ウィリアム・ベックほどの人物なら、引退したといえども、たとえ別荘で休養中だといえども、そして、そこで殺人事件が発生した直後だといえども、まあ、不思議ではないだろう。松田にそれとなくきいても良かったが、たぶん、軽々しくそんな情報は漏らさないはずだ。私は存じません、と答えるにきまっている。

お昼頃になって、赤座都鹿から電話がかかってきた。ディスプレイを見て、出ないでおこうか、と迷ったけれど、特にこちらにも予定はない、と思い直して受けた。

「昨日の夜って、どうしてたの？」いきなり質問である。

「えっと、寝ていたと思うけれど。あれ、約束したっけ？」

「近くにいるんだもの、毎日会えると思っていたんだけれど」

「昨日って、一緒にドライブしたよね」

「一昨日です」

「あれ、そうだっけ」

「気温が低くて、ぼけたんじゃない？」

「そうかもしれない」そう答えたが、低温とぼけの関係は初耳だ。脳細胞が不活性になるということか。

「今から、どこかへ行きたいな、私」

「どこへ」

「どこかへ」

「べつに、僕は止めないけれど」

「そうじゃなくて、迎えにきてくれないかなぁって……。ランチはどう?」

「ああ、そういう意味か。だったら、そう言えば良いのに」

「言ってると思うんだけれど」

しかたなく、車で出かけることにした。まもなく一時になる。駐車場には、佐伯がいて、軽く頭を下げた。

エンジンは軽く吹き上がる。ロータリィから転がるように下っていき、ゲートを出る。私道から一般道へ、少しずつ社会へ、つまり日本の普通の町へ下りていく感覚があった。あの屋敷は、標高も高いが、資産的にも高い。言葉の比喩ではないが、雲の上にあるようだ。屋敷も庭園も、まるで楽園。そう、絵画に描かれている背景に似ている。

赤座都鹿の別荘の前に車をつけると、すぐに彼女が飛び出してきて、子供のように機敏にステップを下りた。出てきたのは彼女一人だけだ。窓から、家族の誰かが外を覗いているのではないか、と僕は注目していた。こちらはサングラスをかけているから、視線はわからないはずだ。しかし、誰も窓際に立っていない。

都鹿が、助手席に乗り込んできた。

「急いでいるの?」僕はきいた。

「えっとね、レストランを予約したの。そこの町道へ出て、あとは南へ」彼女は上機嫌である。電話ではあんなに怒っていたのに。「まさか、頸城君、お昼食べてないでしょうね」

「食べていないよ」

「よしよし」都鹿は手を伸ばして、僕の頭を触った。

車をスタートさせた。彼女はシートベルトをかけようとしている。

「お母さんは？」

「出かけています」

「忙しい人だね」

「忙しい人なのね、ほんと」

「じゃあ、家に誰がいるの？　留守番はいる？」

「いるよ」

玄関に鍵をかける様子はなかったので、少し気になっただけだ。執事かメイドか、それとも番犬か、いずれにしても、窓から外を覗かないマナーの良い誰かがいるのだろう。

「仕事はどう？　順調？」

「いや、そうでもない。ちょっとしたトラブルがあってね」

「トラブル？　どんな？」

「それは、言えないよ」

「そういえば、なんか、えっと、一昨日の夜？　ほら、ここへ送ってもらったあと、少ししてから、サイレンが沢山鳴っていたって、みんなが話していたよ」

「へえ……」

「関係ある？」

「うーん、どうかな」

「あるのね」都鹿は口を窄《すぼ》める。口笛を吹くつもりかもしれない。「べつに、内緒にしてても良いのよ。私、そういうのに、首を突っ込む人じゃないから」

「僕も、そうだよ」

「え、どういう意味？」

「たとえば、君のお母さんが毎日どこへ出かけているのかって、きいたりしない」

「ああ、えっと、ビーズの先生のところへ行っているだけ」

「ビーズ？」

「ええ、あるでしょう？　小さいのに糸を通して、ブレスレットとか作るの。もう困っちゃうのよ。沢山沢山作って、私にくれすぎるわけ。腕中ブレスレットになるくらい。マサイ族じゃないんだから」

「マサイ族って、そうなの」

「いいえ、知らないけれど」

「ツイッタに書くと、炎上するよ、それ」

「やってないもん、そんなの」

「あそう」

「ママがやっているけど」

「あそう……」

　都鹿の指示どおり走り、レストランに到着した。林の中に建つ、メルヘン風のログハウスで、そこのデッキに大きなパラソルとテーブルがあった。予約席へ案内されたが、ほかのテーブルはもう半分くらいしか客はいない。少し時間が遅かったためだろう。

　ソフトドリンクで乾杯をした。

「今日は、いつまで一緒にいられるのかな？」都鹿がきいた。

「いや、もちろん、長くは遊んでいられない。できるだけ早く戻らないと」

「ふうん。じゃあ、もの凄くゆっくり食べるしかないわけ？」

「そのまま、夕食へ持ち込もうと？」

「そうそう。ずうっと、ここで食べ続けるの。牛みたいに」

「面白いね、それ」僕は笑った。

「面白くないわよ、そんなの。ねえ、夜は？　どんなに遅くても、私はかまわないけれど」

「お母さんが、許さないと思うよ」

「そんなこと絶対にない。もう大人なんですから」

「お母さんが？」

「私が」都鹿は睨みつけるように僕を見る。あまりに、強い眼差しだったので、その次に用意していた冗談を言えなくなった。

東京にいるときは、都鹿は一人でマンションに住んでいて、時間には相当ルーズな生活をしている。完全な夜型なのだ。しかし、この地では、健康的にならざるをえないのだろう。なにしろ、遅くまで開いている店など一軒もない。十一時以降の営業は条例で禁止されているらしい。

簡単なイタリアンのコースだったが、人間の平均的な速度で食べた。もしかして、人間というか、動物というものは、ゆっくりと食事をすることができないのではないか、と僕は考えたが、そんな会話はもちろんしていない。都鹿は、料理の話、この近辺の観光地の話、近くのアウトレット・モールの店の話、それから、海外旅行に行きたい、というような話をつぎつぎとした。僕は、ただ、そうだね、そうだね、と適当に答えている。こんなことで良いのだろうか、と後ろめたくなるほどだが、彼女に対しては、責任を取らなければならないほど、深入りはしていないつもりだった。少なくとも、これが僕の立場だ。立場って、つまり、自分の足の裏が接している地面のことだし、ようするに、足の裏の感覚だけで存在がわかるものだ。僕が足を退《ど》けないかぎり、誰もその地面を見ることはできない。それが、人間の立場っていうやつなんだ。

都鹿も、露骨にアプローチしてくるわりには、深追いをしない。けっして、感情的にならない。子供っぽいようで、大人の判断をしている。馬鹿なように見せているけれど、実際は頭脳明晰だ。彼女は、セレブの令嬢なのである。本質的に、上品だ。僕も、彼女がそのままである以上、彼女を排除できない。そんな不思議な関係を続けているのである。

おそらく、じっとチャンスを待っている、ということか、あるいは、単なる遊びで、彼女としても今のままで満足なのか、そのいずれかだろうと想像する。

レストランを出て、近くの店で、手作りアクセサリィを眺めて、なにも買わず、車に戻った。

「つまらないなぁ」と都鹿は零《こぼ》した。そして、じっと僕を見るのである。

しかし、僕は車を出した。そして、そのあともまた、たわいもない話をして、彼女を家まで送り届けた。

「頸城君、また会ってね」車の横に立ち、ドアを閉めたあと、都鹿はそう言った。

「うん」僕は頷く。

片手を顔の横で振る彼女を残して、僕はバックして、車を切り返した。後ろめたいな、とまた思う。そう思わせるのが、都鹿の魅力だ。よくできている。そのうち捕まりそうな予感もする。今は、あまり深く考えないようにしよう、といつも、そう毎回思うのだ。

3

都鹿の別荘を離れたところで、メールが届いた。ちょうど、町道に出る交差点が赤信号だったので、それを読む。水谷優衣からだった。そして、文面に驚いた。出張で、そちらへ向かっている。可能だったら、三十分後に駅に迎えにきてほしい、という内容だった。もちろん、僕が無理だと返事をすれば、タクシーを使うつもりだろう。経費で落ちるはずだ。でも、断るわけにはいかない。交差点で左折して、駅の方へ車を走らせる。十五分もかからないだろう。

駅の北口に到着した。車寄せに空きスペースを見つけて停めることができた。新幹線の到着には二十分近くあるから、まだ混雑していない。

ぼんやり車に乗ったまま待っている間、事件のことを少し考えた。警察は、拳銃を見つけられただろうか。屋敷の内部に殺人犯がいるとしたら、その人物は誰かに依頼されて犯行に及んだ可能性が高い。もしそうだとしたら、ウィリアム・ベックは、どうしても疑われるだろう。あの屋敷で働いている人間は、基本的に彼が雇っている人間だからだ。金はいくらでもあるし、ロジャ・ハイソンとは長いつき合いがあった。なにかトラブルがあっても不思議ではない。

それに、わざわざロジャが日本へ来た機会を選んだのも、ウィリアムにとっては有利だ。警察の人間は、彼に遠慮をするはずだ。遠慮なんて、多くのアメリカ人は持ち合わせていない概念だろう。ただ、その場合でも、あの場所、つまり庭の東屋という、目撃されやすい場所をわざわざ選ぶだろうか、という疑問がある。別の場所、たとえば街中で実行すれば良かったはずだ。

もっとも、ハイソンが屋敷から一人で出ていくとはかぎらない。それから、屋敷の中でもやりにくいだろう。散歩に出ても、敷地内だ。外は、道もないし、野生の動物が出没する森の中だからだ。たとえば、屋外に出たチャンスを狙って殺せと指示されていたなら、あの場所が、そのチャンスだった。銃声さえ響かないようにすれば、誰にも目撃されないかもしれない。従業員は、それぞれに仕事の担当がある。誰がいつどこで、どんな作業をしているか把握しているはずだ。屋敷の窓からぼんやりと庭を眺めている人間はまずいない。いても、東屋の屋根があって見えにくい。枝葉が邪魔にならない窓も限られているだろう。しかも、距離がかなりあるから、しっかりとは見えない。誰が何をしたかまではわからない。そんな計算があったのではないか。

僕の車の前に、黒い色のタクシーが停まった。後部座席から出てきたのは、北澤宗佑だった。アタッシェケースを持っている。そのまま、急ぎ足で時計を見ながら駅舎の方へ行き、エスカレータで上がっていった。優衣が乗ってくる下りの列車には、まだ十分以上ある。ということはたぶん上りの列車。東京方面へ行くのだろう。数分して、列車が到着する音が聞こえてきた。間に合っただろうか。

さらに十分待っていたが、あまりの気持ち良さに、寝てしまいそうになった。日陰だし、爽やかな風が吹き、雑踏の騒《ざわ》めきもない。再び列車の音がして、目を開けた。その瞬間に、なにか夢のようなものを見ていたな、と気づいた。それは、まるで自分が今の自分ではなく、外国人か、あるいは人間以外の動物か、異星人か、そんな存在だと気づく瞬間の気持ちだった。しばらくそれが残留し、霧が晴れるように消えていくのだった。

どうして、そんな発想を持ったのか、と考える。否、発想ではない、単なる幻想だ。理由などないだろう。ただ、現実のなにかが切っ掛けになっているのではないか、という思いがしたのだ。でも、そもそも、そうやって理屈を考えるというのは人間の証《あかし》だし、それとは対照的に、精神の仕組みはもっと自然に近い混沌《こんとん》なのだろう。こういう経験は何度もするところだ。僕の頭がおかしいのかもしれないが、まあ、たとえそうであっても実害はないし、むしろ面白く感じられるのだから、否定しているわけでも、排除したいわけでもない。単に、わからない、というだけだ。

エスカレータを降りてくる水谷優衣の姿があった。彼女にしては短いスカートを穿いている。ストライプのシャツの上に白い上着。首にはスカーフ。涼しいところへ来た、というファッションだ。僕の車を見つけて、彼女は言った。笑顔で近づいてきた。

「どうもどうも」助手席に乗って、彼女は言った。「暇だった？」

「君のためなら、いつでも暇だよ」

「そう？ それにしては、また香水の匂いがするよ」

「ああ、えっとね……、昨日、あの北澤さんを車に乗せたから」そう答えながら、ステアリングを切って、車をスタートさせる。タクシーが何台も動き出したことで、なかなか先へ進めなかった。

「へえ、どうして？」

「何が？」

「どうして、あの子を乗せることになったわけ？ あの子のために暇だったの？」

「うん、そう、リラックスした環境で、面白い話が聞けるかな、と思って」

「あの子は、関係ないでしょう？」

「そうでもない。ウィリアム・ベックについて語るには、周辺のディテールを把握しておかないとね」

「ふうん。ま、けっこうですけれど」

「ほかにも、ほとんどの人にインタビューをしたよ。えっと、北澤氏はまだだけれど」

「娘を優先したのね」

「北澤さんは、さっき、駅へ来て、電車に乗っていったね。今日は、ベック氏のところへ、四人来客があった。まだいるかもしれない」

「警察は?」

「運動会ができるくらい大勢いるよ。なにか、情報があった?」

「ない」

「拳銃とかが見つかったら、すぐ発表されるだろうけれど」

「物騒だね」

「住民は、不安を募らせているのかな?」僕は辺りを見た。

ようやく、前のタクシーが動きだし、僕もアクセルを踏むことができた。車が走っている間、僕たちは黙っていた。僕は、エンジンの音を聞いた。彼女は、きっと風を切る音を聞いていただろう。会話がないということは、とても心地良い、と思う。それがなくても、存在を感じる気持ちがお互いにある、否、少なくとも僕にはある、ということがベースになっている場合には特に。

あっという間に、ウィリアム・ベックの屋敷に到着した。ゲートが閉まっていたので、電話をかけた。出たのは松田のようだったが、もしかしたら違うかもしれない。そして、三十秒ほど待っていると、静かにゲートがスライドして開いた。

車を駐車場へ入れて、佐伯にキィを預けた。玄関からホールへ入っていくと、ホールで松田が待っていて、こちらに一礼する。優衣に、同じ部屋をお使いいただけます、ご案内いたしましょうか、と言った。彼女はこれを断った。夕食のときに、ベック氏に会えるか、と彼女は尋ねていた。松田は、のちほど返事をすると答える。温かい飲みものを部屋へと依頼して、僕たちは階段を上がった。

二階の通路を歩いているとき、後方から声が聞こえ、ドアが閉まる音がした。僕たちは立ち止まって振り返った。ホールのさらに奥から、通路を歩いてくるシャーロット・デインの姿があった。すぐに普通ではない、とわかったので、僕は、数歩そちらへ近づいた。

彼女は、口を片手で押さえていて、こちらを見た目に、涙を浮かべているのがわかった。さっと視線を逸らし、階段を下りようとする。

「どうしたの?」と尋ねた。この英語は直訳すると、「私は貴女を救うことができるか?」になる。もっと意訳すれば、「大丈夫?」くらいか。

彼女は踊り場で一度立ち止まった。しかし、顔を上げることなく、首を左右に小さくふって、そのまま駆け下りていった。僕は、手摺りから身を乗り出して覗いた。食堂の方へ向かったようだ。すぐに姿が見えなくなった。

僕は無言で戻り、自分の部屋に入る。優衣は隣の部屋のドアから入った。一分もしないうちに、優衣は、直通のドアをノックして、こちらへやってきた。

「泣いていたんじゃない？」そう言った。もちろん、シャーロットのことだ。

「そうだね」

「何があったのかしら？」

「アンディと喧嘩でもしたのかな」

僕は、シャーロットとアンディの関係を優衣に説明した。大事な部分は、アンディの母親サリィがシャーロットをあまり良くは思っていない、という点だった。

「そういえば、そんな感じだった」

一日めの夕食のときのサリィの様子だろう。以前に働いていた使用人の娘であること、しかも父親がいない家庭だったこと、その彼女が、最愛の一人息子に近づいていること、そんな要因が重なっている。

優衣に言わせると、日本で二人が会っていることが気に入らないのではないかと。

「だから、ベック夫妻は日本に別荘を建てて、これからたびたび監視にくるつもりなのでは？」彼女は、眉を顰めてそう語った。

優衣は、ソファにもたれかかっている。まるで、もう誰かの母親のような表情に見えた。さすがに女優だ。感情移入なんてお手のもの、というところか。しかし、それくらいの年齢になったのも事実だ、彼女も、そして僕も。

「だけど、二人は、この屋敷を自由に使っているようだよ。逆効果じゃないかな」

「自由と言ったって、ここにいるうちは見張りが沢山いるんだから、親としては、安心なんじゃない？　東京で二人で遊び回っているよりは安全だ、と考えたとか」

「ウィリアムはそうかもしれないね。でも、サリィは、どうかな……。二人を別れさせたがっているようにも見えるよ」

「だったら、代わりの子を連れてこないと」優衣は言った。

「そう考えるわけか」僕は少し笑えてきた。

「あ、あの子がそうなんじゃない？」

「北澤さんのこと？」

「そう」

「それは、たぶん、ないと思うな」

「とにかくさ、今すぐ、アンディのところへ行くべき」彼女は澄ました顔で僕を見て、片目を細める。

「行くべき？　え、僕が？　今から？」

「そう」

「どうして？」

「わかっているくせに」

「いや、わからないね」

優衣はさっと立ち上がった。僕の前に来る。そして、膝を折り、僕に顔を近づけた。良い香りがした。微かに懐かしい。彼女の唇が僕の唇に触れた。しかし、ほんの一瞬のことだった。腕を回そうか、と思う暇さえなかった。

「わかった?」

「ああ、わかった」

全然わからなかったけれど、しかたがない。僕は溜息をついて立ち上がった。そして、ドアの方へ歩く。上着をクロゼットから出した。ポケットにボイスレコーダが入っている。それだけを確かめて、外に出た。

あれが言いたかったから、優衣は着替えもせずに、僕の部屋に来たのだ。そういうわけか。まあ、しかたがない。しかし、歩いているうちに、僕は笑っていた。何がそんなに楽しいのか、と自問するほどに。

4

同じフロアの反対方向の突き当たりが、アンディの部屋だと聞いていた。そこに入ったことはない。通路を静かに歩いていき、ドアをノックした。すぐにドアが開いた。近くにいたようだ。鍵を開けた音もしなかった。

「ああ……」と彼は声を漏らした。僕を見てびっくりしたようだ。スポーツウェアを着ている。それが普段着だろうか。

「どこかへ、出かけるところだった？」日本語で尋ねた。

「そう。庭の散歩にいこうと思って」

「一人で？」

「はい」

「じゃあ、一緒に行っても良いかな？」僕はきいた。

彼は、少し考えたようだ。つまり、本当はドアを開けたのは、戻ってきたシャーロットだと期待していたのだし、庭の散歩も、彼女を捜しにいこうとしていたのではないか。窓から、庭へ出ていくシャーロットが見えたのかもしれない。

「いいですよ」彼は頷いた。断れなかったようだ。

一緒に、階段を下り、食堂を抜けて、ウッドデッキへ出た。庭を見回す。見渡す範囲に、シャーロットの姿はない。ずいぶん遠く、ヘリポートの方に、人が歩いているのが見えた。警察の人間か、あるいは庭仕事をしている従業員だろう。どこかで微かに高いエンジン音が鳴っている。草刈りだろうか。

「エツオは、テニスができますか？」アンディがきいた。

「テニスね。うーん、やってみないとわからない。できないことはないと思うよ。ルールは知っている」

「じゃあ、コートへ行きましょう」

「今から？　この格好で？」

「駄目ですか？」

「少しだけなら」

　東屋とは逆の方向へ、つまり、デッキを下りて左手へ向かった。従業員の宿舎がそちらにあるという話だった。白樺の林を抜けていき、傾斜地を階段で下ったところに、コートが二面見えてきた。周囲に高い金網のフェンスがある。途中で振り返ると、その傾斜地に細長い建物があった。コンクリートの打ち放しでクラブハウスのように長い。ずっと続いている。上からは、まったく見えなかった。

「あれが、従業員の宿舎？」

「あ、ええ、そうです」

　テニスコートのそばに小さなログハウスが建っていた。アンディはその中に入る。上着を脱いで外で待っていると、ラケットを二つ、それにボールが入った籠を持って彼が出てきた。コートの片方には、ネットが既に張られている。もしかして、誰かが今までプレィをしていたのか。

とにかく、そこでテニスをすることになった。彼がサーブを打ち、それを僕が返した。最初は手加減をしていたのか、打ちやすいスポットにボールが来た。彼は相当な腕前のようだ。僕は、それをすべて返したし、少しずつ力を入れてラケットを振った。多少は勘が戻ってきた、といったところか。

だんだん白熱してきた。しかし、カウントを取っているわけではない。五回に一回くらい僕がポイントしたが、まったく敵《かな》わない。

ボールをネットに引っ掛けたところで、手を上げて、近づいた。汗が吹き出ている。アンディは、白い歯を見せて笑いながら、こちらへやってくる。

「もう、駄目だ。降参するから」僕は言った。

「タオルを持ってきます」そう言うと、ネットを軽々と飛び越え、ログハウスへ走っていく。

僕は、ネット脇のベンチに腰掛けた。脱いだ上着を掛けた場所だ。後方に枝葉を広げる大木があって、その陰に入っている。アンディが戻ってきて、タオルを僕に投げた。それで、顔と首を拭った。

「上手ですね」アンディが言う。彼はベンチには座らず、立ったまま。ラケットを弄《もてあそ》んでいる。息が上がっている様子もない。

「あれが限界だよ。準備運動をすべきだった。君は、どれくらいテニスを?」

「小さいときに、少しだけです」

「シャーロットは？　彼女とテニスをしていたんだね？」

「あ、ええ……、そうです。ついさっきまで」

「でも、部屋に戻った。ネットも片づけないで？」

「そうです」彼はネットを振り返った。「ちょっと、喧嘩をしてしまって……」

「部屋で話をした。でも、彼女は部屋から出ていった」

「見ていたんですか？」

「ちょうど、通りかかったんだ。彼女は泣いていたようだったよ」

「ええ……」そう言うと、アンディは、ラケットを地面に叩き付けた。

ラケットは跳ね上がり、三メートルほど先まで飛んでいった。

「話したくなければ、きかない」僕は英語で言った。「ラケットを投げるのは、感心しないね。僕はかまわないけれど、驚く人もいるだろう」

「ごめんなさい」彼は英語で答えた。目を潤ませているのがわかった。息を吐き、また深呼吸をするように吸った。そして、自分が投げたラケットを拾いにいった。

「ここに座って」僕はベンチを示した。

アンディはこちらを見ないで、そこに座った。僕との間に一メートルほどスペースがある。彼の方が僕よりも躰が大きい。がっちりとした体格だ。ウィリアムよりも大きいし、重いし、力もあるだろう。

「なんだか、上手くいかないんですよ」アンディが小声で言った。

「何が？」

「シャーロットと」

「えっと……、どういうふうになったら、上手くいったことになる？」

「え？」アンディが顔を上げて、僕を見た。

「君が、何を望んでいるのかっていうこと」

「何を望んでいるか？　それは、簡単です。彼女の愛を望んでいます」

「それが、君の愛？」

「僕の愛？」

「君は彼女を愛したいのか、それとも、君は彼女から愛されたいのか、どっち？」

「僕は……、愛しています。だから、彼女にも、僕を愛してほしい」

「なるほど」僕は頷いた。「それを、シャーロットに言った？」

「いいえ」

「どうして言わない？」

「うーん、それは、難しいな……。どうしてかな」

「そうなんだ、難しいよね。うん、僕もそう思う。好きな人に、そんなことを言うなんて、とても難しい。どうしてなんだろうね？　関係のない人間にならいくらでも言えるのに」

「恥ずかしいからかな。それとも、うーん、格好悪いからかな」

「どっちだろうね」

「エッオは、もう、そんなことは、わかっているんでしょう？」

「全然わからないよ。まるで駄目だ」

「そうなんですか」

「だから、全然アドバイスできない」

アンディは少し笑った。それから、前を向き、コートをじっと見つめていた。その時間が三分くらいあっただろう。一言も会話はなかった。僕は、半分は優衣のことを考えていた。アンディにかけた言葉は、全部僕自身に聞かせた言葉だったからだ。

「もう戻ろうか」僕は立ち上がった。汗も引いていた。呼吸も戻っている。

ラケットとボールを片づけ、ネットも畳んでログハウスの中へ二人で運んだ。それから、母屋の方へ戻った。冷えたビールが飲みたいな、という珍しい希望を持って歩く。

ウッドデッキが見えてきたところで、東屋の方角から近づいてくる二人の男が見えた。一人は、高橋刑事、もう一人は若い男、おそらく部下の刑事だろう。二人は、僕たちに頭を下げた。

「なにか、進展はありましたか？」僕はきいた。

「どこへ行かれていたんですか？」高橋も質問してきた。

「アンディとテニスを」僕が答える。

「テニスですか」高橋は、僕をちらりと見て、小径を戻る方向へ目で誘った。

僕は彼について数メートル歩く。僕だけに聞かせたい話があるようだ。もう一人の刑事は、アンディに英語で話しかけている。シャーロットとテニスをしていたのではないのか、と質問をしていた。

「なにか、変わったこと、気づいたことはありませんか？」高橋が囁いた。「アンディとは、何の話を？」

「いえ、まったく、その、プライベートな話題です、事件とは無関係の」

「アンディの恋人は、かつてベック家で雇われていた女の娘だそうですね」

「ええ、そうみたいです」

「その女は、事故で死んだとか」

「交通事故だと聞きましたが」僕は答える。

「私は、そうは聞いていない」

「え、どう聞いたんですか？」

「まあ、それは良いとして……」高橋は、後ろの二人を振り返ってから、また僕をじっと見据えた。「問題は、一昨日の殺人です。プロがやったのかもしれませんが、とにかく、どこにも銃がない。このままだと、屋敷の中を捜索せざるをえない。なんというのか、綺麗すぎる。なにもない。不思議なくらいなにもない」

「証拠がですか？」

「目撃者もいない。遺留品、痕跡、まえあし、あとあし……」高橋の声は小さくなった。まえあしと、あとあしは、犯人がどこから来て、どこへ逃げたかという経路のことだ。

「来客がありましたが、もう帰ったのですか？」違う質問をしてみた。

「ええ、一時間くらいでしたね」

「そうですか」僕は頷いた。

では、ウィリアムの部屋を訪ねてみようか、と考えた。時間があるなら、少しでもインタビューがしたい。

そのとき、炸裂音が聞こえた。明らかに屋敷の方角だった。部屋の中か、それとも反対側の玄関の方か。銃声のようにも思えた。一発だけだ。それほど大きな音ではない。銃声にしては、少し籠っているようにも感じた。

高橋ともう一人の刑事は、一言も発せず、ウッドデッキへ駆け上がり、食堂の中へ飛び込んでいった。僕は、アンディと顔を見合わせた。

5

僕は、アンディと一緒に食堂へ入った。松田をはじめ大勢の従業員が厨房から出てきた。口々に音が近かったと話す。刑事たちは、既にホールの方へ走っていた。僕がそちらへ行くと、二階から階段を下りてくる優衣が見えた。僕を見つけて、ほっとしたような表情を見せた。

「何の音？」優衣が近くまで来て囁いた。

僕は首をふり、小声で伝えた。「しばらく部屋にいた方がいい」

玄関から警官が数人入ってくる。高橋との会話が聞こえた。外に異状はない。屋敷の中ではないか、と話している。優衣は二階へ戻っていった。

刑事と警官たちは、一階の奥へ進んだ。ホールから右手、食堂とは反対方向だった。そちらには、何があるのか僕は知らない。少し離れて、彼らのあとについていった。刑事たちは、順番にドアをノックしてから、それを開け、中を覗いていく。どこも、人はいないようだった。

通路の突き当たりのドアに行き着いた。ノックをしてから、刑事はドアを開けようとした。しかし、施錠されているようだった。鍵がかかっているのは、そこが初めてだった。しかし、ドアの上に窓がある。採光か換気の目的だろう。二枚の引き戸だが、全開状態だった。人が通れるほどのスペースがある。ただ、二メートル以上の高さがあって、部屋の中は覗けない。照明が灯っていることだけがわかった。部屋の中で、音楽が流れているようだ。その音が漏れ聞こえてくる。

刑事は再びノックをし、大声で「誰かいますか？」「開けて下さい」と上の窓に向かって叫んだ。

「ここは？」と高橋が振り返り、誰ということもなく尋ねた。

「そこは、遊戯室です」松田が答えた。僕のすぐそばに立っていた。

「鍵は？　いつも閉めているんですか？」

「いいえ、ここは、閉めません。鍵は内側からかけられるようになっています」松田が近づいた。そして、ポケットから鍵を取り出した。「このマスタ・キィで開けられます」

彼がドアの鍵穴にそれを差し入れた。それほど静まり返っていた。高橋がドアを開けると、メロディが流れ出てきた。金属音を全員が聞く。ドアを開けたからというよりも、その曲が、そこでちょうど音が大きくなったためだ。

それは、ベートーベンの交響曲第六番「田園」だった。遊戯室に誰かがいる、ということだ。刑事が二人入っていく。警官たちは戸口から少し入ったところで待機している。僕たちも進み出た。開いたままのドアから中を覗くことができた。

広いスペースだった。周囲はガラス戸のようだ。数メートル前に、まだ刑事二人が立っている。二人とも無言。部屋の中央付近にも、またガラス戸の付近にも、太い柱が何本かあった。この屋敷の構造を支えているものだ。それ以外には、ビリヤード台が三つ見えた。奥にグランドピアノもある。広く開いたスペースもあり、ダンスでもするのか、と想像した。クラシックの名曲が控えめな音量で流れているが、それ以外に音はしない。人がいたら、出てくるはずだ。

刑事たちは、奥へ進んだ。僕も部屋の中に一歩入った。アンディも一緒だった。誰も口をきかない。僅かに、焦げ臭い匂いがしたように感じた。しかし、一瞬のことだったので、確かなことはわからない。

「こっちだ」高橋が柱の向こうで立ち止まり、もう一人を呼んだ。

二人は、ビリヤード台の一つに隠れるようにしゃがみ込んだ。しばらく待っていたが、高橋が立ち上がるのが見えた。険しい表情だった。こちらを見て、手招きをする。

「僕ですか?」きいてみた。アンディを呼んだのかもしれない、と思ったからだ。

「お二人とも、ちょっとこちらへ」高橋が冷静な口調で言った。

もう一人の刑事が立ち上がって、ガラス戸の方へ離れて、電話をかけようとしている。

僕とアンディは、部屋の中へ進み出た。ただ事ではない雰囲気を高橋たちの行動から既に感じていて、そこになにかがあるということは、覚悟して進んだ。

ビリヤード台の向こう側が見えた。回り込んで、そこが見える位置に立つ。もっと近づこうとしたアンディを、高橋が手を広げて止めた。距離は三メートルくらいだった。

「救急車を呼んでくれ」という若い刑事の声が聞こえる。押し殺したような発声だった。

倒れていたのは、金髪のシャーロット・デイン。仰向けで、目を見開いたままだった。白いスポーツウェアから、脚も腕も真っ直ぐに伸びている。胸には、血が滲んだ跡があった。つい三十分ほどまえに、生きているシャーロットを僕は見た。彼女は泣いていた。今は、涙はない。もう泣くこともできないだろう。

僕は、ビリヤード台を見た。キューが一本、シャーロットのそばの床に転がっている。台上の白玉は一つ、それ以外に四個の玉が残っていて、いずれもコーナに寄っていた。シャーロットが一人でポケットをしていたのだろうか。

アンディは、蒼白だった。息もしていないように見えたが、ゆっくりと、その場に膝をつき、床に手をついた。それから、震えるように息をした。言葉ではない声を上げたあと、彼女のファーストネームを何度か、呟くように繰り返した。

時間的に見て、救急車が早く到着すれば、助かるかもしれない。そんな奇跡を少しだけ想像した。

高橋は、入口へ行き、部下に指図をしている。すぐに屋敷の周辺を探せ、ゲートの出入りを確認しろ、本部へ連絡を、そんな声が聞こえた。けれども、警察には、シャーロットを助けることはできない。既に心臓も呼吸も止まっていることは明らか。それだけは確かだった。

6

救急車が到着し、シャーロットは運ばれていった。アンディが付き添った。警察の車も何台かあとをついていったようだ。玄関ホールに僕は立っていた。エレベータが下りてきて、ウィリアム・ベックが現れた。ただならぬ雰囲気に驚いたようだ。僕の顔を見て、歩み寄ってきた。

「シャーロットが撃たれました」僕は状況を説明した。「救急車が彼女を運んでいきました。アンディも一緒です」

「病院へ？」

「そうです。でも……」

「怪我は酷《ひど》いのか？」

「はい。致命傷だと思います」

「誰が撃った？」彼の質問は当然だ。

僕は、状況を説明した。銃声が聞こえて、遊戯室へ駆けつけた。倒れているシャーロットを発見したのは刑事だ。部屋には鍵がかかっていた。僕が見たところ、外へ出るガラス戸は内側からロックされていた。撃った人間が、部屋から出たとしたら、通路側のドア、あるいはその上の窓しかない。ドアならば、外から施錠するために鍵が必要になる。

「信じられない」僕の説明を聞いて、ウィリアムはそう呟き、大きく息を吐いた。「どうしてこんなことになった？　いったい、何が起こっているんだ？　まったく理解できない」

「心当たりはありませんか？」

「ない」彼は首をふった。

遊戯室から高橋が出てくるのが見えた。僕の顔を見たのか、それとも、ウィリアム・ベックを見つけたのか、こちらへ近づいてくる。彼はウィリアムに一礼をした。

「薬莢が見つかりましたか？」僕は尋ねた。

高橋は無言で頷いた。

「同じですか？」

もう一度、刑事は頷く。同一の拳銃だという意味である。もちろん、弾丸を見つけて、線条痕を調べなければ精確な判断はできない。

「拳銃は？」僕は次の質問をする。

「ざっと見たところ、ありません」高橋は答えた。

僕は、それらの情報を英訳してウィリアムに伝えた。

「彼は、何と言っているんです？　心当たりがないか、きいてもらえませんか」高橋の口調はいつもよりも厳しい。

「もう、ききました。まったく心当たりがないそうです」

「外から撃たれたんじゃない。部屋の中で、たぶん、至近距離で、しかも前からだ」

「銃声は、少し籠っていたように感じました」

「たぶん、サイレンサでしょう」

「あの窓が開いていたから、聞こえたんですね」僕は、入口のドアの上の窓を指さす。

「そうかもしれない」

「銃声がして、すぐに、ここへ来ましたよね。刑事さんの方がさきだった。この部屋から出る時間がありましたか？」

「ぎりぎり……、だった。時間はあったと思います」高橋はそう言って、小さく舌を打った。

「でも、鍵をかけたんですよ」僕は言う。それが一番不思議だった。「急いで逃げる人間が、鍵をかけるでしょうか？」

「あのドアから出たのではないかもしれない」

「でも……」

ガラス戸はすべて閉まっている。しかし、もちろん見落としがあるかもしれない。それに、どこかに隠された出入口がある、という可能性もある。警察が、それを調べるだろう。

「家の中を捜索しても良いか、きいてもらえませんか」高橋が言った。「通訳のできる奴が、ちょっと今ここにいないんです」

僕は、刑事の言葉を、ウィリアムに伝えた。彼は、溜息をまたついたが、すぐに頷いた。

「その必要性は認める。探してほしい」それがウィリアムの返事だった。

僕がそれを高橋に伝えると、彼は頭を下げてから、立ち去った。

ウィリアム・ベックは僕に、一緒に上へ行こう、と誘った。ホールに立っていた松田にコーヒーを運ぶように、と指示し、僕と一緒にエレベータに乗った。

「何のためですか？」僕はきいた。

「え？　ああ、君が私にインタビューをしたいだろう、と思った」彼は答えた。

「それは、もちろんそうです。ただ、とにかく、今は困惑しています」

「私もだ。しかし、君は、探偵だろう？」

「日本では、こういった事件は警察が解決をします。個人営業の探偵の仕事ではありません」

エレベータから出て、三階の通路を歩く。途中で、ウィリアムは後ろを振り返った。サリィの部屋を見たのかもしれない。彼女は、姿を見せていない。音が聞こえなかったのだろう。騒ぎを知らないのではないか。

オフィスに入り、ウィリアムは、「そこに座って、二分ほど待っていてくれ」と言った。僕はソファに腰を下ろした。彼はデスクの書類を片づけ、コンピュータに向かってキーボードを叩いた。仕事が途中だったようだ。

ドアがノックされ、ウィリアムが返事をすると、松田が入ってきた。コーヒーを持ってきたようだ。カップをテーブルに置き、ポットで注いでくれた。松田が仕事を終えて静かに出ていくと、ウィリアムはデスクからこちらへやってきて、肘掛け椅子に座った。

二人でまず、熱いコーヒーを飲んだ。

「君は、どう思う？」ウィリアムがさきにきいてきた。

「僕には、情報がありません。ロジャのときもそうでした。シャーロットも、殺されるような理由を持っていた。それは、過去の事情です。なにかがあった、ということくらいしか想像できません」

「それは……、そう、私も同じだ」そう言って、ウィリアムは頷いた。

「いいえ、それは違うと思います。ロジャは、貴方とは古い親友だった。ずっと親交があった。それから、シャーロットについても、僕よりは、多くの情報を持っているはずです。データ量は同じではありません」

「しかし、私が知っている彼らに関する情報の中には、今回の殺人に関係しそうなものは一つもない。殺されなければならない理由がないことは、断言できる」

「犯人には、その理由があったのです。理由もなく殺人を実行する者は、千人に一人くらいでしょう。そんな危険な人間がここにいたら、もっと沢山の犠牲者が出ているはずです」

「そうならないことを、私は祈っている」ウィリアムは、溜息をついた。「さあ、もう、気持ちを切り換えよう。インタビューを始めてもらいたい」

「もしかしたら、切り換えられないかもしれませんが……」僕はそう断って、彼の目を見た。そして、思い切ってきいてみた。「スージィの事故について教えて下さい」

ウィリアム・ベックは、表情を変えなかった。というよりも、一瞬フリーズしたように動かなかった。そのあと、目を閉じ、息を吸った。上を向き、その息を吐く。

「悪い質問でしたか？」僕は質問を追加した。

「後者の質問から答えるが……」彼は僕を見た。鋭いナイフのような視線だった。「良い質問だ。そして、前者については、ノーコメント。どうして、そんなことを質問されるのか、私には理解できない。君の意図を聞かせてほしい。君が書こうとしている本に、それが必要だというのか？」

「交通事故ではなかったと？」

「ずっとまえの話だ。蒸し返して何になる？」

「話してもらえませんか。もし、書くなと言われるなら、僕は書きません。でも、貴方のことを知らなければ、貴方という人間を信じなければ、本なんか書けませんよ。そういうものです」

「それは……、たしかに、そうかもしれない」

驚くべきことに、ウィリアム・ベックの目から、涙が溢れだした。頬を伝ったとき、彼はそれに気づき、手で拭った。

「なにか、特別なことがあったのですか？」

「悪いが、出ていってもらえないか」

「でも……」

「二人とも、可哀相なことをした」

「え、どういうことですか？　二人とは？　誰と誰ですか？」

「出ていってくれ、エツオ、頼む」

数秒間、僕は彼を見つめていたが、彼はこちらを見なかった。僕は立ち上がるしかなかった。

「失礼しました」僕はそう告げて、ドアの方へ歩いた。

ドアを開け、振り返った。

じっと睨みつけるように、彼は僕を見て、動かなかった。

7

部屋を出ると、階段を上がってきた高橋と出会った。若い刑事を一人伴っている。

「あ、ちょうど良かった。頸城さんにお話を伺いたかったのです」高橋は小声で言った。

「なにか見つかりましたか？」僕は尋ねたが、彼はすぐに首をふった。

「えっと、おききしたいのは、アンディとテニスをされていた、そのまえの話です」

「ええ、たぶん、犯人以外では、僕がシャーロットを見かけた最後の人間かもしれませんね」

水谷優衣と一緒に帰ってきたときに、廊下の反対側から泣きながら歩いてくる彼女を目撃したことを話した。

「上から見ただけですが、シャーロットは一階の食堂へ行ったようでした。そのあと、遊戯室へ行ったのではないでしょうか」

「一人でですか？」

「ええ」

「アンディの部屋から出てきたのですね？」

「それは、ちょっとわかりません。音がして、振り返ったら、もう彼女は歩いていたんです。たぶん、アンディの部屋だとは思いますけれど……。ああ、それから、アンディから聞いてもらった方が良いと思いますが、もともとは、アンディとシャーロットはテニスをしていたそうです。それがコートでちょっとした喧嘩になって、アンディの部屋まで戻った。たぶん、屋外で口喧嘩をするのが、みっともないと感じたのでしょう。でも、二人で部屋に戻っても、喧嘩は収拾しなかった、ということらしいです。それで、シャーロットは彼の部屋を出ていった」

「アンディは、シャーロットを追わなかったのですね？」

「知りません。見ていませんよ。でも、そのあと、えっと、どれくらいかな、五、六分だと思いますが、僕はアンディの部屋へ行きました。そこで、彼と会って、一緒に庭に出た。そしてテニスをした。それが、十分か、十五分ですね。もう、疲れてしまって、ベンチに座って、少し話をしました。これが、五分くらいかな。で、ネットを片づけてから、家の方へ戻ってきた。そこで、刑事さんたちに会いました。そんな感じですね」

「その……、シャーロットを見て、五分経ってから、アンディの部屋へ行った、とおっしゃいましたね。その五分というのは、どこにいたのですか？」

「自分の部屋に一度入りました。でも、やはり、彼女のことが気になって、アンディに事情を尋ねようと思ったんです」

「なるほど……。アンディは、その、喧嘩の理由を話しましたか?」

「いいえ。まあ、でも、普通では?」

「普通?」

「いいえ、単なる感想です」

「アンディは、どんな様子でしたか?」

「喧嘩を後悔している感じでした。僕が部屋へ行ったとき、彼はドアのすぐそばにいたんです。もしかしたら、シャーロットを追いかけようとしていたのかもしれない」

「なるほど……」

「今から、ベックさんのところへ?」

「そうです。なにか、言っていましたか?」

「いいえ、なにも……」

「何の話をされたのですか?」

「一緒にコーヒーを飲んだだけです」

「そうですか……。わかりました。では……」高橋は軽く頭を下げて、通路の奥へ歩いていく。もう一人の刑事も無言だった。

僕は、階段を下りて、自分の部屋に入った。誰もいない。優衣に知らせようと思って、隣へ通じるドアの方へ歩み寄ったら、もう一枚向こうのドアが開く音が聞こえたので、咄嗟《とっさ》にドアから離れて、窓際に立った。僕の部屋側のドアがノックされた。

「開いているよ」

優衣は、さきほどの服装ではない。シャツにジーンズだった。

「何があったの？　ちょっと恐くて、待っていたの」

「それが正解だね。銃声はどこで聞いた？」

「銃声？　やっぱりそうだったの。ちょうど、部屋を出たとき、通路で」彼女は答えた。

「救急車が来たでしょう。誰か、怪我をしたの？」

「シャーロットが撃たれた。一階の遊戯室だ」

「もう少し詳しく話してくれないと」

僕は、また短いストーリィを繰り返すことになった。優衣は驚いた顔になったが、黙って聞いていた。

「シャーロットは？」

「駄目だと思う」

「嘘、亡くなったの？」

「たぶん、病院で確認されるだろうね」

「ああ……」優衣は額に片手を当て、ソファまで歩いて、そこに腰掛けた。「酷い。私がここへ来るたびに、誰か撃たれるの」

「そうだね。疑われるかもしれないよ」

「冗談はやめて」

僕も椅子に座った。

「いったい、何が起こっているの？」眉を顰めて、優衣が言う。「何が目的？」

「目的は、ロジャとシャーロットを殺すことだよ。たぶん、達成されたと思う」

「どうして、殺さなきゃならないのっていう意味」

「生きていたら、不都合があるからだね」

「どんな不都合？」

「それは、殺した人間にとっての不都合。生きていくうえで、あるいは、自分の計画を達成するうえで、二人が障害だったんだ」

「憎かったから、殺したんじゃないの？」

「違うと思う」

「どうして、そう思うの？」

「なんとなく」

「なんとなくってことはないんじゃない？　ちゃんと説明して」

「つまりね。不都合や障害があるから、憎むということもあるとは思う。でも、憎いから殺すんじゃないんだ。殺してやりたいくらい憎い、なんて思っていたら、こんな冷静な殺し方にはならない。それに普段は、そういう憎しみを隠していなくちゃいけない。そんな感情のコントロールができる人間って、なかなかいないと思う。憎かったら、まずは、殺すまえになんらかの感情的な爆発があるはずだし、どこかでそれが表に出る。周りの誰かが必ず気づく」

「気づいていたかもしれないでしょう？」

「少なくとも、当事者であるロジャやシャーロットは気づいていなかった。もしも、そんな大きな憎しみを感じていたら、もっと警戒しただろう。殺されるんじゃないかって。もちろん、でも、それがずいぶん昔のことだったら、もう忘れていたかもしれない。だけど、そんなに長い間、ずっと憎しみを隠し持っていられるなんて、とても普通の人間じゃない。それだけで、もう天才だよ」

「天才かもしれないでしょう？」

「うん、それくらい、自分の感情をコントロールして、チャンスを待つことができる、冷静な戦略が取れる人間も、もしかしたらいるかもしれないね」

「誰？　それは誰なの？　私たちが知らない人だよね」

「どうして、そう考えるの？」

「うーん」優衣は目を瞑り、首を捻った。「だって、二人ともアメリカ人だし、シャーロットは、こちらへ来て長いみたいだけれど、ロジャは日本に来たばかりだった。二人と接点があった人間なんて、日本にはいない。違う?」

「うん、僕が知っている範囲では、ウィリアムとサリィとアンディだけだ」

「ウィリアムとアンディは、ロジャを殺せないでしょう? ここにいなかったんだから」

「アンディは、シャーロットを殺せないね。僕が一緒だった」

「じゃあ、サリィが?」

「本人が実行犯ではない可能性もあるからね」

「じゃあ、三人のうちの誰?」

「最初の仮定が間違っている可能性もある。ほかにもいるってことだよ。二人と関りのある人間が」

「そうだよね……」優衣は腕組みをしていた。「とにかく、早く、銃が見つかってほしいな。なんか、嫌じゃない?」

「目的のある殺人だとしたら、危険は少ない。でも、まあ、とばっちりがあるといけないから、君は、早めに帰った方が良いね」

「でも、ベック夫妻には挨拶がしたいわ。そのために来たの。カメラも持ってきたんだから」

「写真を撮るわけ？　君が？」

「そうだよ。もちろん、許可をもらってからだけれど」優衣はふっと息を吐く。「でも、あれね……。うーん、言いたくはないけれど、いよいよ、本が売れそうな条件になってきたんじゃない？」

「君が出張してこられたのも、それなんだね？」

「もちろん、そうだよ。一昨日の事件がなかったら、無理だったと思う。今どきはね、出版社どこも厳しいんだから。特に、私みたいな非正規は」

「僕なんか、もっと非正規だよ」

「君は、どっちかというと、非常識」

「同じ屋敷で人が殺されたばかりだっていうのに、こんな話している方が非常識」

「そう、それは、そうかも……」優衣は溜息をついた。「でも、どうしようもないでしょう？」

「どうしようもない。グラスが割れてしまうのと同じ。元には戻らない」

「アンディは、ショックでしょうね」

「うん。たとえば、撃たれたのが君だったら、僕はもの凄いショックを受けるよ」

「どうして、そういう嫌なことを言うの？」

「そうなってほしいと言ったわけじゃなくて……」

「言わないの、そういう不吉なことは」

「口にしたからといって、それが現実に起こる可能性が高まるなんてことはないよ」

「でも、いや」

「ごめん」僕は謝った。

　けれども、僕はかつて、それを経験しているのだ。それは優衣と出会うもっとまえの若かった僕だった。掛け替えのないものを失った。否、失って初めて、掛け替えがないということに気づいたのだ。

　取り返せない愛というのは、とてつもない重さがある。それは、人生の間、ずっと背負い続けることになるかもしれない。少なくとも、今の僕はそれをまだ背負っている。それだけは、確かだ。

　そして、もしも、万が一、この目の前にいる彼女を失ったら、と想像することができるのは、その重さを背負っている後遺症のようなもので、それはある意味で、僕の進化にちがいないという気がする。そうやって、悲観的想像をして、ショックを和らげようとする防衛反応にすぎない。

　それほど辛いことがあっても、人間というものは生きていけるシステムなのだ、とそう自分に言い聞かせている。僕の背中の重みが、いつも、どこでも、僕にそう語りかけるのだ。

たぶん、その重みが忘れられる一瞬を求めて、僕は優衣と出会った。そういうことなんじゃないか、と今は受け止めている。それだけで、彼女には大いに失礼なことだし、僕は後ろめたいし、本当に、自分が生きていることに価値なんてあるのか、と疑いたくもなる。

8

シャーロットは死亡が確認された。サリィが病院へ行くのをホールで見送った。入れ替わりで、北澤宗佑が戻ってきたので、僕は、食堂のラウンジで彼と二人だけで話をすることができた。事件については、娘から電話で聞いていて、仕事を切り上げて、急いで帰ってきた、と話した。

彼はスーツの上着を脱ぎ、額の汗をハンカチで拭った。気にしていなかったが、たぶん、室温は摂氏二十五度くらいだろう。暑いとは感じない。屋外の気温も同じくらいだ。

「いやあ、参りましたよ」松田が持ってきた冷たい飲みものを口にしながら、北澤は言った。彼の声はいわゆるだみ声で、まるで水の中でしゃべっているようだ。「ああ、どうなるんでしょうね」

「何がですか？」

「この屋敷ですよ」

「屋敷？」

「続けざまに、二人も殺されたんですよ。もう、ベックさんは、ここを手放すって言われるんじゃないかなってね、ひやひやもんですよ」

「そうなったら、北澤さんは困るんですか？」

「そりゃあ、困りますよ」

「えっと、どうしてですか？」

「この近辺の別荘地は、これからなんです」

「これから？」

「これから開発される、まさに新天地なんです。そのシンボル的存在が、ここなんです。憧れのパレスでなくちゃいかんのです」

「ああ、なるほど……」話がよくわからないが、つまり、彼が売ろうとしている土地の価格が下がることを怖れているのか。

「風評被害ってやつですか……、恐いですね。変な噂が立たなきゃいいんですが」

少しニュアンスが違うのでは、とも思ったが、黙っていた。それに、変な噂って何だろう。殺人が起こったことは現実だ。

「この土地に関係した災難ではないことくらい、みんな、わかるのでは？」

「ええ、それは、そうだと思います。でもね、ベックさんが、ここを離れられたら、もう駄目ですね。それだけは困る」

「できたばかりなんですから、そんなもったいないこと、さすがに……」

「あの人の感覚からしたら、さほど抵抗もないかもしれない。お願いします。頸城さんからも、プッシュしておいて下さい」

「え、意味がよくわかりませんが……。僕が何をプッシュできるんですか？」

「日本の素晴らしさ、この自然、この気候、こんな気持ちの良い場所は滅多にありません。そういうことを、PRしていただきたい」

「まあ、アメリカよりも日本が優れている点といったら、安全。つまり、銃が流通していない社会。そうなりますね」

北澤は顔をしかめ、腕組みをした。そして口の形を歪《ゆが》ませ、ソファにもたれかかった。

「でも、今回の事件の原因は、日本の文化とか、この地域の環境ではなくて、もっと、個人的で特別なものでしょう。心配されるようなことでもないと思いますよ」僕は少しだけフォローしておいた。「ところで、北澤さん、駅でお見かけしましたが、どちらへ？」

「え？　いえ……、駅へ行っただけです。そこで人と会って、仕事ですけれど、それで、見送って戻ってきたところです。駅に、いらっしゃったのですか?」

「ええ……」

「娘が退屈しています。頸城さん、相手をしてやって下さい」

　突然、そんなことを言われたので面食らった。昨日のドライブについては、真里亜は父親に話さなかったようだ。彼が心配するほど、もう子供ではない、ということだ。もちろん、僕もいちおう大人だから、彼女のプライバシィは尊重したい。だから、黙っていた。

　噂をすれば、というタイミングで、食堂に真里亜が現れた。

「じゃあ、私はこれで……。お願いします」北澤は立ち上がり、僕の肩を軽く叩いた。何をお願いされたのか、さっぱりわからない。たぶん、娘と話をしてやってくれ、という意味なのだろうが、話だけで良いのか、と余計なことも考えてしまった。

　食堂で父娘はすれ違い、ラウンジに真里亜が入ってきた。小さな笑顔が歩いている、といった感じだった。

　彼女は隣に座った。僕の隣で脚を組んだ。

「事件のとき、君はどこにいたの?」

「さっき、そこで、警察の方にきかれた質問と同じ」彼女はそう言って口を尖らせる。

「自分の部屋にいましたよ。シャーロットさんは大丈夫なのですか?」

「亡くなったそうだ」

「ああ……。そうなんですか」今度は、眉を寄せる。「恐いわ」

「突然きくけれど……、君は、アンディとデートしたことがある？」

「デート？　デートっていうのは、えっと……、具体的に、どんなものかしら」

「いや、その答で充分だよ」僕は微笑んだ。

まったく関係がないなら、そんな返答はしないはずだ。そもそも、彼女がここへ来ている理由は、ほかに考えられない。その点については、おそらく父の北澤も承知しているのだろう。なにも悪いことではない。万が一上手くことが運べば、玉《たま》の輿《こし》といえるかもしれない。北澤にとっては願ってもないことだ。しかし、実際にはその確率は低いだろう、と僕は感じた。アンディは、まるで彼女を見ていない。それは明らかだったからだ。ただし、それは、シャーロットが生きていたときの話だ。

「ねえ、なにか、お話をして下さらない」真里亜が言った。一分くらい、沈黙が続いていたかもしれない。

「うん。やっぱり、あんなことがあると、いろいろ考えてしまってね」

「そうか、探偵さんだからですね？」

「そういうわけじゃないけれど。今、君、恐いって言ったけれど、それは、どういう感じなのかな？」

「どういう感じって……？」

「銃を持った殺人鬼が、この近くをうろついている、というイメージを持っている？」

「そんなふうには、ええ、思わない。それだったら、とっくに逃げ出しています」

「じゃあ、何が恐いわけ？」

「それは、えっと、つまり、人を殺すような、人を平気で殺せるような、そんな人間がいるということが、恐いんです。どうして、そんな恐いことができるのかって」

「そうか……。でも、そのとんでもない行為も、具体的には、拳銃を構えて、引き金を指でひくだけなんだ。誰でもできる。子供でもできる。簡単なことだよ」

「私はできません」真里亞が首をふった。「簡単じゃないと思う」

「そう思うのは、君の頭脳が、そう計算しているからだ。殺人は犯罪である、人の命は大切なものである、誰にも生きる権利がある、人は自分の行為に責任を持たなくちゃいけない。そういう知識を教えられて、その価値観が君の頭の中にあるからだ」

「誰だって、そう思うんじゃないですか？」

「そうでもない。そんな知識がインプットされていない人もいるし、もし知識を持っていても、けっこう簡単に否定できるかもしれない。たとえば、もっと重要なことがあるって、新しい知識が入ってくれれば、あっさりと価値観は入れ替えられる。もっと重要で、絶対的な正義があったら、知識なんて、すぐに消えてしまう」

「絶対的な正義って、何ですか？」

「僕は、そんなものはないと思っているけれど、世界には、そういうのが沢山、いろいろあるんだってこと」

「テロみたいなもののことですか？」

「そう。自分の命だって簡単に投げ出せるくらい大事な正義があるんだ。そんなものを知ったら、人の命なんて、立入り禁止の標識くらいの意味しかない。駄目ですよと言って止められるものじゃない」

「だけど……」真里亞は、そこで首を傾げたが、唇が震え、目を潤ませた。「それでも、人を殺しちゃいけないわ」

「うん。君の言うとおりだ。ただ、そういう綺麗な心があっても、いくら願ったり祈ったりしても、止められないものがあるということだね」

「悲しいですね」

僕も、悲しいとは思う。だが、悲しいという気持ちさえ、彼らには無視できるほど小事なのだ。標識が押し倒されるときの僅かな抵抗でしかない。倒されれば、もう起き上がることはできない。それが、死というものだ。人間の歴史は、誰かの正義を示すために、膨大な数の人命を奪うことの繰返しだった。それは今も、毎日、世界のどこかでまだ続いている。

　おそらく、そういった精神と、今回の二つの事件は、単にスケールが違うだけなのだ。この事件にだって、僕は正義の香りを感じる。他者を排除するだけの正義を持っている者が、引き金をひいたのだ。その指は、微塵も震えなかったはずだ。

9

　晩餐は中止になった。僕は、優衣を連れて、ウィリアム・ベックのオフィスを訪ね、彼女を紹介した。しかし、戸口で退散することになった。彼は、いろいろ対応に追われている、と謝った。

　そのあと、僕の部屋で二人だけで食事をすることになった。これは、僕には少しだけ嬉しい結果ではある。ご馳走もワインも運ばれてきた。僕は、優衣のグラスに赤ワインを注いだ。二人だけで乾杯をするなんて、滅多にないことだ。特に最近では。

　テレビはないので、夕方のニュースで速報が流れたかどうかはわからない。少なくともネットでは、まだだった。

「でも、今日の事件は、警察には失態だよね」優衣は言った。

「そう受け取られるかな」

　既に、大勢の警官が集結していたのだ。そんな中で、第二の殺人が実行されたことは、大きな衝撃といえる。特に、警察にとって、そしてマスコミにとって。

現在は、屋敷の一階は、通路も満足に通れない状況だった。二階だって、部屋から出たら、何人かの警官の顔を見なければならない状況だ。リーダの高橋刑事は、その後どこにいるのかわからなかった。もしかしたら、捜査本部へ呼び出されているのかもしれない。

「これだけ警官が沢山いれば、ここは安全だろうね」

「うーん、そうかなぁ」優衣は首を傾げた。「でも、そんなことはどうだって良いの。一刻も早く書いてくれって、メールが来ているよ」

「血も涙もない編集長だね」

「もう、来週にでも印刷して、本にしたいわけ。早ければ早いほど売れる。そう考えているでしょうね、まちがいなく」

「僕が書かなくても、誰か、適当に書ける奴がいるんじゃないかな。そいつが、僕にインタビューしてくれないかな」

「ああ、それは、たしかにそうかも。その手があるわね」

「だったら、僕は降りる」

「あのね。頸城君」持っていたグラスを優衣は置いた。

「冗談だよ。できるかぎり、頑張るつもりだから」僕は、彼女と目を合わさないで言った。「ただね……。ここには、テロとか、プロの殺し屋とか、そういうわかりやすいものはないように思う」

「どうしてそう思うの？」

「うーん、何だろう。空気みたいなものかな」

「空気って？」

「臭わないんだ。そういう火薬臭い、単純な殺気みたいなものがね」

「また、わかんないことを言う」

「いや、自分でもわからないよ」

「それよりも、もう、少しは構想みたいなものが、できた？　そろそろ書き始めても良いと思うんだけれど」

「まだ、データが全然足りない」

「でも、何時間も話を聞いたわけでしょう？　それを文字に起こすだけでも……」

「それで、良いわけがない」

「編集長が求めているものは、君が思っているようなレベルの高い作品じゃないんだから、その……」

「妥協しろって？」

「そう。はっきり言えばそうだね。これは仕事なの。ビジネスなの。君は、仕事をして、

「金を稼ぐ。本は、たぶん、確実に成功する。それで、君の名前も売れる。お金持ちになれる」

「金を稼ぐのは、良いとして、名前が売れるっていうのは、あまり興味がないな」

「名前が売れれば、それだけ、稼ぎやすくなる。宣伝だと思えば?」

「うん、そう考えれば良いのか」

「有名になんかなりたくないって、言いたいんでしょう?」

「うん。言いたいな」

「子供だよ。そういうのは」

「子供かな」

自分でも、そうかなと思うことが多い。それに、どうすれば大人になれるのかも、いまだにさっぱりわからない。

ドアがノックされた。僕は軽く返事をした。松田が、なにか飲みものの追加か、デザートでも持ってきたのだろう、と思ったからだ。しかし、ドアが開く様子がない。僕は立ち上がって、そちらへ歩いた。ドアを開けてみると、そこに立っているのは、サリィ・ベックだった。

「ごめんなさい、エッツオ」彼女は英語で言った。

「はい、何ですか?」

「今、いけなかった？　お食事中だった？」

「いえ、もう終わりました」

「話したいことがあるの」

「わかりました。では……、三階の部屋へすぐ行きます」

「貴方の部屋では、駄目？」

「いえ、もちろん、かまいません。今、隣のユーイが来ています。一緒に食事をしていたところなんです」

「あ、彼女ね……。それは、邪魔をしたかしら？」

「いいえ、そんなことはありません。どうぞ、中へ」僕はドアを開いた。

声が聞こえたのだろう。優衣は、立ち上がって待っていた。サリィをソファに誘い、僕は肘掛け椅子に腰掛けた。

「私は、外します」優衣は、僕にそう言うと、サリィにお辞儀をしてから、隣へ通じるドアから出ていった。

サリィは溜息をついた。疲れている表情だった。病院から戻ってきたところだ。つまり、シャーロットの死を確認してきたのだ。疲れていないはずはない。

「なにか、飲みものを？」僕は尋ねた。新しいグラスはあるし、ワインと水がある。

「いいえ、けっこう」彼女は片手を広げた。

しばらく、沈黙が続く。サリィは下を向いて、なにか考えている、迷っている、そんな様子だった。

「アンディは？　彼は、戻ってきましたか？」

「いいえ、あの子は、まだ病院にいるの。シャーロットが生き返ると思っているのね」

「そうは思っていなくても、しばらくそばにいたい、と考えるのは当然です」

「ああ……」息を吐いて、サリィは顔を上げた。「どうしても、話したいことがあったのです」

「僕にですか？」

「そう。エツオ、貴方しか話せる人はいない。そう考えました」

「何故、この部屋へ？　三階のオフィスでは、なにか不都合が？」僕はきいた。

「そういう機転が、貴方にはあるわ」サリィは無理に一瞬笑った顔を作った。「ええ、あの部屋は、たぶん盗聴されていると思います」

「盗聴？　誰がそんなことを？」

「わからないけれど、私は、ずっとそういう環境にいるの。この部屋だって……」彼女はぐるりと見回した。「その可能性はあります。でも、べつに聞かれても良いことだわ。私は、あることを知っているの。それを知っていることで、私は、危険になるかもしれない。そういうことです。だから、その危険を回避するためには、私が知っていることを、公開するしかないと考えました。だから、ここへ来たのです。貴方に、それを聞いてもらいたいの」

「それは、本に書け、という意味ですか?」

「書いてもらってもけっこうよ。でも、きっと、ウィリアムが駄目だって言うでしょう。だから、書かないという選択もあります。それは、貴方の判断にお任せします」

「わかりました。お伺いしましょう」

「上手く、その、説明ができると良いのだけれど……」

「知っているから危険だ、とおっしゃいましたね?」

「ええ、今、ここで起こっている恐ろしい事件は、それが原因なんだと思います」

「どういうことですか?」

「知っている人間が、撃たれているのよ」

「何を知っているんですか?」

「それは……、その、直接は言えません。でも、私たちの問題です」

「私たちというのは?」

「私の家族、つまり、ベック家の問題です。もうずっと昔のことなのに……。既に解決したと思っていたのに、人間は歳を重ねると変わるもの。お金がいけないのよ。ウィリアムは、お金を集めすぎた。もし、私たちがもっと貧乏で、安アパートで暮らしていたら、きっとこんなことにはならなかったわ」

「歳を重ねた、というのは、ドクタ・ハイソンのことですか？」

「ええ、そうです。あの人は、とても良い人だった。ずっと良い人だった。だけど、歳を取って、自分の躰も不自由になって、仕事も覚束《おぼつか》なくなってくる。奥様は、ずいぶんまえから入院していて、歩けなかったし、しゃべることもできなくなったわ。三年まえに亡くなりましたけれど……。でも、お金がかかったんです、生きているときには」

「そうなんですか……」

「誰でも、そういう苦しみに長く浸《つ》かると、余裕がなくなるわ。良心とか友情といったものは、余裕のある心が交わす約束なんです。自分が苦しくなれば、それどころじゃない。そうやって、人は地獄へ落ちていくの」

「彼は、地獄へ落ちたのですか？」

「いえ、最後は、神がお救いになります、きっと……」サリィは小さく頷いた。ハンドバッグからハンカチを出して、口を押さえた。見開かれた青い目は充血している。

「誰が、彼を地獄へ落とそうとしたのでしょうか？」

「それは、言えません」

「ご存じなのですか？」

彼女は黙った。僕をじっと見た。首を横にふることもなく、また頷きもしない。それができない、ということだ。

「もし、ご存じならば……」

「警察に話せ、と言うのね？　そう、それは当然です。それが正しいわ。でも、正しさよりも大事なことがあります」

何だろう、と僕は考えた。

しかし、正しさとは、そもそもさほど大事なものではない。沢山のものが思い浮かんだ。愛、友情、主義、信仰、民族そして、自分。そのいずれかか、ともう一度考えを巡らした。

「お話が、抽象的で、僕にはよくわかりません。僕がわからなければ、貴女の目的は達成されないと思いますが、いかがでしょう？」

「ええ、ありがとう、そのとおりよ。でもね……。私の口から、それを出すことが、どれほど苦しいことか、わかっていただきたいの」

「それは、命と引き換えになる、という意味ですか？」

「そう……。ああ……」サリィは溜息をついた。「その、スージィのことです。スージィとウィリアムは……」彼女は、そこで言葉を詰まらせた。目は閉じられ、涙が溢れ出る。自分の感情をなんとか抑えようとして、息を止めている。それが、苦しくなる。呼吸をする喉は痙攣し、肩を震わせた。

「大丈夫ですか？」僕は前のめりになっていた。

手を握るか、肩に触れるか、なにかした方が良いようにも思った。けれど、それには立ち上がらなければならない。彼女は、びっくりするだろう。だから、僕はじっと待った。一分、二分、と沈黙の時間が流れる。もうこれ以上のことは言葉にならない、そんな様子に見えた。

「ウィリアムはスージィを愛していた、とおっしゃりたいのですね？」僕は残酷な確認をしなければならなかった。

「そうです」サリィは頷いた。

「貴女を裏切った、ということですね？」

「それは……」彼女は、そこで顔を上げた。「いいえ、そうは、私は思っていません。ただ、それは、お酒で酔っ払ったときのように、一時的なことだったはずです」

「なるほど……。あ、もしかして……」これは、口にするのは少々憚られた。どう表現すれば良いか、と考えた。「シャーロットに、関係があることですか？」

「いいえ。それはありません。スージィがうちへ来たのは、彼女がシャーロットを産んだあとのことです。だから、シャーロットがウィリアムの子だという可能性はありません」

「確かですか？」

「確かです。それは、私が保証します。科学的に、確かなことです」

「科学的に？　ああ、ＤＮＡを調べられたのですね？」

「ええ、そう……。そうです」サリィは、頷いた。「そうまでしなければならなかったのよ」言葉はまた泣き声になった。「惨《みじ》めでしょう？」

「いえ、そんなことはありません。重要な問題ですから、確認されたのは、適切な行動だと思います」

「そうよ。大事な息子がつき合っている子ですからね。あってはならないことは、絶対に避けなければならない、と私は思ったの。そうでしょう？」

「はい、そう思います」僕は頷いた。「では……、単に、浮気をした、ということですね？」

「単にね。そう……。それだけだったら、とてもシンプル」

「では、事故に関係があるのですか？」

「ええ、そうです」サリィは、座り直した。決意をしたようだ。「つまり、あれは、普通の事故ではなかったの」

「あれというのは、スージィの死因ですね？」

「ええ……」

「何だったのですか？」

「それは、申し上げられません。でも、人為的なものだった、ということです」

「過失か殺人だ、ということですか？」

「そう受け取ってもらって、ええ、けっこうです」彼女はそこで大きく溜息をついた。

これが、彼女が吐き出したかった言葉だったということがわかった。

「それを知っているのは？」

「私たちだけです」

「私たちとは？」

「私とウィリアムよ」

「ロジャ・ハイソンも知っていたのですね？」

「ええ、彼が、私たちを助けてくれたの」

「助けてくれた？」

「ええ、つまり、彼が、スージィが死んだのは事故だったという証明書を書いたの」

「ああ、そういうことですか」

「本当に事故だったのよ。でも、彼がいなかったら、変な噂も立ったでしょうし……」

「自殺だった、ということですか？」

「あの、これで、全部なんです。これで、もう、私の口を塞《ふさ》ぐことに、意味がなくなったはずです」

「口止めしても無駄になった、僕に話してしまったから。そういう意味ですね？」

「そうです」

「ほかに、誰かに、今の話をされましたか？」

「誰にも」彼女は首をふった。「これは、ずっとずっと、絶対に話してはいけない秘密でした」

「誰が、貴女の命を狙うというのですか？」

「それは、言えません」

「しかし、それがわかれば、少なくとも、貴女を守ることができると思います。警察にも、真実を打ち明けた方が良いと思いますが」

「それができるのなら、エッオ、貴方に話したりしません」

「では、僕が、貴女を守れ、とおっしゃっているのですね？」

「それは……。そう、もちろん、そうしてもらえると、助かります。でも、もう、私はどうなっても良いの。ただ、誰かには、本当のことを話しておかなければならないと思いました」

「あの、今お聞きした内容は、ウィリアムに話してはいけませんか？」

「どうして？　彼も知っていることですよ」

「では、相談をしても良いですね？　貴女から話を聞いた、と彼に伝えても良いですか？」

「もちろん、かまいません。彼からも事情を聞いて、私の言っていることが本当かどうか、確かめて下さい」

「わかりました」

10

雨が降りだしていた。サリィと一緒に三階へ上がったとき、その音に気づいた。階段の踊り場の窓から、稲妻が輝くのが見えた。音はずいぶん近い。雨も激しさを増しつつあった。外で作業に当たっている関係者は、一旦引き上げているのにちがいない。

彼女をオフィスのドアまで送った。

「ありがとう。話ができて、ほっとしました」サリィは、微笑んだ。意志の強さが表れた表情に見えた。

「今から、ウィリアムに会ってきます」

「ええ……」そう頷いてから、彼女はドアを閉めた。

三階の通路を反対側へ向かって歩いた。中央の階段ホールで、周囲が壊れた蛍光灯のように青白く瞬《またた》き、遅れて轟音《ごうおん》が響く。そこを通り過ぎ、突き当たりのドアまで来て、僕は深呼吸をしてからノックした。こんな時刻に、ウィリアム・ベックはオフィスにいるだろうか。

返事はなかったが、しばらく待っていると、鍵が開く小さな音がしたのち、ドアが少し開いた。

「エッツオか」静かな低い声だった。

「こんなに遅く、すみません。少しだけでけっこうです。おききしたいことがあります」

ドアがさらに開いた。オフィスは薄暗かったが、デスクのライトは灯っていた。

「仕事をしていた。こういう夜には、それが一番落ち着く」彼は言った。こういう夜というのは、つまり、人殺しがあった日の夜、という意味か。

ウィリアムが、壁のスイッチで部屋の照度を上げたので、世界が明るくなった。彼は、ソファの方へ歩いた。

「なにか、飲むかね？」

「いえ、おかまいなく」

しかし、彼はキャビネットの前に立って、ボトルと小さなグラスを取り出した。ブランディのようだった。もちろん、氷もなく、水もない。それを注ぎ入れ、すぐに一口飲み、グラスだけ片手に持ちながら、戻ってきた。

「痛ましい」彼は言った。「可哀相だ」

「シャーロットがですか？」

「彼女は、もういない。生きている者は、残念に思い、悲しむが、彼女は、もうなにも感じない。可哀相なのは、アンディだよ」

「そうですね」僕は頷いた。

「で、何の話かな？　私のアリバイかね？　残念ながら、一人でここにいた。銃声も聞いていない。警察にはそう話した」

「事件のことではありません。もっと、昔のことです」

「そうか……。やっぱり、その話か」

「たった今、サリィから聞きました。貴方とスージィのことです」

「サリィは、何故、君にそんな話をしたのかな？」

「わかりませんが、自分だけの秘密にしておくと、殺される危険がある、というような意味のことを……」

「殺される？　まさか」

「どうして、そう考えるのか、僕もわかりません」

「私も理解できない。ただ……、なにか、ゴーストというのか、妄想に取り憑《と》《つ》かれているのだろう。そうとしか考えられない。こんな悲劇が身近で連続して起これば、無理もないことのようにも思える。早くアメリカに戻って、ゆっくり休むか、カウンセリングを受けさせよう」

「それで、僕が知りたいのは、そのスージィとの関係が、事実であるかどうかです。教えて下さい」

「君は、それを、本に書くのか？」

「わかりません。それは、真実の重みによると思います。中途半端なこと、あるいは憶測は書けません。また、たとえ重要な真実であっても、誰かを陥《おとし》れるようなことも書けません。だいいち、書いたものを発表するときには、貴方の承諾が必要です」

「君は、私の周りに群がっているマスコミの人間とは違うようだ」ウィリアムは口を斜めにした。それから、グラスに残っていた液体を喉に流し込み、ふっと息を吐いた。

「いいだろう。サリィが吐き出さずにはいられなかったのも、わからないでもない。それは、黒点のようなものだった」

「黒点？　太陽の？」

「そうだ。光り輝くベック家の歴史の中に埋没した、唯一の汚点かもしれない。それは、輝きが激しいほど見えなくなる。それでも、そこに存在することには変わりない。障害を受けるものも出る。墓場まで黙って持っていくことは、やはり無理だろう、と感じていたところだよ。良い機会だから、打ち明けよう」

「お願いします」

「私がスージィを愛したことは事実だ。そういう一時期があった。何故、一時期で終わってしまったのか、といえば、彼女が事故で死んだからだ。それは、短い間だった。たぶん、神がゴングを鳴らしたのだろうね。私にしてみれば、あまりにも、その、サリィが完璧な女性すぎた。彼女は良家の娘で、プライドがあって、素晴らしい母親であり、そして完璧な妻だった。それに比べると、私は、粋がって反抗するモラルのない若造で、仕事もプライベートも区別がつかない、とにかく世間知らずで、ただ、金儲けだけができる子供だった。たぶん、私は、妻を求めていたんじゃない。私に必要だったのは、ハウスキーパだった。私の世話をしてくれる、甘えられる女性だった。そういうことだ、と今になって分析できる」

「そのことを、サリィはすぐに気づいたのですか?」

「うん、たぶんね。というよりも、私は、悪いことをしているつもりがなかったんだ。最初は、ちょっとした悪戯《いたずら》をしている感覚だった。もともと、どんなものでも、あけっぴろげだった。だから、スージィのことも隠そうともしなかった。その方が、かえって誠実な態度だとさえ考えていたんだ。しかし、結果的には、サリィに大きな苦痛を与えただろうね。そのときの私には、そんな想像もできなかった。どちらも、私を愛してくれるだろう、と子供みたいに期待していたし、当然そうなるはずだと信じていた」

「喧嘩にはならなかったのですか？　たとえば、サリィはスージィを追い出そうとはしなかった？」

「しなかった。そんなことは、サリィのプライドが許さなかった。私に対しては、遠回しの皮肉を上品な言葉で告げるだけだった。そんなふうだから、私も、これは許される関係なのだろう、と感じた。一方のスージィにしても、小遣いがもらえるし、けっして悪い状態ではない、と考えていたと思う。金持ちならば、それくらいの気まぐれは日常だ、と認識してくれていただろう」

「なにも問題がないように見受けられますが……。一時期というのは、具体的にどれくらいの長さだったのですか？」

「そうだね……。半年くらいだ。夏からクリスマスの三日まえまで」

「クリスマスの三日まえに、スージィが死んだのですか？」

「そうだ」ウィリアムは頷き、顔を歪めた。「あれは、突然だった……。彼女のために買ったプレゼントは、箱に入ったままだ。彼女は、死んでしまった」

「シャーロットのように？」

「え？」彼は顔を上げ、驚いた顔で僕を見た。

「スージィは普通の事故で亡くなったのではない、とサリィは僕に言いました」

「そうか……」ウィリアムは、額に指を当てる。下を向いたまま、動かなかったが、やがて上目遣いに僕を見据えた。「それで?」

「いえ、それだけです。普通の事故でないとは、どういうことか、と僕はききましたが、ディテールまでは教えてもらえませんでした」

「いや、そこの認識は、私とは違っている。客観的に判断すれば、あれは事故だった。誰が観てもそうなるだろう。ただ……」

「何ですか?」

「あまりにも突発的で、その……、状況というか、原因というか、とにかく、特殊だったから、事故と片づけることが、サリィにはできなかったのだろう。彼女は自分に責任があると、考えているのかもしれない」

サリィが自分を責めていると?

それは違うように、僕には思えた。しかし、黙っているしかない。ウィリアムの口から出る言葉を待った。

「なるほど、それが言えなくて、彼女は苦しんでいたんだ」ウィリアムは、呟くように続ける。「今日のことがあって、過去のあの事故とイメージが重なった、ということのようだね。今は、おそらく、気が動転している。きっと、そういうことだろう。彼女の妄想なんだ。落ち着けば、きちんと説明ができると思う」

「そうでしょうか?」

「そうだと思う」

「さっきは、貴方も、動転していたのですか?」

「さっき?」

「僕に、出ていけと言いました」

「そう……、そうだ。私も、そうだった。感情的になってしまった。エツオ、悪かった。謝るよ。今は、もう大丈夫だ」

「では、スージィがどんなふうに亡くなったのか、話してもらえませんか?」

「銃が暴発したんだ。スージィは、私たちの寝室の掃除をしていた。銃が、サイドテーブルの引出しに仕舞ってあった。それが、その朝、たまたま、私たちは早朝に出かけなければならなかった。だから、寝室で急ぎの食事をしたんだ。そこへ、食事を運んでくれたのもスージィだった」

「私たち、というのは、貴方とサリィのことですね?」

「そう、もちろんだ。それで、私たち二人は、飛行機に乗るために、タクシーを呼んで、出かけてしまった。私は、パスポートをサイドテーブルの引出しに入れていたから、それが、つまり、その銃が入った同じ引出しで、そこが、少しだけ開いたままになっていたようなんだ」

「なるほど……」僕は頷いた。まさにディテールに迫っている、と感じた。

「それは、あとになって推測したことであって、はっきりとしたことはわからない。でも、そのサイドテーブルの上に、コーヒーカップがあった。私は、時間がなくて、それをほとんど飲まなかった。サリィもそうだった。事故のあとの状況では、そのコーヒーが零れていた。カップの一つは、床に落ちていた。コーヒーはテーブルの上と、床と、それから、その引出しの中に零れていた。おそらく、掃除をするために、寝室に入ったスージィが、サイドテーブルの上のコーヒーカップを過って倒してしまった。たぶん、掃除機のホースにでも引っ掛けたのだろう。それで、コーヒーがテーブルの上から流れ落ちた。少し開いていた引出しの中にそれが入ったんだ。だから、彼女は慌てて引出しを開けて、中のものが濡れないようにした。手紙もあったし、細々《こまごま》としたものが入っていた。その一つが、不幸にも、銃だった。わかるね？」

「慌てて、銃を取り出して、それを拭っているうちに、暴発した、ということですか？」

「そう推定される。状況は、そうだった。警察も、それで納得した」

「誰が、スージィを発見したんですか？」

「ロジャだ」彼は答えた。

「ドクタが、留守なのに来たのですか？」

「毎週、水曜日だったかな、その日にやってくる。出かけることを連絡し忘れていたらしい。ロジャは、私の家の玄関まで来た。彼は、私たちが出かけていることを知らなかった。私たちの主治医だし、それに、ビジネスの相談相手でもあった。留守のときに、手紙の処理などをしてもらったこともある。家の合鍵を渡してあった。それは、スージィもだ」

「その二人は、特別だったんですね？」

「今では考えられないことだが、その頃は、特別でもなかったように思う。もちろん、彼らを信頼していた」

「玄関の鍵はかかっていなかったのですか？」

「いや、かかっていた。その日、ロジャは、家の中に入る用事はなかった。呼び鈴を鳴らしても反応がないし、ドアも開かないから、帰ろうとしたらしい。でも、そこで銃声を聞いた。玄関の前でだ。だから、鍵を開けて家に入って、寝室で倒れているスージィを見つけた。そのときには、スージィはまだ生きていた。意識もあったそうだ。彼が応急手当てをして、病院へ運ばれた。でも、数時間後に亡くなった。これで、全部だ」

「弾は、どこに当たったのですか？」

「喉から、頭へ、貫通していた」彼は指で、自分の顎の下を示して答えた。

「サリィは、私たちはロジャに救われた、と言いました」僕は、その理由を知りたかったので、彼女の言葉を持ち出した。

「それは……、ロジャがいなかったら、スージィは、そのままだったし、時間が経過することになるから、確実に、私たちのどちらかが容疑者にされていたはずだ、ということ。特に、サリィには、動機があった」

「なるほど」

「私たちが家に戻れたのは、翌日だった。サリィはショックを受けていた。その銃は、彼女が買ってきたものだったからだ。私は、そういったものに、あまり関心はなかったのだが、サリィは、安全のためには、必要なものだと言っていた。いつでも撃てるようにして、ベッドのそばに置いておけ、と私に提案したんだ。だから、責任を感じたのだと思う。出かけるときに、もっと、考えて、弾を抜くとか、別の場所に移すとか、しておくべきだった。そういう意味では、私にも責任がある。たとえば、引出しが開いていなければ、起こらなかったかもしれない。いや、わからない……。引出しは閉まっていたかもしれないんだ。それは、推測の域を出ない。閉まっていても、中にコーヒーが入った可能性だってある」

「銃には、コーヒーがついていたのですか？」

「そうだ。警察が確認した。雑巾で拭いた跡も残っていた。彼女の指紋もあった。だから、そういったことから推定したストーリィだということだ。誰も見ていなかったのだから」

「ロジャは、疑われなかったのですか？」

「ああ、目撃者がいたんだ。帰ろうとして玄関から一度離れたところで、家のすぐ前で、近所の人と立ち話をしていた。そのとき、家の中から銃声が聞こえたんだよ」

「ああ、なるほど」

「これで、本当に全部だ」ウィリアムは言った。「いや、全部というのは、つまり現象としてはという意味だね。実際には、そうではない。つまり、私とスージィの関係があった。当然、私は、大きなショックを受けた。そのときはわからなかったが、サリィもショックを受けただろう。サリィは、スージィを辞めさせたい、私から引き離したいと考えていたはずだ。それが、そのとおりになってしまった。きっと、だからこそ、自分を責めることになったのだと思う。それは、ずっとあとから気づいたことだ。そのときの私は、ただただ、悲しかった。しばらくは、サリィとも口がきけなかった。コンピュータのモニタに向かうことしかできなかったよ。そこにしか、私の居場所はなくなってしまった。リアルの世界が闇に閉ざされたみたいな感じだった。人生で、あのときほど孤独を感じたことはない」

「孤独ですか？」

「そうだ。愛する人を失ったときに、それを感じるということがわかった。私は、スージィを愛していたんだ。彼女が死んで、それがよくわかった。単なる欲求、単なる遊び、単なる捌《は》け口《ぐち》、そんなふうに処理していたのに、それが消えてしまうと、自分の大部分がそれで支えられていたことに気づいた。私は、自分だけでは立っていられなくなったんだ」

「サリィを愛していなかった、ということですか？」

「わからない。正直に言えば、彼女は、やはり選ばれた人であり、立派な妻であることは疑いようもない。ただ、私たちは、打ち解けてはいなかったと思う。私は、彼女にいつも気を遣っていた。いや、そうじゃない、逃げていたといった方が正しいだろう」

第 4 章　発想・消滅・さらに不意

結局、爪《つめ》切りを鍵穴に差し込んだまま、わたしはからっぽの両手で、部屋のまんなかに立ちつくした。そしてじっと動かず、自分の考えがはっきりしてくるにつれて、胸のうちに広がっていく静けさと落ち着きの種類に気持ちを向けていた。それははじめての、残忍さとの出会いだった。自分のなかに残忍さがきざし、強まっていくのを、固まっていく考えとともに感じていた。

1

翌日の午前中に、僕は優衣を駅まで送っていった。彼女は忙しい人なのだ。

「この仕事が一段落したら、私、辞めるかもしれない」既に停まっている車の助手席で、彼女はそう零した。

「辞めるっていうのは、退社するって意味？」

「うん、そう」

「ほかの仕事をするの？」

「それは、まだ考えていない。ずっとしないで生活できたら良いけれど」

「僕が稼いで、君に貢げば良いわけだね」

「そうよぅ。そうなってよ」彼女はわざとゆっくりと発音した。

「へえ、それが本気なら、やる気が出るけれど」

「本気じゃないよ」今度は早口になった。「今のは冗談です」

「そうなのか……」

彼女はドアを開けて、出ていった。こちらを振り返ることなく、エスカレータで上がっていく。僕は、見えなくなるまでそれを見送った。

たぶん、出版社は忙しすぎるということなんだろう。最近は、劇団の方をセーブしているようだったけれど、本当はそちらにもっと時間を使いたい、と彼女は考えているはずだ。それはわかる。僕も、女優としての彼女の才能を認めている。どうして、ブレイクしないのか、と不思議に思っている。でも、ブレイクしてしまったら、きっともう僕なんか会ってもらえなくなるだろうな、という心配もあって、複雑な立場だ。

優衣と同棲していた時期は、僕の人生で一番苦しいときだった。それなのに、今はそれが一番輝いて見えてしまう。もう一度、あのときに戻れないか、と夢を見ているのだ。考えてみたら、とんでもない不可能性を追い求めている異常者ではないか。これは、困った問題だ。

幸い、その究極の夢を神棚に据えて拝みつつ、まあそこそこの無難さで毎日をやり過ごすことができる程度の器用さが、この歳になって身についた。この頃の僕の生活というのは、そんな感じだ。社会にも時間にも、ただ流されている存在とでも呼ぶのか。

ニュースでは、昨日の殺人が大きく報道された。朝刊にも一面に載ったようだ。今朝も近くをヘリコプタが飛んでいたが、おそらくマスコミがウィリアム・ベックの屋敷を撮影しているのだろう。僕が車を出したときにも、ゲートの外に、カメラが既に何台も並んでいた。夜の間に降った雨はすっかり上がって、気持ちの良い朝だったけれど、車の幌を出した方が良い、と駐車場で佐伯が教えてくれた。マスコミのカメラを避けるためだ。午後にはさらに取材陣が増えるのではないだろうか。

赤座都鹿からメールでランチの誘いがあったが、これは断るしかなかった。ランチは、ウィリアム・ベックと約束していたからだ。彼は、屋敷から外に出て、どこかのレストランで、と提案をしてきたが、たぶん、やめておいた方が無難だろう。マスコミがつき纏《まと》うにちがいない。

屋敷に戻ったのが十一時半頃で、少し時間があったので、僕はアンディの部屋を訪ねた。しかし、彼は部屋にいなかった。まだ病院なのだろうか。おそらく、シャーロットは病院から警察へ移っているはずで、もう彼は恋人の近くにはいられないはずだ。というよりも、それはもう彼の恋人ではなく、事件の証拠品の一つになったのだ。アンディが屋敷に戻ってきたところは見ていない。もしかして、東京の自分のマンションに帰ったのか。

庭に出て、ヘリポートへ歩いた。今は、庭園の見える範囲には、警官の姿は見当たらなかった。上空に飛ぶヘリコプタも見えなかった。もちろん、柴村のヘリコプタは格納庫だ。彼は、ガレージの近くで、バギィのような乗り物の整備をしていた。

「これは？」僕はいきなり尋ねた。「何ですか？　耕運機？」

「芝刈り機です」彼は答えた。「午後に、これで仕事をします」

「今朝、ヘリが飛んでいましたね」僕は空を見て言った。

「この辺りは、自衛隊のヘリが通るコースなんですが、今日のは、違いましたね。消防でもない。どこから来たのかわかりませんが……」

「あんな本物を飛ばさなくても、このまえのラジコンヘリで充分なのでは？」

「そうです。たぶん、もうすぐそうなるでしょう。静かだし、安全だし」

「ベックさんは、出かけるときは、いつもヘリなんですか？」

「たいていは、そうですね。電車にはあまり乗られません。実は今日も、東京へ行く予定があったのですが、事件のせいでキャンセルになりました。だから、芝刈りでもしようかと思ったんです」

「ベックさんが東京で仕事をしている間は、柴村さんは、ずっと東京に？　それとも、一旦こちらへ戻ることがあるのですか？」

「私も、東京のホテルに泊まります。私だけが戻ることはありませんね。また、迎えにいかなければなりませんからね。ただ、彼がアメリカへ帰るときは別ですが」

「あの、昨日の事件ですが、こちらにいたんですか？」

「ええ、私は、向こうの池の方で草刈りをしていました。家内は、どこかで庭仕事をしていたようです。刑事さんにもきかれましたが、私も家内も、銃声は聞いていません。私は、無理ですよ。草刈り機のエンジン音が煩《うるさ》いですからね」

「不審な人間を見かけませんでしたか？」

「いいえ、全然」柴村は首をふった。

「どう思います？」漠然とした質問をぶつけてみた。

「どうって……、べつに、どうも思いませんが……」彼は、溜息をついた。こんな無駄話をしている暇はない、というように見えた。

「すいません、お忙しいところ」僕は頭を下げ、彼から離れることにした。

「あ、頸城さん」と呼び止められた。立ち止まって、僕は振り返った。「銃は、見つかったんですか？」

「いいえ、僕は知りません。でも、発見したら、発見したと公表すると思います。だから、まだ見つかっていないのでしょうね」

「そうですか。それは、少し心配ですね。屋敷の中を探した方がいいんじゃないかな」

「ええ、たぶん、今日のうちにも、そうなると思います。このままは、現場が屋外だったから、屋敷の捜索には踏み切れなかったのでしょう」

「そういうものなんですか」

彼と別れて、少し歩いたところで、エンジンが吹き上がる音がした。柴村の方を振り返ると、芝刈り機の煙突のようなパイプから、白い排気ガスが出ていた。

道を下っていき、橋を渡る。ちょうど、小屋から柴村の妻、寛美が出てきて、すぐ隣にある作業小屋の方へ歩く。僕もそちらへ行く。近づくほど、炭か石炭が燃えているような匂いがだんだん強くなる。煙も立ち上っている。屋根のあるスペースに窯《かま》があって、その前に彼女が立っていた。スコップを持っている。大きな手袋をして、炉の前のレンガを退け、その中に黒い木炭をスコップで入れる。その作業をしばらく見ていた。外のエンジン音は遠ざかり、柴村は芝刈り機に乗って、池の方角へ出ていったようだった。

寛美が、再びレンガで炉に蓋《ふた》をするまで待っていた。彼女は、手袋を脱ぎ、首のタオルで顔の汗を拭った。窯の近くは相当暑いようだ。僕のいるところでは、まったくそれは感じない。煙突は屋根を突き抜けているから、煙の変化を見ることもできなかった。

「何を焼いているのですか？」僕は尋ねた。

寛美はびっくりして、こちらを見た。僕がいることに気づいていなかったようだ。

「え？　何ですか？」彼女はきき返した。

「何を焼いているのですか？」僕は数歩近づいて、同じ質問をした。

「ええ、これは、タイルです。庭の舗装の飾りに使うために」

「凄いですね」

「私の趣味です。仕事でやっているというよりも」

もっと、彼女と話をしたかったが、時計を見ると十二時が迫っていたので、そこを離れた。少し遠ざかったところで、その作業場の屋根と煙突を見た。煙は思ったほど多くはなく、うっすらとしか出ていなかった。煙が出ない良質の木炭だろうか。

屋敷に戻ると、ウッドデッキのテーブルの一つに新しいクロスが掛けられ、松田が準備をしていた。そのテーブルが、僕とウィリアム・ベックのランチのテーブルだ、と彼が教えてくれた。時計を見る。あと五分ほどあった。

僕は椅子を引いて、そこに腰掛けた。松田が飲みものを尋ねたので、冷たいお茶を頼んだ。食堂の中に、北澤父娘の姿が見えた。彼らは中のテーブルで食べるようだ。僕の顔を見て、真里亞が立ち上がり、外に出てきた。

「ねえ、またドライブに行きませんか？　なんか、息が詰まりそう」

「うん、そうだね、また、時間があれば」

「嬉しい。やったぁ」両手を握り締め、彼女は躰を弾ませた。そして、そのままの笑顔で室内へ戻っていった。

とても、昨日殺人事件があった同じ屋敷だとは思えない。しかし、そんなものかもしれないな、とも僕は感じた。あの世代の若者に共通する感覚かもしれない。なにもかもが自分とは無関係だ、という基本的な価値観があるのだ。僕も、若いときにはそうだった。それは、たぶん、テレビやネット、つまりバーチャルな文化のせいだろう。

でも、一度でも、そうではない経験をすれば、現実というものの残酷さに気づくことになる。ほとんどのものは、たしかに自分には関係がない。ただし、ほんのときどき、無関係だと思えたものが、隕石《いんせき》みたいに自分の頭の上に落ちてくる。現実という魔物が襲いかかるのだ。そのときには、もう逃げることはできない。運良く死ななくても、周囲で多くのものが失われる。簡単に消えていくのだ。

そんな体験をすれば、きっとなにもかもが、自分との関係ではなく、もっと絶対的な座標を持っていることに気づかされる。そして、僕みたいに、自分の人生が、手がつけられないほど虚しくなって、少しずつ現実というものから遠ざかってしまうだろう。

2

松田が持ってきてくれたアイスティーを飲んだ。デッキには僕一人だった。日差しは当たらない。遠くで芝刈り機の低いエンジン音が鳴っている。警官の姿は見える範囲にはない。

ウィリアム・ベックが、ガラス戸を開けて出てきた。いちおう、椅子から立ち上がって一礼した。彼も日本人のように頭を下げた。

「最初に、言っておかなければならないことがある」椅子に座ると彼はすぐに話し始めた。「サリィとも相談したのだが、昨夜君が聞いたことは、やはり、書かないでもらいたい。あの昔の事故のことだ。そして、私たちも、もうそのことは忘れるつもりだ。シャーロットの事件とは、どう考えても無関係だし、また、私たちの人生においても、非常に例外的なものだからだ。それに関することは、君も、これ以上話題にしないでほしい。それが、私たちからのお願いだ」

「無関係でしょうか？」

「どのような場合でも、無関係を証明することはできない」彼は短く答えた。それは、あらかじめ用意された返答のように聞こえた。「希望的な推測だよ」

松田が、ウィリアムの飲みものを運んできた。ホットコーヒーのようだった。

テーブルには、既に生ハムと野菜のサラダがあった。ウィリアムはそれを自分の皿に取り分けたあと、そのフォークとスプーンを僕に手渡そうとした。

「あまり食欲がないので」僕は、それを断った。

「彼女は？　えっと、ユーイは？」

「さきほど、東京へ帰りました」

「チャーミングな女性だね」彼は一瞬微笑んだ。

「僕もそう思います」

「ところで、警察は、これから家中を捜索すると言っている。私は、もちろん全面的に協力をするつもりだ」

「銃を見つけたいのですね」

「家の中で見つかるとは思えないが……」

「同じ銃らしいです。それで二人も撃たれたのです。特に、昨日は、屋敷の中だった。玄関にも庭にも警官が沢山いました。屋敷から銃を持ち出すチャンスはなかったと思います」

「そうだろうか。いろいろな人間が出入りをしているし、また、この敷地の周囲だって、その気になれば、どこからでも出入りができるだろう。空港のようにすべてをチェックしていたわけではない。賢い人間ならば、凶器は、とっくに持ち出しているはずだ」

「二人で目的が達成されたのなら、そうでしょうね」

「まだ、誰かが撃たれるとでも考えているのかね？」

「そんなことは考えていません」僕は否定した。「銃はどうにでもなるでしょう。どこにでも隠せると思います。それに発見したとしても、誰が使ったものかはわからない可能性もある。それよりも、ずっと重要なことがあると思います。人間は、銃よりは大きいし、生きた人間を一人隠しておくことは難しい、という点です」

「何を言っているんだ？　どういう意味だね？」

「銃が出てきても、出てこなくても、それを使った人間は、この敷地の中に今もいるのではないか、ということです」

「そうだとしたら、恐ろしいことだ。日本の警察は、それを疑っているのか？」

「警察が何を考えているのか、僕にはわかりません。僕がそう考えている、というだけです」

「君は、誰が犯人なのかを知っているようだね」

「いいえ、もちろん、わかりません」僕は首をふった。「僕が知っているのは、犯人は僕ではない、ということだけです」

「私も、私ではないことは知っている」

「貴方には、不可能です。ここにいなかった。アリバイがあります」

「ロジャのときは、そうだった」

「アンディもいなかった」

「そうだ。しかし、この家には、まだほかに四十人はいるだろう。全員のアリバイを調べたのかね？」

「いいえ、僕は調べていません。でも、警察は調べたはずです」

「そうか。そのうえでの家宅捜索というわけか」

「当然そうだと思います」

「従業員は、大半が日本人だ。その中に、マフィアでも紛れ込んでいると？」

「その可能性もないわけではない、と思います」

「それは、誰かに依頼されたヒットマンだということになるのかな？」

「たぶん、そうでしょう」

「まずいな、そうなると、私が疑われそうだ」

「どうしてですか？」

「アリバイがあるからさ」

「ああ……、なるほど」

「殺し屋に依頼した者は、自分自身のアリバイを作る。それが鉄則だろう？」

「さらに言えば、そういう人間を雇うには、相当な金が必要でしょうね」

「そうか、それも、やはり、私には不利な条件だ」

「けれど、もし貴方が犯人ならば、ロジャはアメリカにいるうちに撃たれたでしょう。貴方の屋敷ではなく、ロジャがゴルフをしているときとか、公園を散歩しているときとか、自宅から出て車に乗ったときとかです」

「当然、そうだろう。しかし、シャーロットは日本にいる」

「それでも、シャーロットが東京にいるときに、実行するはずです。貴方の屋敷に遊びにきているときを選ぶとは思えません」

「そのまえに、私が、何故二人を殺さなければならないのか、聞かせてもらいたいものだ。純粋な興味がある」

「いえ、今は、そういう話をしているのではなく、単なる可能性の議論です。申し訳ありません。お気を悪くされましたか？」

「いや、まったくそんなことはない。君の話は非常に面白い。今みたいな会話を本にしたら、売れるんじゃないかね？　録音している？」

「はい、しています。大丈夫です」

松田が、料理を運んできた。パスタだった。その皿を置いて、彼が立ち去るまで、二人は黙っていた。

「そうか、わかったぞ」ウィリアムが身を乗り出した。「こんな物語はどうだろう。ロジャは、私に依頼されて、スージィを撃ったんだ。だから、私は、彼に金を支払っていた。しかし、要求がしだいにエスカレートして、私は彼を生かしておけなくなった。だから、日本に呼び出した機会に、彼を抹殺することになった」

「シャーロットは？」

「彼女は、スージィの娘だ。ロジャから、話を聞いていた。ロジャは、自分が殺されるかもしれないことを察知して、安全のために切り札を持つことを思いついた。だから、その情報を彼女に漏らした」

「だから、シャーロットも撃たなければならなくなったと？」

「うん。駄目かね？」

「ロジャは、スージィを撃てなかった。目撃者がいたのでは？」

「それはそうだ。うーん、つまり、その目撃者は、ロジャの共犯だった」

「それくらいは、当時の警察も疑ったでしょうね。知合いだったら、アリバイ証言はそれだけ弱くなりますし」

「なるほど……。そうか……」ウィリアムは両方の手の平を上に向ける。

彼は、パスタを食べ始めた。僕も少し食べた。でも、半分も食べられそうになかった。

「いずれにしても、その物語は、立証が難しそうですね」僕はコメントした。

「当然、そうだろうね」

「今の話で、ロジャのアリバイを証明した近所の人というのは、知合いではなかったのですか？」

「よく覚えていない。サリィの顔見知りだったのかな。少なくとも、私は知らない」

「目撃者は一人だったのですか？」

「いや、二人だったと思う。道路で三人で立ち話をしていたらしい」食べながら答えていたウィリアムは顔を上げた。「ちょっと待ってくれ、エツオ。最初に言ったはずだ。その話はもうやめよう」

「そうでした。申し訳ありません」

「いや、君が言いだしたのではない。私からだった」ウィリアムは、苦笑した。「現在、我々が直面している事件について考察するのは、大いに賛成だ。みんなで意見を出し合ううちに、なにか可能性について発想があるかもしれない」

「シャーロットが撃たれた遊戯室は、入口のドアに鍵がかかっていました。あれは、どう考えたら良いでしょうか？」僕は尋ねた。

「何故鍵をかけたか、という問いならば、簡単には発見されないため、という答が妥当だろうね」

「その鍵は、どうしたのですか？」

「わからないが、合鍵をあらかじめ作った、ということだろうか」

「鍵の管理は、どうなっているのでしょうか？」

「私にはわからない」ウィリアムがそう答えたとき、松田が皿を二つ持ってこちらへ出てきた。

松田は、英語でその料理の説明をした。それが終わったとき、ウィリアムが遊戯室の鍵について彼に尋ねた。

「私が持っているのは、マスタ・キィです。マスタ・キィは、このほかにもあります。玄関ホールのカウンタの引出しの中に仕舞ってあって、その引出しには、常に鍵がかかっています」

「その引出しを開ける鍵は？」僕が尋ねた。

「私が持っております」

「ほかには？」

「旦那様がお持ちです」松田は、綺麗な発音の英語で答えた。僕は、駄洒落を言ったのかと思い、思わず笑ってしまったが、松田にはその意図はなかったようだ。

「そう、私が持っている」ウィリアムが言った。「というよりも、たしか、私のデスクの引出しの中にあるはずだ。そういう鍵が幾つかある。使ったこともない」

松田は、僕たちの顔を見て、もう質問がないようだと察したのか、一礼して立ち去った。

「貴方の部屋には、誰が入ることができますか？」僕はウィリアムに尋ねた。

「何人かは、入るだろうね。掃除やベッドメイクをする者がいる。だいいち、私はずっとここにいるわけではない」

「デスクの引出しは、鍵をかけていましたか？」

「いや……。それほど大事なものは入っていない。大事なものは、金庫に入れている」

「金庫は、どこに？」

「それは言えない。しかし、オフィスにある」

「警察は、そこを調べるでしょうか？」

「当然、オフィスを調べるだろうね」

「いえ、その金庫のことです」

「さあ……、それは私にはわからない。彼らが見つけるかどうかだ。彼らがここを見せてくれ、と言うのなら、私は協力するつもりだ」

「金庫は、どれくらいの大きさですか？」

「どうして、そんなことに拘っているんだね？　書類が入る程度のものだ。大きくはない。このくらいかな」ウィリアムは両手で、五十センチくらいの間隔を示した。

僕は、もちろん、拳銃が隠せるかどうかを考えていた。しかし、現実的ではない。そんな場所に拳銃を大事に仕舞っておく人間はいないだろう。少なくとも、賢い人間のすることではない。万が一発見されたときに、入れた者が特定されてしまう。

そのあとの話は、事件にはまったく無関係な方面へ飛んだ。日本の文化のこと、そして、日本の自然についてだった。彼は、それが気に入っているようだ。

「この別荘を手放すようなことは？」僕は尋ねた。

「どうして、そんな必要がある？」彼はきき返した。その返答で充分だったので、僕はそこで黙って頷いた。

3

警察は午後から屋敷の中の捜索を開始した。トータルでどれくらい人数がいたのかわからないが、百人以上が捜索に当たったのではないか。テニスコートの近くにある従業員の宿舎も、当然ながら捜索の対象になったはずで、さらに多くの人員が投入されたことはまちがいない。僕の部屋にも十人くらいがやってきた。金属探知機も使われていた。僕は、頼まれてトランクを開けて見せただけだ。

途中で抜け出して、一階の遊戯室の様子を見にいった。そこは、今は立入り禁止になっていて、ドアが閉まっていた。通路に三人の警官が立っている。話しかけないでほしい、という仁王《におう》像みたいな顔だった。諦めて、食堂へ行こうとすると、階段をアンディが下りてくるところで、片手を上げて軽く挨拶を交わした。彼は、いちおう反応はしたものの、マリオネットみたいにどことなく動きがぎこちなく、元気がないのは明らかだった。

「君の部屋の捜索は？」

「今やっています」

「立ち会わなくて良いの？」

「どこでも全部見て下さいと言って出てきました。鍵がかかっているところもないですし」

二人で食堂へ入る。アンディは、ウッドデッキへ出ていくようだったので、僕はあとをついていった。

「どこへ？」僕は尋ねる。

「いえ、べつに……」

「一緒に行っても良いかな？」

「あ、ええ、かまいません」

ステップを下りて、庭の小径を歩いた。東屋ではなく、テニスコートの方向だが、途中の分かれ道で池へ向かう右手へ入った。彼は、無言だった。なにかを見ているという様子もない。おそらく、なにも目に入らないのではないか。

芝刈り機が遠くに見えた。ゆっくりと動いている。柴村が運転しているのだろう。池が近づいてくると、点々と沢山の水鳥が浮かんでいるのがわかった。最初は歩調が速かったが、道が上り坂になったこともあって、しだいにゆっくりになる。少し高くなって、周囲が見渡せる位置で立ち止まった。

「どうですか？」意外にも、アンディからきいてきた。日本語だった。

「何が？」僕はきき返す。

「頸城さんの仕事です。インタビューの」

「事件が続けてあったから、僕自身、混乱している」

「混乱？　そうですか」

抑揚のない口調だった。彼の口からこんな話題が出るとは思わなかった。おそらく、必死にコントロールしているのだろう。若いのに立派じゃないか、と思った。

しかし、若いときの僕も、そうだったかもしれない。もの凄く辛くて、泣きたいほど苦しくても、表向きは取り繕《とつくろ》っていた。虚勢を張るのは、若い証だ。それに、今はまだ、本当の衝撃が彼に訪れていないのかもしれない。ショッキングな事実を前にしても、人間はそれなりに機能する。防衛反応によるものだ。むしろ、何日も経ってから、自分が受けたダメージの大きさに気づく。

「外国人が犯罪を犯した場合には、その国の法律で罰せられるのですか？」アンディはきいた。

「そうだと思う。その国の裁判を受け、その国の刑を受ける」

「訪れている国の刑務所に入るのですか？」

「僕は、そう認識している。ただ、いろいろ、その、場合によるんじゃないかな。外国人といっても、単なる観光客か、密入国者か、あるいは、もう何年もそこに住んでいるのか、そういう条件によって、それぞれ判断があるだろうし、本国へ送還されたりするともあるんじゃないかな。刑に服して、更生するにも、自国の方が良いにきまっているからね」

「そうですか」

「どうして、そんなことを？」

「なんとなくです。だって、ロジャもシャーロットも、日本人が殺したとは思えませんから」

「どうして？」

「二人ともアメリカ人だし、あと、銃を使っているとか、それから、うーん……」

「特に、ロジャは、日本に来たばかりだったからね。でも、シャーロットは、こちらで生活をしていたんだ。君が一番よく知っているはずだ。なにか、彼女のことで、心当たりは？」

「まったくありませんよ、そんなもの。なにか、とばっちりを受けたとしか思えません」

「なるほど、とばっちりか……、よくそんな言葉を知っているね」

「間違っていますか？」

「いや、適切だよ。たとえば、最初の殺人を目撃してしまったとか、そういう意味だね？」

「うーん、それはどうでしょう。もし、目撃していたなら、彼女は警察にそれを言うと思います」

「ロジャが撃たれた日。だいたい、同じ時刻だけれど、僕は、シャーロットが庭を歩いているのを見たんだ。東屋の方から屋敷に向かって歩いていた」

「そうなんですか……」

「なにか、彼女から聞いていない？」

「いいえ、なにも。もし、なにかを見たのなら、シャーロットは話したと思います」

「たとえばの話、彼女が見たのが、君とか、ウィリアムとか、サリィだったら、どうだろう？　警察に話すかな？」

「ああ……。それは……、どうでしょうね」

「わからないだろう？　正義なんて、そんな程度のものだ」僕は言った。

「じゃあ、どうして、彼女は……？」

「あまり考えない方が良いね。理由を知ったからといって、許せるわけではない。死んでしまったものはしかたがない、そう考える以外にない。そうだね、たとえば、雷とか、竜巻とか、そういう突然の災害で亡くなる人だっている」

「僕を慰めようとしているのですね？　大丈夫です、たぶん」

「うん、まあ、それもあるけれど、僕は、あまり人を慰めない人間なんだ。僕は、結局、僕自身を慰めているだけだよ」

「どういうことですか？」

「いや、なんでもない……」

池の畔まで来て、足を止めた。芝刈り機に乗っている柴村の顔が見えた。向こうもこちらに気づき、片手を上げて応えた。

「柴村さんとは、よく話をする？」僕は尋ねた。

「そうですね、いろいろ趣味が合うから、ときどき話します」

「どんな趣味が？」

「メカニックのこと、コンピュータのこと」

「ヘリコプタに興味ある？」

「操縦を習って、自分で飛んでみたいですね」

「僕は、あの芝刈り機を運転してみたい」僕は指さした。

「あれは、ライセンスは要らないから、いつでも運転できますよ」

4

捜索は夕方五時に終了になった。大勢が玄関ホールから出ていった。高橋刑事がどこにいるのかはわからなかった。しかし、拳銃が見つかったという声は聞いていない。もちろん、物品を押収するようなことはできないはずだ。せいぜい写真を撮るくらいだろう。それも、持ち主の許可が必要かもしれない。僕は、ウィリアムのオフィスの金庫が開けられたかどうかが少しだけ気になった。でも、それについて刑事に尋ねるわけにもいかない。その存在自体が秘密だと認識している。

当然ながら、従業員の宿舎や、それに柴村夫妻が住んでいる小屋も、捜索の対象になった。庭をぞろぞろと歩いている一団を、僕はウッドデッキで眺めていた。警察犬を連れているのも見た。麻薬でも見つけようというのだろうか。もしかしたら、こうやってプレッシャをかけることで、犯人を追い込み、不審な行動に出るところを押さえよう、という考えかもしれない。少しそんなふうに感じたので、時間があったけれど、ドライブに出かけることは我慢した。真里亞を誘っても良かったし、都鹿を連れていっても良かったのだが、そんなサービスをする気にもなれなかった。

夕方は、自室でパソコンのキーボードを叩いていた。少しでも、頭の中にあるものを整理して言葉にしておこう、と思ったからだ。案外、すらすらと文章になった。ひょっとして、自分にはこういう才能があったのかな、と錯覚できるほどだったが、ようするに複雑でもないし、創作でもない。また、自分のためのメモならば、表現に気を遣うこともない。すらすら書けても当然かもしれない。

夕食は、食堂へと誘われた。下りていくと、四人の席が用意されていた。まず、北澤父娘が現れ、少し遅れてウィリアム・ベックがやってきた。サリィとアンディは、自室で、ということらしい。その二人が欠席する理由を、ウィリアムは特に説明しなかった。「トラブル続きで、ホォール・ハウスにならない」と言っただけだった。家族全員という意味だろう。

僕は、テーブルの向かいに座っている北澤宗佑に、ウィリアムは、この別荘を手放す気はないと話していた、と日本語で伝えた。それを聞いて、彼は座高が五センチくらい高くなった。

「何の話かな？」とウィリアムが興味を示したので、

「キタザワに、ウィリアムはこの別荘を手放さないと話していた、と言いました」と解説をした。

「そんな心配をしていたのですか？」ウィリアムは北澤に言った。

「いえ、そんなことはないだろう、と信じておりました」北澤は取り繕った。

「まだ、ここでやりたいことが沢山ある。もっと大勢をここに呼んで、ここの素晴らしさを見てもらいたい。それには、もう少し庭園を整備する必要がある」ウィリアムは言った。「来年の夏は、もっと賑《にぎ》やかになるだろう」

「私が観察したところでは、ガーデナがシバムラだけでは不足しています」と北澤が言

うと、

「彼が一人でやっているわけではない」とウィリアムは答える。

「人数も不足していますが、やはり、明確なプランを立てて、プロジェクトを進めるリーダが必要です」北澤は語った。ビジネスになると、言葉が熱くなるようだ。「まず、一流のガーデン・デザイナ、あるいは、ランドスケープ・デザイナが必要です」

「今までも、いたのでは？」ウィリアムは言う。

「いえ、あれは、屋敷の建築の延長でしかありません。そうではなく、やはり、庭園の専門家を呼ぶべきでしょう」

「日本にいるのかね？」ウィリアムがきく。彼は、スープを飲むために、北澤を見ていない。

「日本には、いません。アメリカか、イギリスから呼ぶ必要があります」

「うん、そうか。金がかかりそうだな」ウィリアムが目を上げる。

「それは、ええ、たしかに、それ相応のものは必要です」

「私は、今のままでも、けっこう気に入っている。もともとここにあった自然が、上手く残せたと考えている」

「庭は、維持するのが大変でしょうね」僕は横から口を挟んだ。

「もちろん、そういうことまで含めて、デザインをします」北澤が微笑んだ。ビジネス・スマイルである。

そのあとも、特に面白くもない話が続いた。面白いと感じているのは、北澤だけではないかと思えた。ウィリアムは、顔に出るほどつまらなそうだったし、娘の真里亞は、まるで話を聞いていないのが一目瞭然だった。ただ、僕をじっと見ているのだ。おかげで、こちらは、正面を向くことができない。ちょっと危ない視線で、深入りしない方が良いぞ、と自分に言い聞かせた。

あっさりと食事が終わった。ウィリアムは、コーヒーも飲まずに食堂から出ていった。北澤は、ラウンジで飲みますか、と僕を誘ったが、仕事があるので、と嘘をついて断った。真里亞のがっかりした顔が、網膜に焼きつきそうだった。

一人で食堂を出て、僕は、アンディの部屋を訪ねることにした。時刻はまだ八時を少し過ぎたところだった。ところが、玄関ホールから一人で入ってきた高橋刑事に出会った。

「あ、頸城さん。部屋へ伺おうと思っていたところです」高橋が片手を上げて言った。

「なにかありましたか?」

「いえ、なにもありません。ちょっと、外へ出ませんか?」

高橋に誘われて、玄関から出た。かなり冷え込んでいるが、食事のあとだったし、アルコールも飲んでいたから、気持ちの良い夜風だと感じられた。常夜灯が幾つもロータリィを照らしていて、まったく暗くない。駐車場の方に、警官が三人いるのが見えた。車係の佐伯の姿は見当たらない。

「拳銃は、見つからなかったのですね？」僕は尋ねた。

「ええ」そう言いながら、高橋はポケットから煙草を取り出した。入口のそばの壁際に、円筒形の灰皿が設置されているのだ。屋敷の中には、一つもない。ここだけが煙草を吸える場所らしい。高橋は煙草に火をつけて、煙を吐き出した。

「誰か、狙いをつけている人物がいるのですか？」

「いいえ」煙とともに、簡単な返事だった。

「でも、従業員の部屋も全部調べたんですよね。怪しい奴が一人くらいいるのでは？」

「怪しいといったら、みんな怪しい」高橋は、そこで苦笑した。「頸城さんだって怪しい」

「僕は、ええ、怪しいと思いますよ、自分でも」それは認めるしかなかった。

「正直言って、ロジャ・ハイソンのときは、貴方が怪しいと考えましたよ。でも、シャーロット・デインは貴方ではない」

「ああ、そうですね、刑事さんと一緒でしたから。でも、同一犯だってことは証明されているのですか？」

「銃が同じものです」

「二件とも、弾丸が見つかっているのですね？」

「まあ、そういうことです」彼は、灰皿へ腕を伸ばしたあと、僕の方を向いた。「警察が知らない情報を、たぶん、貴方は幾つか持っているはずです。それを伺いたい」

「僕が彼らにインタビューをしているから、そう思ったわけですね？」

「シャーロットとベック家の関係はどうでしたか？　ハイソンについても、なにか過去にあったのではありませんか？」

「そうですね。残念ながら、僕には彼らの秘密を語ることはできません。職業的モラルというものが……」

「しかし、これは、殺人事件なんですよ」

「わかっています。ですから、事件解決に関係がありそうなことは、できるだけ話しているつもりです」

「そうでしょうか。言葉が通じないこともありますが、どうも、すべてが霧の中で、まるで人形が撃たれたみたいに、皆さん、他人事のように話されている。あの若者だってそうです。恋人が死んだのに、泣き喚《なわめ》くこともしない」

「アンディですか？　相当ショックを受けていたみたいでしたけれど……」

「うーん、まあ、所変わればなんとやらで、風習も違うのでしょうね。とにかく、いい加減に供述しているように見えます。早くアメリカに戻りたい、お前らに解決できるはずがない、てな感じの目つきだ」

「それは、その、少々、被害妄想的な感じもしますが……。とにかく、この事件は、日本の警察が解決しなければならないものです」

「ええ、それはもちろんそうです」

「殺す動機を持っている者は誰か、と考えていると、見失うかもしれませんね」

「え？　どういうことですか」

「動機なんて、隠せるものだからです」

「銃だって、隠せる。出てきません。本当は、部屋だけではなく、洋服もすべて科学分析をしたいくらいです」

「硝煙反応ですか？　もう洗濯したんじゃないかな」

「あるいは、この家に恨みを持っている者がいるとか……。そんな話は聞いていませんか？」

「聞いていません。嫌がらせで、できることじゃない。もっと切実なものでしょうね」

「切実？」高橋は言葉を繰り返して、呆れた、という顔を一瞬見せた。

僕が言いたかったことが伝わらなかったようだ。僕は、人殺しというのは、すべて切実なものだと考えている。戦争だってそうだ。テロだって例外ではない。どうしても避けられないものだから、この最後の道を選ぶしかない。これ以外に生きて通れる道がない、という意味だ。

スージィの事故死について話すべきか、僕はこのとき大いに迷った。しかし、その情報を知っていても、捜査に影響はないのではないか、という個人的な判断から、ひとまずは黙っていることにした。

5

高橋と別れて、玄関から建物に入り、僕は階段を上がった。そして、二階の自分の部屋ではなく反対方向へ足が向いた。一番奥にあるアンディの部屋を訪ねるためだ。この僅かな移動の間、僕は自分が警察に黙っている情報について考えていた。それは、スージィが死んだとき、ロジャが目撃者二人と一緒に建物の外にいて、そのときに銃声が聞こえた、という話だった。

そのイメージを持ったとき、同じシチュエーションを自分も経験したのだ、と思い至った。そうだ、そこに高橋もいた。シャーロットが撃たれたときだ。銃声が聞こえたとき、僕たちはウッドデッキの前にいた。

アンディの部屋のドアをノックした。しばらく待っていると、金属音がして、ドアが開いた。

「アンディ、ちょっと、話をしたいのだけれど」僕は言った。

「どうぞ」彼は、ドアを開けて、後ろへ下がった。

彼の部屋へ入るのは初めてのことだった。まず、僕の耳に音楽が飛び込んできた。大きな音ではない。静かな調べだった。

「ベートーベンだ」僕は言った。

「よく知っていますね」

「これは、第七番の、第二楽章かな」

「好きなんですか？」アンディは僕にきいた。

「そうだね、だいたい好きなのは、全部短調なんだ」

「僕もそうです」

金属製シャーシのオーディオアンプがキャビネットに収まっていた。その両側に、人間の背丈ほどのスピーカボックスが設置されている。

「凄いね。これは、君のもの？」

「ええ、そうです。父が誕生日に買ってくれました。東京の僕の部屋には入らない。だから、ここに置いています」

「そういえば、遊戯室でも、ベートーベンがかかっていたね」僕はそれを思い出した。

交響曲の第六番だった。一般に「田園」と呼ばれている曲で、人気がある。だから、特別には意識しなかった。どこでかかっていても、珍しくない。しかし、第七番はそれに比べると、非常に珍しい曲だといえる。

「あのとき、部屋に入ったときには、第四楽章だった」僕は思い出した。

「そう。第六では、第四楽章だけが短調なんです」

彼は、「マイナ」とは言わず、「短調」と言った。それだけでも、彼の日本語の能力がわかる。

窓の近くにソファが置かれている。そこに座るように、と彼は手招きした。

「もう大丈夫そうだね」座りながら、僕は言う。

「よくわからない」アンディは、一瞬だけ笑顔を作ったものの、引きつっているような表情にも見えた。

「今、下で警察の人と話をしてきたところだよ」僕は話す。「これといった進展はない、そう話していた。本当かどうかは知らないけれど、五里霧中といった感じね。五里霧中ってわかる?」

「いいえ」

「コンプリーツリィ・イン・ザ・フォグ」僕はそれを英訳した。「五里は、ファイブ・マイルズのこと」

「ああ、なるほど。でも、何故わからないんだろう?」アンディも椅子に座った。脚を組み、膝に両手を回した。

「凶器となった拳銃を探しているけれど、見つからない。被害者が外国人で、身辺調査も覚束ない。だから、人間関係が洗い出せない。したがって、動機も出てこない。そんなところかな」

「そうなんですね……。でも、日本の警察は世界一優秀だから、きっと科学捜査で突き止めてくれると思う」

「君は、犯人は、どんな奴だと思う？」

「わからない。まったく、わからない。だって、ロジャとシャーロットは、全然関係がない。どうして、この二人だったのか、想像もできません。同一犯なんでしょうか？」

「銃が同じだとしたら、そう考えるのが普通だね」

「銃は、同じなんですか？」

「いや……、僕は、詳しくは聞いていない」知らない振りをした。警察から聞いた情報を安易に漏らすわけにはいかないからだ。

「二人は、いつアメリカへ運べるんだろう？」

「それも、僕は知らない。警察が検査をして、そのあとになるんだと思う。彼らが日本人だったとしても、数日は無理だよ。こういった事件の場合、葬式はすぐにはできない」

「シャーロットは身寄りがない。僕たちが、しなければならないと思います。アメリカじゃなくて、彼女が愛した日本に埋葬した方が良いかもしれない。それって、できますか?」

「どうだろう。よくはわからない。でも、アンディ、あまり心配しない方が良いと思う」

「心配はしていない。これ以上悪くはならないんですから」

「それは、そのとおりだ」

僕は、彼の部屋を見回した。僕たちが使っている客間とはまったく雰囲気が違う。ずっと広い。まるでスイートルームのようだ。そこに金属製のラックが並べられ、オーディオセットが置かれている。真空管アンプは、マッキントッシュだった。その横に、レコードプレイヤ、テープデッキなどがある。ざっと十数機の機材が並んでいた。

大きなデスクが反対側にあって、そこの椅子に座って音楽を聴く、ということになるのだろう。デスクには、パソコンのモニタが二つ並んでいる。沢山のコードが床にある穴につながっていた。

壁際にある棚には、ロボットと思われるおもちゃ。否、おもちゃというような、単なる飾りものではない。マイコンを使って、サーボモータで複雑な動作が可能な本格的なものだ。僕は、テレビでしか見たことがなかったが、たぶん、その類だろう。近くへ行ってじっくりと見てみたが、アンディになにを質問して良いかさえ、思いつけなかった。

その棚の横にドアが一つだけあった。寝室やバスルームへ通じているのだろう。しかし、この部屋には、書棚がない。ポスタもない。若い男性の部屋にしては、片づきすぎている。ここはアンディが住んでいる場所ではなく、あくまでも、別荘の一室にすぎないのだ。僕は、再びソファに戻った。

「なにか、飲みますか？」アンディが尋ねた。

「僕は、いらない。食事をしてきたところだから。君は、来なかったね。ここで食べたの？」

「はい」

「一つだけ、シャーロットのことできたいことがあるんだ。思い出させてしまって、申し訳ないけれど」

「大丈夫です。何ですか？」

「シャーロットは、下の遊戯室へ何をしにいったんだろう？」

「さあ、ビリヤードをするためじゃないですか？」

「君と、ここで口喧嘩をした、と言ったね。彼女の部屋は……」

「すぐ隣です」

「なのに、一階へ下りていって、あの広い遊戯室にいた。音楽をかけて、ビリヤードをしていた。ポケットゲームだ。一人で、玉を突いていた。そういうことって、彼女はよくするのかな？」

「ビリヤードは、好きでした。僕よりもずっと上手なんです」

「そうか。じゃあ、一人で遊んでいたっていうことか」

「そうだと思います」

「わかった。どうもありがとう」僕は立ち上がった。

アンディも黙って立ち上がった。彼は、僕をドアまで見送ってくれた。ちょうど、第四楽章の最後だった。

6

自分の部屋に戻った。静かで、寂しい部屋に見えた。もう少しアルコールを飲んでも良いかな、とは思ったけれど、それを頼みにいくのが面倒だった。酒なんて、せいぜいそんな程度のものだ。

しかたがないので、デスクでパソコンを広げて仕事をすることにした。こんなに真面目な人間だったんだ、と笑いたくなった。なんとなく、優衣が僕の前で、人参をぶら下げて見せているような気分だ。僕は、人参ではなくて、君に釣られているんだよ、と言いたくてしかたがない。

九時半になったとき、優衣の声がどうしても聞きたくなって、電話をかけてしまった。

「もしもし」彼女の声が聞こえた。

「あ、僕だけど、悪いね、仕事してた？」

「してた。残業、でも、近くには誰もいないから、ＯＫだよ。私だけ残業」

「どうして、君だけ？」

「どうしてだろう。私が仕事が遅いから？　それとも、私の仕事が多すぎる？」

「どっちなの？」

「わからないわ。でも……、そんなこと、どっちでも良いでしょう。やるしかないんだから」

「まだ、かかりそう？」

「うーん、朝には、少し帰れるかもね」

「そんなに大変なんだ」

「そうだよ。それが仕事なんだって。わかる？　そういうの」

「うーん、できれば手伝ってあげたいところだけれど」

「ありがとう。で、電話の用件は？」

「うん、警察が、家中探したけれど、拳銃は出てこなかったみたいだね。けっこう、警察も困っている様子」

「ふうん、ウィリアム・ベックとか、アンディとか、どんな具合？　会えた？」

「両方と話をしたよ。べつに、普通だね。アンディも、意外に落ち着いている」

「ベック夫人は？」

「ああ、彼女とは今日は話していない。姿を見ないね」

「寝込んでいるとか？」

「昨日は病院へ行ったりしていたようだからね。疲れて帰ってきて、寝てるんじゃないかな」

「でも、ほっとしているかもしれないわけでしょう？」

「ん？　ああ、息子を取られなくて済んだから？」

「そうそう」

「残酷なことを言うね」

「女って恐いなって、思った？」

「うん、まあ、人によるけれど……」

「で、これから、どうするの？」

「誰が？」

「みんなとか、君とか」

「すぐに帰国するっていうわけでもなさそうだし、僕は、このまま、もう少し取材を続けようと思う」

「あと、どれくらい？」

「うーん、今のペースだと、そうだね、あと三日くらいはかかるんじゃないかな」

「え？　あと三日で良いの？　それで、本が、書けそう？」

「今でも、書けそうだよ」

「わ、そうなんだ……。凄いじゃない。何を書くの？」

「聞いたことを、順序立てて、書こうかなって……」

「できそう？」

「できると思うよ」

「凄い。嬉しい！」

「そんなに喜ばれるとは思わなかった」

「あ、じゃあね、えっと、できるだけ早く、もう一度、私、そちらへ行かなくちゃ」

「それは、嬉しいな。でも、どうして？」

「えっと、写真を撮るの。昨日はそれどころじゃなかったから」

「あ、そういえば……」

「私がカメラマンになるから」

「友達にカメラマンがいるっていう話は、僕もすっかり忘れていた。していないよ」

「今はデジカメなんだから。誰だって撮れるのよ」

「まあ、そうかもね」

「あ、でも、今、校了間際《こうりょうまぎわ》だからね、えっと、明後日《あさって》まではちょっと出られない。その次くらい」

「三日後だね。うん、ちょうど良い。そのときまでに、取材を終わらせておく」

「うんうん、そうしてそうして」

「それじゃあ、君、こちらに一泊していって、翌日に一緒に帰ろう」

「一泊できるかどうかは、相談してみる」

「楽しみだなあ」

「何が？　東京に戻るのが？」

「いや、そうじゃなくて……」

「こっちは暑いんだから、しばらくそちらにいたら？　友達がいるんじゃないの？」

「いるけどね」

「だけど、本音としては、あまりゆっくりしてもらいたくはないの。原稿はできるだけ早く上げてほしい。最短、どれくらいあったら、書けそう？」

「そうだね、一週間くらいあれば」

「それって、いつから?」

「今日から」

「嘘、そんなに早く書けるわけ?」

「できるんじゃないかな」

「わかった。えっと、明日、それ、編集長に話す。いえ、今すぐメールする。それだったら、来月には出版できるんじゃないかな。少なくとも、すぐに宣伝は打てるなぁ。これは、大変だ」

明らかに、彼女は喜んでいるようだった。

「ま、そんなに、急ぐこともないと思うけれど」

「少しでも早い方が売れるんだって。今ね、テレビでも、そのニュースばかりなんだから」

「そうなんだ。ここにいると、あまり感じないけれど」

「じゃあ、また、あとでメールする。頑張ってね」

「うん」

何を頑張るのかな、と不思議に思ったが、おそらく、途中で投げ出さないでくれという、いつもの念押しだろう。若いときの僕は、そういう気まぐれがあった。彼女は、それを知っているのだ。ただそれは、だいぶ昔のことで、この歳になれば、そんなふうでは世間は渡っていけないことくらい学んだ。嫌々でも、なんとか仕事はできるようになった。多少不充分でも、頭を下げて相談にいけば良い。そういうこともわかった。社会というのは、若いときの僕が考えていたほど厳しいところではなかった。むしろ、ゆるゆるで、だらだらで、お互いにとにかく手を握り合っていれば、なんとかなる。手を握り合っているという振りをすれば良い。そっぽを向きさえしなければ、生かしてくれる協同組合なのだ。

優衣からメールが届いたのは、翌朝だった。これから企画会議だ、というような内容だった。ようするに、もう後へは引けないぞ、という意味らしい。

気持ちの良い朝だった。朝が気持ちが良いなんて、最近まで感じたことはなかった。それに、どうして気持ちが良いと感じるのかもわからない。ただ、良かった、今日も生きている、という確認なのだろう。

窓から見える庭園に人影はない。とても静かで、鳥の声が遠くから届く。ウィリアム・ベックが話していたとおり、ここは素晴らしい場所だ。

それから三日間、僕は真面目に仕事をした。少しでも文章に落としておこうと思ったので、パソコンに向かっている時間が多かった。もちろん、ウィリアムとアンディにも毎日会った。サリィは具合が悪いらしく、一度だけ食堂で見かけただけで、インタビューはできなかったけれど、見たところはまずまず元気そうだった。僕に微笑んで、「明後日くらいなら、話ができるようになっているわ」と言った。

ウィリアムからも、アンディからも、彼らの日常、そして、ここ数年の出来事について話を聞いた。殺人事件の話は一切出なかった。それはもう、語るべきことではなくなっていた。その方が話しやすく、聞きやすい。

自分の部屋では、キーボードを叩き、文章を書いた。ランダムに思いついたことを書いていたので、それらをつなぎ合わせていった。その作業に疲れたら、庭を散歩するか、あるいはドライブに出かけた。真里亜が一緒だったことが一回、それから、都鹿とは、またランチを一緒に食べにいった。それが一回。つまり、二人とも一回ずつ。どちらも、二時間もかかっていない。健全キャンペーン実施中だ。

週が明けて、月曜日に優衣がやってきた。最初の言葉よりも一日遅れて、あのときの電話から四日めだった。日曜日に来てくれるのか、と期待していたけれど、彼女には先約があったようだ。

「新しいお芝居の関係」その先約について、彼女はそう説明した。嬉しそうな声だった。

出版社の仕事をしているときの優衣は、多少ヒステリックだと感じていたし、一方で、女優としての彼女は、アーティストとしての自信に満ちあふれている。僕は、後者の方が好きだ。そちらが、彼女の本来の姿だと思っている。きっと、僕がそうあってほしいと願っているから、そう感じるのだろう。

優衣が来たときに、文章を見せられるようにと考えて、夜もパソコンのモニタを見つめていた。それでも、徹夜をしたというわけでもない。だいたい、空が白《しら》んでくる頃には、ベッドに倒れ込んでいたし、朝食の時刻には、松田が起こしにきてくれるので、安心して眠ることができた。睡眠時間は短くても、凝縮した深い眠りだったはず。それに、朝の空気は信じられないほど澄み渡っていて、本当に素晴らしかった。眠気も綺麗に晴れる。これは、都会ではありえない現象だ。こんな場所に、優衣と一緒に住めたら良いな、と僕は空想した。

でも、彼女には仕事がある。もちろん、僕もこんな田舎では生活ができないだろう。なんとなく、感覚的にそれがわかる。自然に囲まれて気持ちが良いというのは、母性に甘えているような状態に似ている。たしかに心地良いのだけれど、長くじっとはしていられない。賑やかさ、慌ただしさ、そして、多少の緊張、アスファルトやコンクリートの街の汚さが恋しくなるだろう。ネオンの瞬きや、油の匂いがする屋台、聞き取れないほど混ざり合った沢山の人の声、さらには、それらに酔っている液体のような自分の感覚、そんなものを少しでも思い浮かべれば、絶対にここから飛び出して、戻りたくなるにきまっている。

7

月曜日の夕方、僕は駅まで水谷優衣を迎えにいった。

ここ数日、屋敷を出入りするときには、報道陣がどれくらいいるのかを確かめることになる。細い山道に彼らの車が縦列駐車をしているので、ゆっくりと通り過ぎなければならない。カメラのレンズがこちらへ向くが、サングラスをかけて、しかも片手で顔を隠して通る。隣に真里亞が乗っていたときなどは、スターだったらこういうのが週刊誌に載ったりするのかしら、と彼女が言ったが、スターでなくても勝手に載せられる可能性はあるのではないか。

ただ、シャーロットの事件から四日めの昨日は、日曜日だったからなのか、多少はカメラの台数が減ったように感じた。同じような絵しか撮れないとわかったのだろう。空にヘリコプタが飛ぶこともなくなっていた。

ところが、ゲートから出ていくと、今日は少しまた増えているように見えた。平和すぎてニュースがないのだろうか。カメラがこちらを向き、僕の車の動きに合わせてレンズが動いた。たぶん、練習でシャッタを切っているのだろう、と思った。本当に撮りたいのは、ウィリアム・ベックのはず。でも、事件のあと、彼は自動車では外出していないだろう。

駅には渋滞もなく到着した。時間どおり。しかし、エスカレータを下りてきた優衣を見て、僕は驚いた。白と水色の太いストライプのワンピースで、しかもミニだ。髪型も違う。化粧も違う。黄色っぽい大きなサングラスをかけていた。少々レトロなファッションだが、まるで芸能人。しかし、そう、彼女はもしかして芸能人なのかな、とも思い直した。

助手席に乗り込んできた。口紅も真っ赤じゃないか。どうしたのか。心の準備をしていなかったせいで、どう尋ねて良いのかわからない。優衣は、サングラスを持ち上げ、頭にのせた。

「どうしたの？」澄ました顔で言った。さすがに女優だ。

「いや、どうもしない。ただ、少し眠いだけだよ」

「眠い？　眠いって、どういうこと？」

「夜も原稿を書いていたってこと」

「本当？　違うでしょう？　女の子と一緒だったのね？」

「その誤解は、まあまあ嬉しいよ」僕はサイドミラーを確認して、車を出した。「だけど、君を見て、目が醒めたよ」それとなく理由をきいてみた。「誰かに会う約束でもあるの？」

「いいえ……。でも、ベック家の三人の写真は撮るつもり」彼女は、手提げバッグを足許に置いていた。そこからカメラを取り出し、レンズを僕の方へ向けた。でも、僕は彼女の脚が気になって、カメラなんか見ていられない。「どこ見てるの。前を向いて。笑わないで」

シャッタが何度か切られたようだった。僕が書く本に著者の写真は掲載されないものと認識している。その確認をしようか、とも思ったけれど、今はやめておこう。

「あ、そうか、新しい芝居がどうとか言っていたね。もしかして、役作り？」前を向いて運転をしながらきいた。

「え？　ああ、それは、まだ稽古もこれから。役作りって、何が？」

「いや、その、化粧が違うみたいだから……」

「ああ、これは、マスコミ向け」

「マスコミ？」

「別荘のゲート前に、沢山カメラが来ているでしょう？」

「少し減ったけれどね」

「大丈夫、呼んでおいたから」彼女は時計を見る。「少し遠回りして、十分くらい。彼らがセットするまで」

「呼んだって……、え？　どういうこと？」

「あとね、この屋根……」優衣は、車の天井を手で持ち上げようとする。「これ、後ろへやって。オープンでゲートを通るの、私たち」

「私たちっていうのは、君と僕のことだよね？」

「大丈夫？　しっかりしてね」

大丈夫だけれど、しっかりしているかどうかはわからない。

交差点で信号待ちのときに、幌を格納した。オープンで走るにはもってこいの、爽やかで穏やかな空気だったし、このリゾート地では、オープンカーにド派手な女が乗っていても、それほど注目は集めない。歩道を歩いているのも、ド派手な老人たちだし、タクシーから降りてくるのは、みんなどこかで見たことのある顔、日本人なのに三割は金髪だし、ブーツはエナメルにリベットだし、ゴシックなのか、バロックなのか、とにかくじゃらじゃらしている。私は誠心誠意消費しています、とアピールしているとしか思えない連中ばかり。そうやって、みんながゴージャスしている別天地なのだ。

言われたとおり、遠回りをして、しばらくドライブを楽しんだ。ゲートを通る少しまえに電話をかけて、佐伯にそこを開けておいてもらった。だから、カメラもすべて最初からこちらを狙っていた。僕は、優衣に言われたとおり、そこをノッキングしそうなくらい徐行して通った。カシャカシャとシャッタの音が聞こえた。デジカメじゃないカメラもあるのだろうか。とにかく、馬鹿みたいだ。アナログのカメラの持ち主がではなく、そこにいた連中全員が。

だいたいどういうことかわかった。ウィリアム・ベックの本が出る、という発表をして、その取材のために、僕という人間が、この別荘にだいぶまえから滞在している。僕の名は、先日あった著名人の事件で少しだけ有名になっている。少なくとも一発屋ではなかった。二発屋かもしれないが、それは、柳の下の泥鰌《どじょう》の喩えと同じで、将来の保証などないのが普通。偶然にも、滞在中に謎の連続殺人事件が発生した。それは事実だし、僕が本を書くことも事実なのだから、文句を言われる筋合いでは全然ない。ただ、そんなふうに煽《あお》られれば、事件のすべての真相がその本の中に記述されている、と多くの人が信じてしまうだろう。出版社は、本を袋綴《ふくろと》じにして出すんじゃないか、と僕は疑った。

それでも、僕には特に害は及ばない。写真を撮られて、それがワイドショーや週刊誌に出るだけのことだ。僕はサングラスをかけていたから、そのことで外を歩けなくなるというほどでもないだろう。それから、宣伝にいくら金をかけようが、僕が負担するわけではない。僕は、本の部数に比例した印税をもらえる。だから、本が売れれば、僕は相応の金を得ることになるのだ。考えてみたら、素晴らしい話ではないか。何がいけないというんだ?

到着して、さっそくベック家の三人の部屋を訪ね、写真を撮らせてほしい、と願い出た。僕が本を書くことも、いずれカメラマンが写真を撮りにくることも、彼らは知っていたので、驚くようなことはなかった。ただ、三人とも、優衣のファッションにはびっくりしたようだ。

「写真を撮るのに、そんなクールになる必要があるのかね?」とウィリアムはきいた。

さすがに面白いことを言うな、と僕は感心した。これに対しては、僕と優衣は同時に、「はい」と答えた。

「双子の姉妹がいるんでしょう?」と言ったのは、サリィだった。

これに対しては、優衣は「いいえ」と答え、僕は、「もう一人いるんです」と補足をした。三つ子だ、というジョークだが、わかってもらえたかどうかは怪しい。

「素敵だ」とアンディは笑顔になった。彼を僅かでもハッピィにさせることができて、優衣は満足そうだった。

「日本語では、メイクアップに化けるという字を使う」僕は彼に教えてやったが、アンディは、「ええ、知っています」と簡単に頷いた。

夕食では、久し振りに食堂に全員が集まった。ベック家のウィリアム、サリィ、アンディ、北澤父娘、柴村夫妻、それに僕と優衣の九名だった。北澤宗佑は、ここ二日ほど出かけていて、戻ってきたところ。真里亞も昨日は一日中どこかへ行っていたが、やはり戻ってきた。二人とも、今夜が最後で、東京へ帰ると話した。優衣も今日一晩だけである。ウィリアムとサリィは、ロジャの葬儀のこともあって、明後日アメリカに発つ予定だという。遺体を向こうへ運ぶのかどうかは、話には上がらなかった。アンディは、夏休みもそろそろ終わりで、やはり東京へ数日中に戻らなければならない。ただ、シャーロットの葬儀をどうするのか、今は未定だと話した。食事のまえだったので、事務的な報告だけで、詳しくきくわけにもいかなかった。

シャンパンで乾杯をして、そのあとは、優衣が話題の中心になった。彼女は、いつもよりもずっと明るく振舞った。おそらく、演技をしているのだろう。

「こんなことをきいたら、絶対に叱られると思いますが、水谷さんは、おいくつくらいなんですか?」北澤が日本語で尋ねた。見ると、アンディが両親にその通訳をしていた。

「このまえと、同じ方には見えません。ずっとお若く見える」

「お上手ですね」優衣は微笑んだ。

「彼女は、僕よりも……」と言いかけたところで、優衣に腿を叩かれた。「いや、えっと、いくつ若いんだっけ?」

微笑んだ顔で、優衣が僕を睨んだ。

「女優が本業なんですよ」僕は英語で続けた。「編集者というのは、仮の姿で……」

「なるほど、クラーク・ケントみたいだな」ウィリアムが言った。

和んだ雰囲気のディナになった。事件の話は一切出なかったし、もしかしたら、一時的に忘れることができたかもしれない。僕は、たしかに、十五分くらい、それを三回くらい、忘れていただろう。こういう状況を「忘れる」と表現して良いのならばであるが。

でも、アンディが、少し寂しそうな顔をすると、たちまち、シャーロットが倒れていたシーンを思い出したし、グラスを持って外を眺めるごとに、ロジャと東屋で話したときの情景が蘇った。

食事が終わって、ウィリアムと北澤たち、それに優衣が、ラウンジに移った。サリィが、部屋へ戻ると言って席を立ったので、アンディと僕、それに柴村夫妻の四人がテーブルに残った。アンディは、飲みものを黙って飲んでいる。僕が彼に一番近い。

「大丈夫かい？」僕は彼に尋ねた。

「何がですか？」アンディは顔を上げた。

「酒は強い方？」

「いいえ、そうでもありません」

「じゃあ、それくらいにしておいた方が……」

「これくらいは、大丈夫です。ワインですし」

「ワインは、けっこう効くよ」

「頸城さんこそ、彼女を放っておいて、いいんですか？」

優衣のことらしい。彼女はラウンジにいて、横顔が見える。どうも、そちらへ行く気がしなかった。北澤真里亜もいる、ということが影響しているのだろう。

柴村夫妻が席を立ち、一礼をしてウッドデッキへ出ていった。もう小屋へ戻るようだ。僕はそれをガラス戸越しに眺めるために立ち上がった。しばらくして、アンディがこちらへ回ってきた。

「外は真っ暗だね」僕は言った。夜なのだから当たり前だ。

「赤外線スコープなら見えます」アンディが言う。

「試したことが？」

「ええ、ありますよ」

そういえば、柴村の模型ヘリコプタにも、赤外線カメラが搭載されていた。それを思い出した。

「柴村さんが芝刈り機に乗っていたんだけれど、あれは、アメリカ製なの？」僕はきいた。

「どうしてですか？」アンディはきき返した。

「いや、スタイルが良いから。ちょっと興味がある。あんなの、見たことないよ。トラクタとも違うし、ゴルフカートとも違う」

「あれは、ドイツ製ですね」

「ああ、なんとなくわかるな。かっちりしていた」

「かっちり？　がっちりではなくて？」

「かっちり」

優衣が、ラウンジからこちらへ歩いてきた。

「何の話をしているの？」彼女がきいた。

「芝刈り機の話」僕は答える。「今、写真を撮らせてもらえば良かったのに」とラウンジの方を指さした。

「駄目、そういうのはマナーに反するわ」と彼女は首をふった。それから、ガラスの外を見て、こう言った。「ちょっと、外を歩かない？」

「え？　良いけれど、その格好じゃ、寒いよ」

「大丈夫よ」

「その格好だと、三分くらいですよ」アンディが彼女を見て言った。「アンジェリーナ・ジョリーが、トゥームレイダーという映画で、それくらいの薄着でシベリアを歩きますけどね」

「そう」優衣は頷いた。「あの人よりは、私、寒がりなの。三分じゃあ、足りないわね」

「何に、足りないの？」僕が尋ねた。

「だって、その芝刈り機を見たいもの」優衣が笑った。

彼女は、この屋敷に来て、一度も庭に出ていないと話した。そこで、アンディとは別れ、二人で部屋へ上着を取りに戻った。

8

本当に真っ暗だった。しかし、想像したほど寒くない。風がなかったし、どうやら曇っているようだ。星はまったく見えなかった。月も出ていない。

ゲートの外には、まだマスコミの連中が残っているのだろうか。警察は、今は何をしているのだろうか。そんなことを話しながら、優衣と二人で、東屋まで歩いた。そこには、もう立入り禁止のテープはなかった。

「結局、何がどうだったのか、なにもわかっていなかったりして」優衣が呟くように言った。

「警察は、なにか摑んでいるかもしれない」僕は言った。「ただ、立証できるかどうか、というところじゃないかな。容疑者はある程度は絞り込んでいると思う」

「そうかなぁ」

「家中を捜索したのは、それなりに目算があったんだと思うよ」

話をしながら、なんとなく引っ掛かるものがあって、僕の頭の半分はそれを考えていた。しかし、何を考えているのか、何を考えようとしているのか、どうもわからない。その、わからないというのは、つまり、言葉にできない、という意味に近い。

「どうしたの？」優衣がきいた。

「何が？」

「何がってことないでしょう。考え込んでいるじゃない」

「そうかな。わかる？」

「わかります」

「アンジェリーナ・ジョリーの旦那の名前が思い出せないんだ」

「ブラッド・ピット」

「ああ、そうかそうか」僕は溜息をついた。「どうしても、出てこなかった」

「きけばいいのに」

「じゃあさ、ブラッド・ピットが、ボクシングをして……」

「ファイト・クラブ？」

「あ、そうだそうだ。ありがとう」

「馬鹿みたい」

「君は、凄いよね。そういうのが、ぴっ、ぴっと出てくる」

「それ、洒落のつもり？」

「うん、でも、今、わかったことがあるよ」

「何がわかったの？」

「事件の真相だよ」

「事件って、何の事件？」

「君が一番知りたいと思っている事件」

「嘘……。何がわかったの？　真相って？　ブラッド・ピットと関係があるの？」

「全然ない」

「ちょっと、待ってよ。どこへ行くの？」

僕は歩きだしていた。ヘリポートの方へ。

「ちょっと、悦夫《えつお》、待ってよ」

僕は立ち止まって、振り返った。彼女がファーストネームで僕を呼ぶのは、久し振りのように思った。暗かったからか、優衣の躰が僕にぶつかってきた。そのまま、僕は彼女を受け止める。ちょうど、常夜灯が遠く、足許も見えないくらい。もちろん、顔も見えない。

「アンジェリーナ・ジョリーは？」優衣が小声できいた。

「関係ない」

僕は、腕に力を入れて、彼女を抱き締めた。

彼女は呼吸を止めた。

唇を重ねて。

しばらく、そのまま。

優衣が少し動いて、僕は力を抜いた。

「今のは何のつもり？」彼女は小声できいた。声が震えているようだった。

「えっと……。なんて言って良いのか……」

「気の利いたこと言いなさいよ」

「駄目だ、何も思いつかない」

「嘘みたい」優衣は僕から離れた。「ちゃんと説明してくれる？」

「つまり、僕は……、あれ、えっと、僕の気持ちを言えば良い？」

「違う。そうじゃなくて、何がわかったの？　真相って何？」

「あ、なんだ、そっちか」

「それから、どこへ行くつもり？　明るいところへ戻ろうよ。なにか悪いこと企んでいるでしょう？　酔っ払っているの？」

「そんなつもりはないよ。あっちへ行く、えっと、ヘリポートだ」

「ヘリポートって、ヘリコプタの？　何があるの？」

「芝刈り機だよ」

「また、冗談を言う」

「見たいって、言わなかった？」

「冗談です。ジョークで言ったの」

「うん、自分の矛盾に気づいてほしいな」

「もういい。放して」

優衣の躰が僕の手から離れた。僕は振り向いて、また歩きだした。彼女は、少し遅れてついてくる。

ヘリポートの奥に、芝刈り機があった。ガレージの壁でライトが灯っていたけれど、その芝刈り機がある場所は三十メートル以上離れている。ヘリコプタの格納庫のすぐ前だった。雨曝《あまざら》しで置いておくものなのか、それとも明日も作業があるから、出したままなのか。

芝刈り機に近づいた。ボンネットに触れる。僕は、ポケットからペンライトを取り出して、そのスイッチを入れた。小さな白い光が、ボンネットサイドのルーバを照らした。ハッチがある。それから、運転席を見た。シートの下は、ガソリンタンクのようだ。どこかに、物入れがないか、と探す。車なら、ダッシュボードにケースがあるものだが。前の車輪の後ろに、大きな円形のお椀のようなものが低い位置に取り付けられている。その下で、刃が回転するようだ。ベルトで駆動するようになっている。その辺りもペンライトで照らして順番に見ていく。

「ねえ、頸城悦夫さん。何を探しているの?」優衣がきいた。「もう、帰った方が良くない？　明日の朝にしたら？　こんな怪しい人っていないと思う。警察に職務質問されるよぅ」

彼女の言うとおりだ、と思った。だけど、なんとなく、今しかない、と思えるのだ。理由は自分でもわからない。微かに引っ掛かるものが、たしかにある。

「もしかして、拳銃を探しているの？」優衣が言った。

下部を覗き込んでいた僕は、その言葉を聞いて立ち上がった。彼女が近づいてくる。僕の腕に触れた。

「ねえ、なにか、怒っているの？　やけになっていない？」

「そうだよ」小声で返事をした。

「え、やけになっているの？」

「違う、拳銃を探しているんだ。警察が、四日まえにどの部屋も調べた。あの日から、この芝刈り機が、庭で動いていた。働いていた。だから、きっと警察はここだけは調べなかったんじゃないかって……」

「だから、何？　え、もしかして、ここに拳銃があるって言うの？」

「そう……、そんなことはありえないかな」僕は言った。「でも、隠せそうな場所があるかどうかくらいは、確かめたかった。なにか、わかるんじゃないかって……」

「誰が、ここに隠したって言うの？」

誰かが、すぐそばに立っていた。僕は、ライトを消して、咄嗟に優衣の腕を掴み、こちらへ引き寄せる。

「ちょっと、またぁ！」

「静かに」

彼女はびくっと震えて黙った。僕は、前に出る。優衣を下がらせた。

芝刈り機から五メートルほどのところ、格納庫の壁の陰だ。ほとんど、姿は見えない。

しかし、僕が気づいたことに、相手も気づいた。ゆっくりと、こちらへ出てきた。

「探しているものは、見つかりましたか？」男の低い声。

こちらへ向かって、腕を上げたようだ。

よく見えない。隣のガレージの光は、出っ張った壁が途中にあって届かない。しかし、僅かに光を反射するものが動いた。

そうでなくても、僕にはその意味がわかった。

息をすることができなかった。

躰に力を溜めて、いつ飛び出そうか、と計算した。

感じられるのは、狂気しかない。

なにをそんなに焦ったのだろう、と考えた。

だが、今、この空間から、逃げ出すことはできないのだ。

撃たれて、死ぬ以外には。

「彼女は、関係ない。君のことを知らない。帰らせても良いだろう?」

「警察を呼びにいけって?」

優衣は、僕の背中に張りついている。震えているのが伝わってくる。まずいな、と思った。この距離で撃たれたら、弾は二人を貫通する可能性がある。一緒にいてはいけない。

ただ、不思議なことに、僕は落ち着いていた。

何故か、相手は撃たないだろう、と思った。

それとも、撃たれてもしかたがない、と思ったのか。

「とにかく、その銃を下げてくれないか」僕は静かに言った。「話し合おう」

動かない。

そのままだった。

こちらも、動けない。

少し離れたところ、後方で音がした。

誰かが近づいてくる。

ライトを持っているようだ。

明りが、こちらへ向き、暗闇の中へ突き刺さる。銃がはっきりと見えた。サイレンサは付いていなかった。別の銃かもしれない。銃を持った人間は下がった。闇の中へ。顔は見えなかった。しかし、腕は見えた。引き金に指がかかっている。

「どうしたんですか?」その声は、柴村寛美だった。彼女がライトでこちらを照らしたのだ。物音が聞こえたから出てきたのだろう。けれども、僕は彼女を見ることができない。少しだけ後ろへ下がるのがやっとだった。

逃げろ、と優衣に言いたかった。

しかし、声は出ない。

ところが、優衣が突然、僕から離れた。

後方へ走った。

ガレージの明りの方へ。

僕の前の銃口が、そちらへ僅かに動く。

僕は迷った。出ていくべきか、彼女を守るべきか。

銃声。

咄嗟に、僕は後ろへ走った。

優衣が倒れる。

彼女を受け止めるように、僕は飛び込んだ。

地面に倒れた優衣に、覆い被さる。

二発めに備えて、自分の躰で遮った。

二発めは、来なかった。

すぐ近くに、彼女の髪。

「大丈夫か？　どこを撃たれた？」

「わかんない」

「痛くない？」

「痛くない。びっくりしただけ」

ゆっくりと振り返った。もう、そこに銃は見えなかった。

顔を上げて、確かめる。

少し先に、走っていく影が一瞬だけ見える。

「屋敷へ走って」僕は優衣に囁き、立ち上がるために膝を立てた。「振り向かない。いいね」

「悦夫は、どうするの？」

それに答えず、僕は走り出た。

真っ直ぐに。

道ではない。草原。しかも傾斜している。

下っていく。

五十メートルほど距離があった。この距離なら撃っても当たらないだろう。
池の方へ。
全力で走った。
「来るな！　撃つぞ」立ち止まって、叫ぶ声。
僕も一度立ち止まった。
しかし、前に出る。
撃った。
僕は地面に伏せる。
近くの樹まで走って、幹に隠れた。
よく見えなかった。
でも、距離は少し縮まっている。
次の幹まで走って、また隠れた。
角度が変わって、常夜灯の光がバックに入る。
シルエットのように、相手の姿が見えた。
二十メートルくらいか。
池の畔《ほとり》だ。
浅瀬に立っている。

少し歩く。水の音がした。
「落ち着いて」僕は言った。「もう、充分だろう?」
答えない。
相手は、また歩く。少し水が深くなった。膝の近くまで、水に浸かっている。
まさか、泳ぐつもりじゃないだろうな。
銃は、まだこちらに向いていた。
遠くで動くものがあった。それは、ライトだ。
光が、池の向こう側の森に当たっている。それが動いていた。
後方から、届いている光だとわかる。
銃声を聞いて、警察が来たのか。
もう、これ以上出ない方が良い、と思った。
刺激しない方が良い。
奴は、ここで死ぬつもりだ。それが、わかった。
「とにかく、落ち着いて。話をしよう」そう叫んでいた。
でも、話なんてできるはずがない。どんな言葉も嘘になる。
どうしたら、良いだろう?
「人が死ぬのを、もう見たくないんだ」僕は叫んだ。「お願いだから……」

彼は、躰をぐるりと回した。
何をしたのかわからなかった。
少し遅れて、水に物が落ちる音が聞こえた。銃を投げ入れたようだ。
僕は、樹から出た。
彼の方へ歩いた。
真っ直ぐに。
「ありがとう」途中でそう言った。
叫ばなくても聞こえる距離になった。
「最初から、池に沈めておけば良かった」彼は言った。
その声は落ち着いていたから、僕は少し安心した。
「水の中でも、見つかっていたよ」僕は言う。
彼のところへ行き、片手を差し伸べた。
「自首したかった。そうだろう?」
彼は黙っている。
「自首しよう」僕は提案した。
彼は、僕の手を取ってくれた。
「良かった。ありがとう」

叫び声が聞こえる。誰か近くまで来ているようだった。僕たちが立っているところが、突然明るくなった。振り返ると、ヘリポートの方で、強烈に眩しいライトが光っている。とても直視できなかった。

とにかく、彼の手を引いて、池から出た。乾いた地面に僕は座った。彼は、しばらく立っていたけれど、僕の横に腰を下ろした。二人とも、まだ呼吸が速い。

ようやく、サーチライトのおかげで、彼の表情を見ることができた。泣いているのでもなく、もちろん、笑っているのでもない。感情が表に出ていない。緊張した面持ちというのだろうか。視線は下を向いている。

それは、まだあどけなさの残る、青年の白い顔だった。

アンディ・ベックは、溜息をつき、額の汗を拭った。その手も白い。血に濡れているわけでもない。綺麗な手だ。

「ロジャに、脅されていたんだね？」僕は尋ねた。

「わからない」彼は、首をふった。

「シャーロットは、何故？」

「わからない」今度は小刻みに。

「もう、大丈夫だから」

「大丈夫？　何が？」

「君がだ」僕は言った。「警察に、全部話せるね？」

「話せます」

大勢がいろいろな方向から、土手を駆け下りてきた。僕たちは、あっという間に取り囲まれた。

警官たちが、アンディを押さえつけようとした。

「やめろ！　そんな必要はない」僕は大声を出した。「銃は、池の中です。あの辺だと思う」

僕が指さした方へ、五人くらいが水しぶきを上げて入っていった。沢山のライトが、方々で動き、ずっと目を細めているしかなかった。

高橋刑事がやってきた。走ってきたようだ。僕の前に立った。アンディを睨むようにして数秒間見ていた。

「怪我は？」高橋がこちらを向いて言った。

「大丈夫です。僕も、彼も……」そう答える。「優衣は？　水谷さんは、大丈夫でしたか？」

「どこにいる？」

「ヘリポートから屋敷へ逃げたはずです」

高橋が後ろにいる刑事に、見にいくように手で指図した。そちらへ、二人が走っていく。

「ありました！」という声が上がった。水に腰まで浸かった男が、両手でそれを持ち上げている。

「よく見つけたなぁ」僕は呟いた。「明日の朝にすればって、言おうと思っていたのに……」

それが、高橋のところまで運ばれてきた。

「君の銃か？」高橋は、白人の青年に尋ねた。

彼は無言で頷いた。

「まちがいないね？」

「はい」と日本語で答える。小さな声だったが、しっかりとした発音だった。

「よし、じゃあ、行こう」高橋は、優しい声で、彼の肩に触れる。

靴の中に水が入ってしまい、気持ちが悪い。でも、脱ぐわけにもいかず、僕はそのまま歩いた。ゴルフで池ポチャをやったら、こんなふうかな、と想像した。そう、いつだったか、中学生だったかな、釣りをしていて、竿《さお》を落としたことがあった。沼の中に入って、それを取ろうとしたら、底の泥に足がずぶずぶ嵌《はま》ってしまい、これは、底なし沼なんじゃないかって、もの凄く恐くなった。でも、竿は無事に回収できた。靴やズボンの泥を水で洗ってから、濡れたまま帰ったのだった。あのとき以来かもしれない。

9

高橋と話しながら、ヘリポートの方へ戻った。ここで何があったのか、をだいたい説明した。芝刈り機に銃が隠されているのではないかと疑って見にきたわけではない。夜の散歩に出たら、たまたま途中でそれを思いついただけだった。

しかし、食堂にいるとき、アンディに芝刈り機の話をした。そのときは、もちろん、僕と優衣の間の冗談だったのだ。でも、アンディは、僕たちが部屋へ上着を取りにいく間に、芝刈り機から銃を別の場所へ移そうとしたのではないか。それは、本人には確かめていない。単なる僕の想像だった。

「芝刈り機に銃を隠したのは、彼なんですか？」高橋は首を捻った。

「わかりません。警察が屋敷の捜索をした、あの日、ここで芝刈り機の整備をしていたのは、柴村さんです。整備をしていたように見えました。どこかに銃を固定したのではないでしょうか」

「では、柴村が犯人？」

「いえ、そうじゃありません。彼は、うーん……。まあ、協力者というか、そんな感じでしょうね。そこは、本人にきいてみて下さい」

ヘリポートのガレージの明るい場所で、優衣が待っていた。屋敷へは行かなかったようだ。柴村夫妻も一緒だった。

「柴村さん、ちょっとお話を伺いたいので、あちらへご同行願えませんか」高橋は彼にそう言った。柴村は、黙って頷いたあと、横の妻を一瞥し、若い刑事と一緒に歩いていった。高橋は、一緒に行かず、僕のところへ戻ってきた。

優衣は無言で、僕の手を握った。彼女の方が、僕よりも冷たい手をしていた。

「寒くない？」ときくと、優衣は黙って首をふった。

「そうか……」高橋が呟いた。「つまり、最初の殺人の日、アンディはヘリコプタに乗っていなかった。東京へは行っていなかったということですか？」

「それくらいは、警察も疑っていたでしょう？」僕は歩きながら話した。「たった一人の身近な人間の証言を信じるなんてことは、しませんよね？」

「一人ではありません。柴村光一はもちろんですが、ウィリアム・ベックも証言している。アンディは東京だったと……」高橋はそこで舌打ちをした。「そういうことで、口裏を合わせた、ということでしょうか？」

「さあ……」

「では、シャーロットの方は？　あれは、アンディにはできません。柴村がやったんでしょうか？」

「詳しくは、わかりませんけれど、アンディの部屋のオーディオを調べた方が良いですね。それから、遊戯室のオーディオのアンプも。ケーブルか無線でつながっている可能性があります」

「どういうことですか？」

「データのやり取りができるはずです。あのとき、ベートーベンの田園が流れていましたよね。あの元の音源を探して下さい。もちろん、既に消去されている可能性が高いとは思いますけれど」

「ちょっと、私には意味がわかりませんが……」

「その音源には、交響曲の途中に、大きな爆発音が入っているかもしれない」

「え？　ああ……、なるほど。あの銃声を偽装したわけですか。そうか、となると、彼がシャーロットを撃ったのは……」

「三十分くらいまえになります。僕とテニスをするまえです」

「だから、部屋の鍵をかけたのか」高橋が言った。「その間、あそこに誰も入らないように」

「でも、音は外に聞こえないと困るわけです」

「そうか、それで、ドアの上の窓が開いていた」高橋は大きく頷いた。

ウッドデッキに上がり、僕たちは食堂に入った。外よりも十度は暖かい。テーブルの上に、水のポットと新しいグラスがあったので、僕はグラスに水を注いで、それを飲んだ。

「そもそも、何が彼らの間にあったのか、そこが聞きたい」高橋は僕に詰め寄って言った。「動機は何ですか？」

「本人が話してくれるんじゃないですか」僕はグラスをテーブルに置いて答える。「僕だって、断片的に聞いた話から想像しているだけです」

「どんな想像です？」

優衣も近づいてきた。

「えっと、本のために取っておいた方が良い？　それとも、警察には協力をすべき？」

僕は彼女に尋ねた。

「話してもらわないと困りますね」高橋が低い声で言った。

「証拠にはなりませんよ。伝聞なんですから」僕は言う。

優衣を見ると、僕を見据えて小さく頷いた。話した方が良い、ということらしい。高橋も、彼女を見ていたので、僕の方へさっと視線を移した。

「そのまえに、さっきの銃声のトリックなんですけれど、それと同じことが、大昔の話であったのかな、と最初は考えたんです。えっと、ベック家でハウスキーパをしていたスージィという女性が、留守番をしていたときに、銃の暴発事故で亡くなっているんです。それを発見したのが、ロジャ・ハイソンでした。アンディは、当時まだ五歳、それから、シャーロットは四歳になったばかり。そう、シャーロットは、そのスージィの娘なんです」

「ちょっと待って下さい」高橋は、ポケットから手帳を取り出した。「スージィ？　えっと、二十年くらいまえの話なんですね？」

「そうです。ロジャが建物の外にいるときに、中から銃声が聞こえて、飛び込んでいって見つけたんです。彼は医者ですから、応急処置もできたし、死亡の診断もしています。これは事故として処理されたようです」

「それが、そうではなかったと？　ロジャがトリックを仕掛けたというのですか？」

「違います。それは、僕が勝手に想像しただけのことです。ですけど、今回の解決には、少し役立ちましたね」

「よくわかりませんが……」高橋が顔をしかめる。「では、そちらは、本当に事故だったわけですか？」

「ええ、事故ではありました。その日は、ベック夫妻は朝から二人で出かけていきました。当然、家にはアンディが残っています。それから、スージィも自分の幼い娘を連れてきていた。この部分は、僕の想像ですが、そういうことがあったという話は聞きました。つまり、自分の娘と雇い主の息子を遊ばせておいた。その間に、掃除をしたりしていたでしょう。でも、そこで事故が起こってしまった」

高橋は、首を傾げたまま黙っていた。僕は、優衣を見た。彼女も僕をじっと見据えている。食堂には、ほかに誰もいなかった。松田はどこへ行っただろう。ウィリアムやサリィには、もう知らせが届いたのだろうか、と気になった。

「それで？」高橋が促した。

「あくまでも想像ですけれど、撃ったのは、小さな男の子だったんです」

その言葉を聞いた二人は、同時に口をゆっくりと開けた。高橋は静かに何度か頷き、そして、優衣は手を口に当てた。

「つまり、それが、今回の事件の原因だったのではないかと」僕は続けた。「だけど、そんなことは、もう今となっては証明できません。本人が証言をしても、意味はないでしょう。僕の単なる想像であって、本を書こうと思っていたから、そんなドラマティックな空想をしてしまっただけかもしれません」

「つまり、彼は、ロジャとシャーロットが、自分が撃ったところを見ていた、と考えたわけですね」

「そうです。二人の目撃者をずっと気にしていた。それが、彼のトラウマというか、ストレスの根源になった。ロジャはそんなこと、もう忘れていたかもしれませんし、もしかしたら、最近そのことを口にしていたかもしれない。そこは、僕にはわからない。でも、たとえなにもなくても、妄想はいくらでもできます。シャーロットは、全然記憶になかったかもしれない。でも、覚えていないと彼女が言うほど、アンディは疑ってしまう」

「それが真実だとすると、ロジャは、そのとき銃の指紋を拭き取って、ハウスキーパが自分で触って暴発させた証拠を偽装したことになります」

「そうなります。それくらいは、したんじゃないですか。親友の息子のために」

「その二人の目撃者というか証人というか、つまり、自分の人生を駄目にするかもしれない秘密を握っている二人を、今になって、そのままにしておけないと思ったわけですか……」高橋が低い声で言った。「だから消し去った、ということになります。うん、説明がつくかな」

「そう……、説明がつく、というだけのことですよ」

「そんなことって……」優衣が呟くように言った。彼女の目は涙を零しそうだった。

「そんなことで、恋人を殺すなんて……」

「僕が考えたのは、ロジャの場合は、たぶん、口止め料をウィリアムからもらっていた。そういうことも、アンディは大人になって理解した。実際に、ロジャがアンディを脅すようなことがあったかどうか、そこまではわからない。彼らを知りませんからね。ただ、アンディの中では、その妄想が大きくなった。同様に、シャーロットに対する妄想も、彼女と親しくなるほどしだいに大きくなった」

「だって、四歳でしょう？　そんなこと覚えているわけが……」優衣の頬に涙が伝っている。

僕は、彼女を抱き締めたい衝動に駆られた。でも、深呼吸をしてそれを抑えるしかなかった。

「シャーロットの証言は、もう聞くことはできない。ロジャが撃たれたあと、彼女は東屋で悲鳴を上げた。あれは、もしかしたら、彼女の記憶が蘇ったからかもしれない。あのとき、シャーロットは、アンディが恐いと感じたんです。無意識に、アンディがロジャを撃ったと感じた。でも、そのあと、彼女と話をしました。そのときの感じでは、彼女は母親が撃たれたときのことは、本当に覚えていなかったんじゃないかと思います。少しでも覚えていたら、アンディには近づかなかったでしょう。ただ、そんな問題じゃありません。結局は、アンディの頭の中にあった妄想なんです、すべては」

「だいたいわかりました。助かりました」高橋は手帳をポケットに仕舞ってから、軽く頭を下げ、ホールの方へ歩いていった。

「難しいことになったよね」優衣が僕に言った。彼女は、もう普通の表情だった。一般に、女性の涙は乾くのが早い。

「難しいって、何が？」

「だって、本が出せるかどうかっていう問題が……」

「ああ、そうか、ウィリアムの最終許可が取れるかどうかっていう?」

「そう……」

本を出版するという契約は、既に交わしている。しかし、原稿の最終チェックをして、ウィリアム・ベックのゴーサインをもらわなければならないのだ。

「僕の書き方次第だってことだね」

「それとも、英語で説明するときはやんわりと伝えて……」

「やんわりと? 年寄りくさい言葉だね」

「もう年寄りですから」優衣は口を尖らせる。

「まあ、なるようになるさ」僕はそう言って微笑んだ。自分の言葉だって、相当に年寄りくさいではないか、と思いつつ。

10

部屋に戻って、僕はシャワーを浴びた。躰が冷えたり、逆に汗をかいたりしたからだ。靴も適当に洗って、乾かしておくことにした。もう、駄目かもしれない。たぶん、優衣もシャワーを浴びているだろう。誰も怪我をしなくて良かった、という安堵感が大きかった。

ウィリアム・ベックと話がしたいとは思ったけれど、それは無粋《ぶすい》というものかもしれない。一度食堂へ下りていって、適当に飲みものをもらってきた。松田の姿はなかった。厨房にいた女性にワゴンを借りて、自分で一揃い運んだ。

部屋に戻って、水割りを作って、それを嘗《な》めながら、パソコンのキーボードを叩いた。一度、窓を開けて外を確かめたけれど、光も見えないし、音も声も聞こえない。静まり返っていた。

僕が知っていることを文字にした。その作業の中で浮かび上がってくるのは、幸福とか不幸とか、そういったものが、実に些細《ささい》なことで結果的に大きく食い違って出現してしまう、ということだった。ベック家は、一般的に見れば、成功の絶頂を極めたファミリィだったはず。才能があり、有能で誠実、そういったブロックで、これを築き上げたのだ。それなのに、今ここにある構造は、もう幸せとは呼べない。否、このくらいのことで、彼らは絶望したりしないのだろうか。おそらく、そうだろう。ほんの少しの停滞、僅かに足を滑らせた程度のことかもしれない。ここから這い上がってこその真の成功が、彼らには、はるか雲の上に見えているのではないか。

翻《ひるがえ》って、自分は幸せだろうか、と僕は考えた。

よくわからない。けれど、特に苦痛を感じているわけでもない。かつては、自分の人生はもう終わりだ、こんな不幸な人間はいない、と思っていたくせに、気がついてみたら、今はけっこう自由気ままに生きている。不便もないし、そこそこの贅沢を満喫している。

もの凄く沢山ある後悔のうち、今一番膨《ふく》らんでいるのは、優衣の愛に気づくのが遅すぎた、ということだろう。彼女の愛というのは、僕が彼女を愛している、という意味の愛だ。彼女から僕への愛なんて、どうでも良いことだった。今頃になって、そちらの方向が大事なのだ、とわかったのだ。

でも、これだって、遅いかどうかわからないじゃないか。

僕の中からそんな声が聞こえて、僕は一人で微笑んだ。

なんとも、のんびりとした、愉快な男だ。

小さなノックが聞こえた。優衣かな、と咄嗟に思ったけれど、通路側のドアのようだった。僕は立ち上がり、そちらへ歩く。ドアを開けると、そこに北澤真里亞が立っていた。彼女一人だ。

「こんばんは」神妙な顔をしている。

「どうしたの？」

「ちょっと、お話がしたかったの」

僕は腕時計を見た。十一時だった。

「こんな時間に？」その質問は、少しだけ厳しかったかもしれない。声にしてから、大いに反省した。

「ごめんなさい。もう、お休みでしたか？」上目遣いに彼女がきいた。

「いや、仕事をしていた」

「お忙しいんですね」彼女は言う。そこで少し考えるように黙ったあと、言葉を続けた。「さっき、話を聞きました。警察の人から……。まさか、そんなことだとは思ってもいなくて、びっくりしてしまって……」

「うん、そうだね」

「駄目ですか？」彼女はまたきいた。部屋に入っては駄目かという意味のようだ。

「うーん、悪いけれど……」

「あの方がいるのね？」

「あの方？　ああ、水谷さんのこと？」

「ええ……」

「彼女は隣だよ。話をしてくれるかもしれない」そちらへ僕は首を傾けた。「たぶん、もう寝ているんじゃないかな」

「そうですか……」

「見せようか？」

「え、何を?」

「疑っているなら、僕の部屋を見ていったら?」

ドアを開けて、彼女を中に入れた。ドアを閉めずに、そこに立っていた。真里亞は部屋の中を覗きに数歩だけ中に入った。ライトのついたデスク。モニタには、書きかけのレポート。ベッドは新しいシーツが被さったまま。上着が、ソファの上に投げてあったかもしれない。その下に、洗った靴が置いてある。グラスの水割りの氷は、ほとんど解けていた。グラスは、たった一つだけ。

彼女は、振り返って僕を見た。

僕は黙って、微笑んだ。

「わかった?」

「ええ……、あの……」

「一人で仕事中」

「私、明日、東京へ戻ります。頸城さんは?」

「わからないけれど、明日か明後日には、戻ることになると思うよ」

「そうですか」

「また、会えると良いね」

「あ、ええ」彼女の顔に明るさが戻った。「ごめんなさい、どうもありがとう」

「おやすみ」

彼女は僕の前に立った。なにかを欲しそうな表情に見えたけれど、女性の顔というのは、ときどき男にはそう見えてしまうだけのこと。単なる錯覚。夏の逃げ水みたいなものだ。

「おやすみなさい」彼女はそう言って出ていった。

後ろ姿を見送ると、五メートルほどのところで振り返った。そこで、もう一度、頭を下げた。

僕はドアを閉めた。良い子じゃないか。そう思って溜息をついた。

それから、僕はデスクに戻って、またキーボードを叩いた。

真面目に仕事をする自分を、後ろから眺めている自分がいて、ふと顔を上げると、壁の鏡にそのもう一人の自分が映っているような気がした。それが、愉快だった。そんなことを考えながらも、文章が打てる不思議さも面白い。

時間を忘れて書き続けて、最後は目が痛くなった。パソコンが壊れても大丈夫なように、メモリィスティックにもセーブした。

照明を消して、ベッドへ歩いて、倒れ込む。

暗闇の中で、僕の躰は空間に溶け込むように沈んでいった。心地良い。冷たい感触が全身に広がって、それは、あの池の中を連想させた。

彼は、人を信じることができなかったのだ。
それは、社会という池の中では、あらゆる症状の病理といえるかもしれない。
そう、僕だって同じだ。
結局、ぎりぎりのところで、視線を逸らしてしまう。
甘えることはいけないとわかっているのに、どうしようもなく甘えたい。
頭のどこかで、回路が不通になったままなのだ。
異国の地で死んだ、
異国の人だった。
砂だらけの死に顔が、
今でも目を閉じると再生される。
焼きついているんだ。
その、色を失った唇に、僕は指を触れる。
そして……、
その自分の指を、自分の唇で嘗める。
そんなことしか、できない男。
どうして忘れられないのだろう、とときどき思う。
そう思い続けている。

あれ以来、僕は、心から悲しいと思ったことが一度もない。
泣いたこともない。
やっぱり、あのときに回路が切れてしまったのだ。
結局、誰と一緒に寝ても、僕はあの砂の唇を思い出す。
砂の唇でも良いから、
もう一度だけ、キスをしたい。
そう思うだけで、
そう思うだけで、
気が遠くなる。
この回路は、直すことができないみたいだ。
長い暗闇をゆっくりと降下していきながら、僕に触れる熱を感じた。
近くに人がいる。
誰?
「ノックをした?」僕の声がきいた。
「開いていたから」彼女の声が答えた。
そうだ、いつも開けてあるんだ。
いつだって、僕は待っている。

今も。
これからもずっと。
君を待っているんだ。
たとえ、砂の唇でも。
もう一度。
温かさは、僕の躰全体に広がっていった。
暗闇の中でも、
唇を探すしかない。
砂の唇を。
きっと、重ねるうちに、
生きた唇になると願って。

エピローグ

それから、塩水のさわやかさ。わたしたちは一緒に笑いあった。目がくらむような心地で、気だるく、感謝しながら。わたしたちには太陽と海があり、笑いと愛があった。いつか、この夏と同じように、そうしたものをわたしたちがまた見いだすことはあるのだろうか？　恐れや悔恨が加わったこの輝きとともに、この激しさとともに……

　翌朝は、僕にとって幸せな目覚めだった。深海の底から少しずつ浮かび上がるように覚醒した。そして、てっきり夢だと思っていたものが現実だった、と知った。僕のすぐ横に、優衣がいて、彼女はまだ眠っていた。しばらく、僕はじっと考えながら、彼女の髪を見ていた。

　窓は眩しいほどで、樹の枝は透き通る黄緑の輝きの中で揺れていた。今日は、何をすれば良いだろう、とまず考えた。

　書いた原稿を誰かに読んでもらう。そのまえに、英訳をすべきか。ウィリアム・ベックに読んでもらわなくてはいけない。しかし、たぶんその判断は、もう僕からは離れたものになりそうだ。僕の仕事は既に終わったのかもしれない。あとは、出版社のスタッフが考えて、交渉を進めるだろう。

　僕は、今日は優衣を駅まで送っていく。それだけだ。一緒に帰っても良いのだけれど、都鹿の家に車を返しにいかなくてはいけない。

　ドアがノックされた。僕は時計を見た。もう八時に近い時刻だった。もしかして、松田だろうか。

急いで服を着て、ドアまで行った。途中で、もう一回ノックがあったので、返事だけして、待ってもらった。

ドアを開けると、そこに立っていたのは、ウィリアム・ベックだった。スーツを着て、ネクタイを締めている。髪も整えられ、艶があった。初めて見る装いだった。でも、写真ではいつも彼はスーツ姿だ。これが本来の彼なのだろう。

「おはよう、エッオ。すまない」ジェントルな発声だった。

「おはようございます」僕は頭を下げる。

「これから、私は東京へ行く。警察に出向くつもりだ。弁護士と一緒に」

「そうですか……」と頷いたものの、何故、僕にそれを言いにきたのかがわからない。

頭が回らないので、どうきいて良いのか、英語が出てこない。

「君とは、これで最後になるかもしれない。だから、お礼を言いにきた」

「えっと、最後？　お礼？」僕は首を傾げる。

「もちろん、何カ月かすれば、会えるとは思う。本が出るのは、いつだね？」

「あ、あの、許可が出れば、すぐにも出版になると思います」

「何の許可だ？」

「貴方の許可です」

「ああ、そういうことか。私は、君が真実を書くと信じている」

「真実ですか……。いえ、そんなものはありません。僕は、僕が知ったこと、そして、そこから僕が想像したことを書きます。でも、あくまでも、想像だということを明記するつもりです」

「もしかして、もう原稿ができているのかね？」

「はい、大半は」

「日本語で？」

「そうです。英訳はまだです」

「日本語で良いから、私とアンディへ送ってくれないか。すぐに返事をする。修正しろとは言わない。イエスかノーかだ」

「わかりました」

「私は、君に礼を言わなければならない」

「どうしてですか？」

「私の息子を導いてくれたからだ」ウィリアムはそう言って、片手を差し出した。

握手をした。彼は、日本語で「ありがとう」と言った。

「また会おう」彼は後ろへ下がった。

僕は頷くしかなかった。

ウィリアム・ベックは、通路を歩いていった。それを見送ってから、僕は部屋へ戻った。

優衣がシャツを着て、ソファに座っていた。脚を組んでいる。

「聞こえた？」僕はきいた。

「聞こえない。でも、ウィリアム・ベックでしょう？」

「そう……。原稿を日本語でも良いから送ってくれって」

「日本語はまずいんじゃない？　やんわりと英語にするって作戦だったでしょう？」

「アンディがいるんだ。日本語が訳せる有能なスタッフも大勢いる。そんな姑息《こそく》な手は通じないよ。それに、約束したんだ。今すぐ送る」

僕は、デスクのパソコンを開いた。操作は一分もかからない。ウィリアムのメールアドレスは過去に一度だけ使った。自己紹介を送ったときだった。そのアドレスへ、短いメッセージを書いて、書いたばかりのレポートをドラッグして送信した。お終《しま》い。

「知らないから」優衣が横に立っていた。「ノーって言われたら、どうするつもり？」

「しかたがないな、と思うだけ」

しばらく怒った顔をしていた優衣は、ふっと吹き出して、手を叩いた。

「そうだね」彼女は笑った。「私も、もうどうだっていい。もう、退職だし」

「やっぱり、辞めるんだね」

「もちろん」

彼女は僕の背中に回って、両肩に手を置いた。僕はデスクの椅子に座っている。壁の鏡で、お互いの眼差しを交わした。

「あのね、お願いが一つあるんだけれど」優衣は顔を近づけ、耳許で囁く。

「口調と声が違うね、いつもと」僕は言う。「今のは、次の芝居の台詞?」

「それも少しある」彼女は自分の頰に指を当てた。「ねえ、結婚式に出てくれる?」

「え?」それも、芝居の台詞かと思った。「誰の?」

「誰のって、私のにきまっているじゃない」

「君の結婚式?」

「そうだよ。あれ?　もしかして、知らないの?」

「え、何の話?」

優衣は、溜息をついた。僕は鏡を見るしかない。彼女は、黙って隣の部屋へ帰っていった。まるで、舞台から袖《そで》へ消えるように。僕は、彼女が芝居の練習をしているのだと思った。そういうことは、昔からよくあったのだ。突然、しゃべり続けることがある。でも、今のは少し変だ。

優衣が戻ってきた。手に新聞を持っていた。それを、僕に手渡して、記事の一つを指さした。

「結婚」という文字が黄色い縁取りで強調されている記事だった。そこにあるのは、僕の知らない男の名前。そして、その男と優衣の写真が並んでいる。彼女は、水谷優衣で、本名がそのまま芸名だ。

男は、どうやら有名な人物らしい。映画監督、脚本家、演出家、そして年齢が書かれていた。五十五歳。

「これは、えっと、誤報だよね」

「まさか……」

「少なくとも、この年齢は」

「合っています」

「本当に？」

「うん。式はまだ決まっていないけれど、婚姻届はすぐにでも出すことになるわ。うーん、たぶん、今週中に」

僕は、言葉を失った。こんな噂、微塵も聞いたことはない。もちろん、彼女の身辺のことを詳しく知っているわけではない。芝居だって、いちおう観にはいっているけれど、同じ芝居を何度も観たりはしない。

「知らなかったの？　本当に……」

「知らなかったよ」そう言いながら、新聞の日にちを見た。二日まえのものだった。

「そうか、だから、化粧をしてきたのか」

「もう、すっぴんでは歩けないわよ」

「こいつは、どんな奴？　うーん、ずいぶん、年齢が離れているね」

「まあね」

記事を読んだが、年齢差については書かれていない。二十歳近く違うのに。

「本気なんだね？」

「本気って？　遊びでこんなことできないよぅ」

「えっと、そうじゃなくて、仕事のためとか……」

「ああ、売名行為ってこと？　それはね、散々言われている、あちこちから。でも、気にしない」

「何？」

「いや、その、君が、そう決めたんなら……」

「おめでとう」

「ありがとう！」優衣は躰を弾ませて言った。本当に嬉しそうだ。

彼女が自分の部屋へ帰っていったあと、僕はソファに移動して、深く座り込んだ。じゃあ、どうして僕のベッドに来たんだ、という質問を彼女にするべきだったか、と考えたのだが、頭がどうしても回らない。その質問は却下だ。おめでとう、と言えた自分には、褒めてやりたい僕と、逆に腹を立てている僕がいたけれど、それも、しかたがないだろう。決着のつかない永遠の泥仕合になるにきまっている。

しだいにパンチが効いてきて、頭がふらふらした。とりあえず、部屋に一人でいたくない、と思って食堂へ下りたが、料理の匂いを嗅いだだけで気分が悪くなって、また部屋に戻った。

しかたなく、ベッドに顔を埋めて、そのままじっとしていることにした。寝られるだろうか、一か八か試してみよう。

そうか……。

結婚するのか。

うん。

考えてみたら、それが普通だよな。

それが、彼女の幸せじゃないか。

まちがいなく、そうだ。

それに、女優としての彼女にとっても、きっとプラスになるだろう。

何の文句があるというのか。

恨みがましいことを言うものじゃない。絶対に、それは駄目だ。

そんな言葉を噛み締めていた。

思考が麻痺したのか、奇跡的に二時間くらい眠った。睡眠は充分だった。

十一時頃に、僕は優衣を駅まで乗せていった。屋敷を出るとき、ゲートの前のカメラは数が三倍になっていた。テレビレポータがマイクを持っているのも見えた。

そんなところを、優勝パレードの選手みたいに、オープンカーで通ったのだ。優衣は、頭を何度か下げていた。もう彼女はスターなんだ、とわかった。たぶん、僕は彼女のマネージャだと思われているんじゃないかな。

駅で車を降りて、彼女は僕に言った。

「ね、まだ返事を聞いていないよ」

「ああ、もちろん、出席するよ」

「嬉しい。ありがとう。頸城君、大好き」

「本当におめでとう」

「君も、しっかり頑張ってね」

「うん」

お母さんみたいだな。笑えてきた。そういえば、何度かそう思ったことがある。母が再婚したら、きっと今の僕の気持ちになるのだろう。まだ、子供だってことか。

そのあと、赤座都鹿を迎えにいった。一時間ほどまえにメールがあって、電話で話をしていたのだ。このまえとは別の店にランチにいこうという提案だった。

別荘の前のステップに、ボリュームのあるスカートの都鹿が腰掛けて待っていた。驚いたことに、その隣にもう一人女性がいる。彼女の母親だ。こちらは、細いパンツで上下とも黒い。ショールも黒い。まるで、歌舞伎の黒子のようだ、と思った。僕は車から降りて、そちらへ歩いていった。

「こんにちは」挨拶すると、赤座夫人もにっこりと微笑んで会釈した。「あの、車をお借りしています。大変助かりました。ありがとうございます」

「いいえ、おかまいなく。都鹿の車ですから」

「では、お嬢様を、しばらくお借りいたします」

「何言ってんの？　頸城君、変だよ！　口調が」都鹿が笑った。

「よろしくお願いいたします」夫人は、優雅に頭を下げた。

都鹿を乗せて、車でまた走りだした。

「お母さん、ますますお綺麗だねぇ」

「あ、それ、言っておくね」

「見るたびに、若くなるような」

「それは、言いすぎ。この頃、歳取った歳取ったばっかりなんだから。ねえ、誰か、女の人乗せたでしょう？」

「え？　何？」

「とぼけちゃってさ……。どこの香水かなぁ、高そう」

「駅まで、出版社の人を乗せたんだ。もうすぐ結婚するって言ってた、お金持ちと」

「玉の輿じゃない？」

「どうして？」

「玉の輿の香りがする」

「そんなことまでわかるの」

「あと、どうして、今日はオープンなの？」

「あ、閉めようか？」

「ううん、この方がいい」彼女は両腕を伸ばした。「気持ちいい！」

空は真っ青で、ずっと高いところに、引き延ばして掠《かす》れたみたいな雲だけ。

「お仕事、まだ続くの？」

「うーん、そうだね、今日か明日には、帰ろうと思っているけれど」

「あ、そう、じゃあ、一緒に帰らない？　ねえ……」

「うん、そうだね。そうしようか」

「嘘……」

「何が？」

「絶対駄目だと思ってた」顔を見たら、彼女は悲しい顔をしている。否、嬉しいときに悲しい顔をするのが、女性の嗜《たしな》みなのかもしれない。困ったものだ。

「たまには、そういうこともあるよ」

「もしかして、失恋？」

「誰が？」

「へえ……。そうなんだ」もう顔が笑っている。

何故、心を読まれるのかな、と僕は不思議に思った。

たぶん、顔に書いてあったんだろう。

思わず、バックミラーを覗き込んでしまった。

そして、何故か、笑いたくなった。

「あれ、何を思い出しているの？　何が可笑《おか》しいの？」

可笑しいのは、いろいろ引きずって、
それでも笑っていられる、軽い男のことだよ。

解　説

和希沙也

ミステリー小説のいいところはケリがつくところだと思う。

物事がきちんと綺麗さっぱり片がつく。そこにあった怒りや悲しみ、そして殺意。それらすべてが綺麗さっぱり解決して、いつも通りの日常が舞い戻る。そう、最初からそこには何事もなかったかのように。

ケリがつくという事は、とても気持ちがいい事だ。日常生活をおくっていると、なかなかどうして、そういう訳にはいかない。というか、日常生活にいちいちケリをつけていたら、きっと心も体も木っ端みじんになってしまう。やんわりぼんやりしていていい事が、日常生活には結構あるんだと、随分年を重ねてから知った。

それでも、それだから、ケリには憧れる。ミステリー小説の中で、ケリを堪能すると、ものすごく楽しいし、何よりスッキリした気持ちになれる。だからミステリー小説はやめられないのだ。

『暗闇・キッス・それだけで』、タイトルはもちろん、登場人物たちの名前、彼らが交わす言葉のひとつひとつ、それらすべてが独特の雰囲気を醸し出していてドキドキした。色で譬《たと》えるなら、たぶんオレンジに近い黄色。そんな気がした。

主人公の頸城悦夫《くびきえつお》氏は、とてもふんわりとしていて、ミステリー小説の主人公のイメージとはかけ離れている印象だった。シャーロック・ホームズやポアロのように、カリスマ性があるわけではなく、秩序を好み自信家なわけでもない。ふんわりふんわりと風に靡《なび》いてしまいそうな、そんな人物。わたしの想像する彼であるなら、事件を解決するなんぞ、たぶん誰にも思われないであろう風貌をしているはずだ。それなのに、何故だろう……彼のことを信頼してもいいかな……と思わせる、そんな魅力があった。不思議だった。そして彼を囲む女性たち。彼女たちもとても魅力的。それぞれタイプは違えど、猫みたいに自由で、勇ましいという言葉がとてもよく似合う女性たちだった。ミステリー小説にでてくる女性は、やっぱり勇ましいほうがずっといい。そんな彼と彼女たちのやり取りが、時にこちらを和ませてくれたり、ピリッと刺激を与えてくれたりする。それぞれ個性が際立っているのに、きちんとバランスのとれた人間関係が、読んでいてとても心地よかった。

この物語の始まり、そして各章にフランソワーズ・サガンの『悲しみよ こんにちは』

が引用されていた。初めて読んだ時、悲しみというやつは、ぐわりと押し寄せてひいていくものだと知った。それはそれは衝撃的な感覚で、自分の中で何かが音を立てて崩れたみたいだった。それが何故、ここに引用されているんだろう……と不思議に思った。オレンジに近い黄色、そしてサガンのそれは、薄い清らかな青。イメージするそれぞれの色は全然違っていたから。

しかしながら、この物語を読み終わり一息ついた時、感じたのは悲しみだった。微妙な違いはあれど、悲しみがぐわりと押し寄せた。たぶん犯人と犯人を囲む人々を思って。『悲しみよこんにちは』の主人公セシルは、自分の幸福が、それまで満たされ続けていた幸福が、揺らぎ始めたことを知る。彼女は焦る。なんとか今の幸福を守り抜きたい。そしてある策略を企てる。そしてその策略は見事に成功する。とんでもない代償を払って。セシルが悔やむ頃には、もう取り返しのつかない事態になってしまっていた。彼女は罪の意識を感じ、そうして悲しみの影が顔を出し始める。そんな十七歳の夏の話。

この物語の犯人も、もしかしたらセシルのように自身の幸福が脅かされていると感じ、足掻《あが》いたのだろうか。そしてそれが過去の悲しい事故を招いたのだろうか。だとしたら、犯人も罪の意識の重みに耐え続けていたのかもしれない。耐えて耐えて耐え続けて、きっと苦しかったはずだ。そうして罪に罪を重ねてしまったのかもしれない。そう、影に呑《の》まれてしまったのかもしれない。

そんな犯人を囲む人々は、どこまで察していたのだろう。それは分からない。分からないけど……間違いなく、誤った方向に進んでしまった、進めてしまった、そう思う。大切で守りたかった。だからきっと、強くきつく結んだ紐だった。だけど強くきつく結んだ紐は、そこから脆《もろ》くねじ切れてしまった。それみたいだ。

とても悲しい事件。心が痛い。近頃めっきり寒くなってきて、寂しさを孕《はら》んだ風がどこからともなく吹く。その風が悲しみをより一層、助長した。

幸せの定義とか家族の在り方とか、そんな事をぼんやり考えて、でも答えは簡単にはでなくて。物語の中でも現実世界でも、人と人とが関わる事の難しさをなんとなく感じた。

物語を読み終えると、いつもその後のストーリーを思う。どうか彼らが幸せでありますようにとか、優しさに出会えますようにとか。今回もやっぱりそうだ。登場人物が善人でも悪人でも、一度でも自分が触れた人にはそう思いたい。

そして、頸城氏にはなによりも、どんまい、と。

今回このような依頼をいただき、とても嬉しく光栄でした。本が大好きでミステリーが大好きなわたしにとって、幸せな出来事でした。

森博嗣さん、本当にありがとうございました。森さんの次なる作品も楽しみにしています。そして、頸城氏の活躍も楽しみにしています。

次こそは、彼に春がやってきますようにと、そう願って。

ケリがついた。悲しみは押し寄せてひいていった。何事もなかったかのように日常が大きな顔をして待っている。さて、今日も頑張れそうだ。

（かずき・さや　女優／タレント）

集英社文庫

暗闇《くらやみ》・キッス・それだけで Only the Darkness or Her Kiss

2018年1月25日　第1刷　　　定価はカバーに表示してあります。

著　者　森《もり》　博嗣《ひろし》

発行者　村田登志江

発行所　株式会社　集英社

東京都千代田区一ツ橋2-5-10　〒101-8050

電話　【編集部】03-3230-6095

【読者係】03-3230-6080

【販売部】03-3230-6393（書店専用）

印　刷　凸版印刷株式会社

製　本　凸版印刷株式会社

フォーマットデザイン　アリヤマデザインストア　　　マークデザイン　居山浩二

ISBN978-4-08-745688-2 C0193